쿨하게
한걸음

서유미 장편소설
쿨하게 한걸음

초판 1쇄 발행/2008년 3월 5일
초판 10쇄 발행/2023년 10월 5일

지은이/서유미
펴낸이/강일우
책임편집/황혜숙
펴낸곳/(주)창비
등록/1986년 8월 5일 제85호
주소/10881 경기도 파주시 회동길 184
전화/031-955-3333
팩시밀리/영업 031-955-3399 · 편집 031-955-3400
홈페이지/www.changbi.com
전자우편/lit@changbi.com

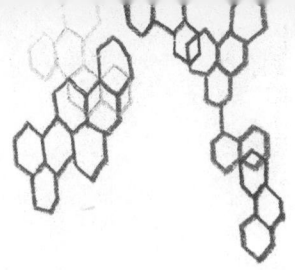

쿨하게 한걸음

서유미 장편소설

제 1 회 창비장편소설상 수상작

창비

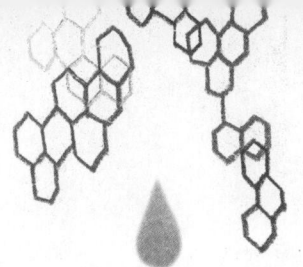

차 례

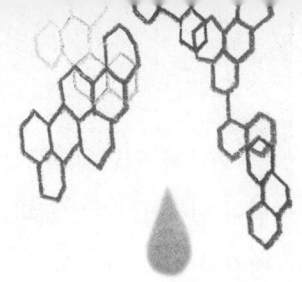

방으로의 귀환

당신의 크리스마스는 어땠습니까?

말로 표현하는 대신 별점을 줘도 좋고 스마일 표시나 우는 표시를 골라도 좋다면 나는 서슴지 않고 우는 표시 백만개를 고르겠다.

크리스마스이브 오후 일곱시.

K가 예약한 레스토랑은 그런대로 괜찮았다. 음식값은 터무니없이 비싸고 접시에 담긴 음식은 열살짜리를 위한 듯 양이 적었지만, 소란스럽지 않고 아늑해서 마음에 들었다.

옆 테이블에 앉은 여자는 남자가 자리를 비우자마자 콤팩트를 꺼내서 얼굴을 비춰보았다. 마스카라가 번지지는 않았나 뺨이 번들거리지는 않나 살펴보는 여자의 눈동자에 설렘과 긴장감이 가득했다. 나는 여자의 귓불에 달린 진주귀고리보다 그 건강한 기대감이 부러웠다.

서른살이 넘으면서부터 생일이나 밸런타인데이 같은 기념일에 흥미나 기대를 갖지 않게 되었다. 계속되는 실망감이 기대를 없앤 건지, 나이가 들면서 어차피 그날이 다 그날임을 깨닫게 된 건지는 잘 모르겠다. 아무튼 내가 바라는 건 특별한 날 싸우지나 말았으면 좋겠다는 것이다.

화장을 고친 여자가 자리에 앉는 남자를 향해 활짝 웃는 순간, K는 쏘스가 잔뜩 묻은 스테이크 조각을 베이지색 점퍼에 뚝 떨어뜨렸다. 큼직하게 잘린 고기는 잠시 점퍼 위에 머물러 있다가…… 다시 K의 입으로 쑥 들어갔다. 어떻게 막아볼 틈도 없었다. 때마침 옆 테이블의 남자는 여자의 목에 진주목걸이를 걸어주고 있었다. 여자라서 행복해요, 그런 표정으로 여자는 미소지었다. 나는 애써 화를 참으며 옆에 놓인 물티슈를 K에게 건넸다. K는 수렁에서 건져올린 스테이크 조각을 맛나게 씹으며 아무도 못 봤지? 하는 표정으로 씩 웃었다.

갈색 얼룩은 문지를수록 더욱 둥글게 번져가기만 했다. 덕분에 후진 베이지색 점퍼는 더 볼썽사나워졌다. 점퍼가 말썽인지, 스테이크를 떨어뜨린 게 문제인지, 그걸 도로 집어먹은 게 잘못인지, 그것의 집합체인 K가 지랄인지, K를 만나고 있는 내가 미친년인지 헷갈렸다.

좀 근사하게 입고 오라고 신신당부했음에도 불구하고 K는 등산갈 때나 어울릴 법한 베이지색 점퍼를 입고 나타났다. 누더기를 걸쳐도 빛이 날 만큼 멋진 외모를 가진 것도 아니면서 어디서 그런 용기가 생겼는지 의문이었다. 그때부터 내 마음에는 미세한 균열이 생기기 시작했다.

"정말 편하게 입고 왔구나."

"크리스마스라고 꼭 특별할 필요는 없잖아."

K는 오히려 신경쓰고 나온 나를 촌스럽다는 듯 쳐다봤다. K의 말도 일리가 있긴 하다. 나도 이제는 크리스마스라고 불나방처럼 사람 많은 곳에 가고 싶은 마음도 없고 요란한 이벤트도 싫다. 심야콘써트에 가서 몇시간씩 선 채로 발광하며 소리지르고 싶지도 않고 벼르고 별러서 보는 뮤지컬도 별로다. 그렇다고 크리스마스를 평소와 똑같이 보내고 싶을 만큼 스페셜한 인생을 살고 있는 건 절대 아니다. 그냥 크리스마스이브만큼은 좀 고요하고 우아하게 보내고 싶은 소망이 있을 뿐이다. 그런데 저렇게 커다란 얼룩이 생겨버렸으니 우아함은 포기해야 할 것 같다.

아무튼 다시 봐도, 아무리 좋게 봐주려고 애써도 베이지색 점퍼는 영 아니다. 희미하게 번진 갈색 쏘스 자국은 더더욱 아니다. 졸지에 벨벳 원피스를 입고 나온 내 꼴만 우스워졌다. 김빠진 내 표정을 봤는지 K는 점퍼에 묻은 얼룩을 문지르다 말고 비장의 카드를 꺼내들었다.

"인상 펴. 내가 근사한 모텔 예약해뒀어. 기대되지? 그래, 기대해. 맘껏 기대해."

그래도 그건 빼먹지 않았구나. 그런데 영 감흥이 일지 않았다. 사실 등산점퍼 안에 들어 있는 몸은 별로 기대되지도 않았다.

오후 아홉시.

데이트의 정석 코스라는 게 있다. 밥 먹고서 드라이브를 하거나 영화를 본 다음에 커피를 한잔 하러 가는 것. 아마 이삼 년차의 커플들에게는 크리스마스이브에 모텔 가는 게 전형적인 데이트 코스인 모양이다. 우아하고 고요하게 보내는 건지는 모르겠지만 적어도 피곤하고 번잡하지는 않을 거라는 생각이 들었다. 무엇보다 이제 남들에게 베이지색 점퍼를 걸친 K를 보이지 않아도 된다는 점이 나를 안심시켰다.

모텔은 이름도 과장되지 않고 외관도 깔끔했다. 칙칙한 골목에 숨지 않고 대형 커피전문점처럼 번화가에 어깨를 쭉 펴고 서 있었다. 나름대로 비밀과 보안을 철저히 유지하는 출입 씨스템인 것 같아서 마음도 놓였다. 내가 괜찮은데?라는 반응을 보일 때마다 K는 어깨를 으쓱거렸다. 하지만 철통보안에도 불구하고 들락날락하는 사람들이 어찌나 많은지 방에 도착할 때까지 세 커플과 마주쳤다.

침대에 걸터앉을 때까지 K는 크리스마스이브에 모텔 예약하기가 얼마나 힘든지 아느냐는 말을 세 번이나 했다.

"말이 모텔이지, 가격이나 시설 전부 호텔이랑 맞먹는 데야. 내가 인터넷으로 쭉 찾아봤는데 여기가 제일 낫더라고."

그러면 호텔을 예약하지 그랬니? 나도 그 덕에 호텔에서 크리스마스 좀 보내게. 나는 그렇게 말하려다 말았다.

"말투가 꼭 이런 데 자주 드나드는 사람 같다."

"너 오늘 왜 그러냐? 무슨 말만 하면 꼬투리 잡고 늘어지고. 그러지 마라. 기분 별로야."

K의 가시 돋친 말에 나는 어퍼컷이라도 한대 맞은 것처럼 어안이 벙벙해졌다. 내 기분은 베이지색 점퍼를 봤을 때부터 별로였다. 크리스마스라고 지금껏 참아줬더니 뭐라고? 심사가 확 뒤틀렸다.

미리 예약했다는 DVD를 틀어놓고 K와 나는 멀찍이 떨어져 앉았다. 누가 먼저랄 것도 없이 자연스럽게 냉각구도가 형성되었다. 영화가 중반을 넘어설 때까지 둘 다 한마디도 하지 않고 맥주캔만 비웠다. 이 영화는 크리스마스이브에 보자고 스페셜 메뉴처럼 남겨둔 건데 이제는 다 식고 딱딱해진 스테이크처럼 손도 대기 싫어졌다. 크리스마스가 이렇게 망쳐지는구나, 하는 생각이 들자 한숨이 절로 나왔다.

내가 한숨을 쉬자 K는 내 쪽을 힐끔 쳐다봤다. 원망하는 듯한 눈빛이었다.

"왜?"

"아니야."

"아니라면서 표정이 왜 그래?"

"내 표정이 뭐가 어떻다고 그래? 너야말로 왜 한숨을 쉬어. 내가 오늘 뭐 잘못했냐?"

"그걸 몰라서 묻니?"

"도대체 뭐가 잘못인데? 목걸이라도 걸어줘야 하는데 안 그래서 그러냐?"

"그런 건 바라지도 않는다."

한손으로 더듬더듬 맥주캔을 찾던 K는 벌떡 일어나서 방을 나가버렸다. 나는 붙잡거나 따라나가지 않고 그대로 앉아 있었다. 어디 갔는지는 보지 않아도 뻔하다. 삼년 가까이 만나오면서 나쁜 점만 꿰뚫게 된 것 같다. 화가 나면 K는 폭음하는 버릇이 있다. 뭔가 일이 꼬이거나 화가 나면 소주를 대책없이 퍼마신다. 다른 술은 안되고 꼭 소주여야만 한다.

봐주는 사람도 없는데 영화는 신나게 돌아갔다. 이 영화가 정말 우리가 보고 싶어한 그 영화 맞나? 싶은 생각이 들었다. 내용도 시시껄렁하고 배우들의 연기도 밋밋하고 결말도 뻔했다. 특별한 날과 스페셜 메뉴. 이래서 내가 기대도 흥미도 갖지 않는 거다.

나갔다 들어온 K의 손에는 소주가 다섯 병이나 들려 있었다. 다섯 병만큼 화가 났다는 표시다. 분위기는 자기가 다 망처놓고 왜 화가 났는지 모르겠지만, 방도 잡았겠다, 기분도 더 럽겠다, K는 속옷 차림이 돼서 본격적으로 술을 마시기 시작했다. 순식간에 호텔이랑 맞먹는다는 모텔방의 모던함이 어둠침침한 여인숙의 꾀죄죄함으로 전락해버렸다. 배가 툭 튀어나온 러닝셔츠를 보고 있자니 갈색 쏘스가 묻은 베이지색 점퍼가 더 나았다는 생각마저 들었다.

모든 연인들이 그러겠지만 K와 나 사이에도 툭하면 부딪치는 부분이 있다. 크리스마스이브라고 그런 문제에서 자유로운 것은 아니다. 오히려 좀 잘해보려 할수록 특별한 날일수록 문제들은 송곳처럼 뾰족하게 주머니 밑을 뚫고 나온다. 아마 문제가 되는 부분을 완전히 도려내지 않는 한, 우리가 다른 사람으로 변신하지 않는 한 두고두고 싸움의 씨앗이 될 것이다.

특히 나는 K의 술버릇이 싫다. 자주 마시지는 않지만 한번 마시기 시작하면 제어장치가 고장난 것처럼 질주하는 스타일, 꼭 쓰러질 때까지 마시려고 든다. 사실 술버릇뿐 아니라 K의 성향 자체가 그렇다. 한번 시작하면 뭐든지 끝장을 보려고 한다. 영화에 관해서도 광적인 면이 있어서 모아놓은 비디오테이프와 DVD, 영화 관련 잡지가 방 한칸을 가득 메우고 있다. 쎅스에 관해서도 K는 필이 꽂히면 녹초가 돼서 쓰러질 때까지 매달린다. 나도 같이 필이 꽂힐 때야 상관이 없지만 피곤하거나 몸이 좋지 않을 때는 K를 피해서 도망다녀야 할 지경이다.

물론 영화에 대한 K의 남다른 애정 때문에 우리가 만나게 되었고 고집불통이라고 할 수 있는 그 성격 때문에 K를 특별하게 생각하게 됐다. 그리고 끝장을 볼 때까지 매달리는 집념이 내가 K를 사랑한 이유였다. 하지만 이제는 그것 때문에 골치가 아프고 화가 나고 감정이 썰물처럼 빠져나가는 기분이 든다.

K는 세번째 소주병을 따면서 DVD를 처음부터 다시 보기 시작했다. 이제 우아하고 거룩한 크리스마스이브는 완전히 물 건너갔다. K는 쓰러질 때까지 술을 마시며 영화를 볼 게 뻔했다. 충분히 낯익은 광경인데도 견딜 수 없이 구질구질한 기분이 몰려왔다.

"계속 마실 거야?"

"왜? 가고 싶으면 가."

K는 나를 쳐다보지도 않고 말했다. 가고 싶으면 가,라는 말은 이제 하도 많이 들어서 놀랍지도 않다. K는 다툴 때마다 그 말을 입버릇처럼 했다. 얼핏 들으면 배려하는 말 같지만 사실은 모든 책임을 상대에게 떠넘기겠다는 수작이다. 내가 지금 문을 열고 확 나가버린다면 헤어질 확률이 팔십 퍼센트 이상, 꾹 참고 다가가서 러닝셔츠 입은 저 등짝을 뒤에서 껴안는다면 화해할 확률이 팔십 퍼센트 이상이다. 사귀기 시작했을 때도, 다투고 난 뒤에도 액션을 취하는 것은 언제나 내 몫이었다. K는 화나면 술 마시고 기분좋으면 능글맞게 웃으며 영화 보러 갈까?라고 하는 것 외에는 거의 표현을 하지 않았다.

하지만 아무리 쳐다봐도 술기운이 올라서 슬슬 붉어지는 등짝, 속좁고 고집불통인 저 등짝을 안아줄 엄두는 나지 않았다. 언제까지 이 노릇을 반복해야 하나 싶어서 한숨이 먼저 나왔다. 도대체 왜 누군가를 사랑하게 된 이유가 정 떨어지는 이유로 돌변하는 걸까.

나는 심호흡을 하고 나서 코트를 집어들었다. K는 여전히 소주를 마시며 화면에 눈을 박고 있었다. 레스토랑에서 화기애애하게 저녁을 먹었더라면, 모텔에 들어서자마자 진하게 포옹이라도 했더라면, 슬쩍 결혼 이야기를 꺼내보려고 했다. 서른두살이고 삼년쯤 만나왔으니 슬슬 결혼할 타이밍이 됐다는 생각이 들었다. 프러포즈 안할 셈이야? 프러포즈할 때 되지 않았니? 이제 우리도 같은 방 쓰면서 살아야지. 그런 식으로 운을 떼볼 작정이었다. 그런데 이제는 저 뒤통수를 한대 후려치고 싶다. 그래, 평생 영화나 보고 술이나 퍼마시면서 살아라.

문을 닫은 뒤에는 빠르게 걸었다. 천천히 걸으면서 따라나와서 붙잡아주기를 바라는 건 K에게 통하지 않는 수법이다. 지금까지 수도 없이 싸우고, 가고 싶으면 가라는 말에 숱하게 먼저 갔지만 K는 한번도 붙잡거나 따라나오지 않았다.

모텔을 빠져나오자, 손에 꼭 쥐지도 못하고 엉성하게 들고 있던 뜨거운 감자를 내려놓은 기분이었다. 그동안 내가 얼마나 결혼해야 한다는 강박감에 시달렸는지 알 것 같았다. 물론 그렇다고 헤어지고 싶어서 안달난 상태라거나 홀가분하기만

한 건 아니었다. 서른세살을 코앞에 둔 이별이란 서른세 가지 정도의 망설임과 걱정을 포함하고 있었다.

잠정적인 이별 후 첫번째 주말, 그리고 12월의 마지막 일요일. 매표소 앞의 줄은 길었지만 나는 예매를 하지 않고도 현장에서 바로 영화표를 구할 수 있었다. 운이 좋았다기보다는 혼자였기에 가능했다. 대신 혼자라서 콜라와 팝콘 중 하나는 포기하기로 했다. 하지만 콜라만 마시자니 속이 추울 것 같고 팝콘만 씹자니 목이 마를 것 같아서 둘 다 포기해버렸다. 영화를 보는 동안 할일이 없어진 손은 주머니에 넣어두기로 했다.

멀티플렉스의 장점은 영화를 보고 나온 뒤에도 영화를 볼 때와 동일한 기후조건이 이어진다는 것이다. 그 안에서 벗어나지 않는 한 춥지도 덥지도 않고 눈과 비를 맞을 염려도 없다. 그래서 현실감이 좀 떨어진다. 겉옷을 벗은 채로 화장품가게와 액쎄서리가게 앞을 걷는 동안, 지금은 12월이고 며칠 뒤면 새해라는 사실을 까맣게 잊어버렸다. 이런 것도 장점이라면 장점이다.

콜라와 팝콘 값으로 커피를 한잔 마시기로 했다. 커피전문점에 들어가니 소파로 만들어진 좌석은 꽉 찼고 창가의 일인석만 드문드문 비어 있었다. 역시 혼자라서 자리를 쉽게 맡을 수 있었다. 혼자 앉아 있는 사람들은 동행이 있는 사람들보다 더 바빠 보였다. 책을 뒤적이고 수첩에 뭔가를 기록하고 휴대폰을 손에서 놓지 않고 하다못해 화장이라도 고쳤다. 커피를 천천히 마셨는데도 시간이 삼십분밖에 흐르지 않았다. 그동안 어떻게 이런 데서 두세 시간씩 앉아 있었을까. 영화를 보고 나서 K와 수다떠는 일이 즐겁긴 즐거웠나보다.

커피전문점에서 나오는데 문자메씨지가 왔다.

이따가 올 거지? 내년에는 분명히 좋은 일만 잔뜩 있을 거야. 이따 봐.

선영이었다. 전화를 걸까 하다가 그냥 답장 버튼을 눌렀다.

그랬으면 좋겠다. 이따가 보자.

생각해보니 영화표를 살 때 말고는 오늘 한번도 입을 열지 않았다. 별로 나쁘지 않았다. 쓸데없이 주절거릴 때보다 나았다. 침묵도 때로는 쓸쓸함을 이기는 방법이 되는 것 같다.

며칠 뒤면 서른세살이 된다. 연애를 많이 해본 건 아니지만 크리스마스에 헤어진 건 처음이다. 이십대에는 크리스마스 분위기에 취해 사랑을 시작한 적도 있었는데 이제는 크리스마스의 마법 같은 건 통하지 않는 나이가 돼버렸다. 차라리 크리스마스의 저주다. 물론 크리스마스이브에 얼어 죽은 성냥팔이소녀를 생각하면 견딜 만하지만 말이다. K에게서는 당연히 전화나 문자도 없었다. 내가 전화해서 화해를 청한다면 적당히 튕긴 뒤에 받아주기는 할 것이다. 잘못했지? 나와. 영화 보러 가자. 들을 말은 뻔하다. 지금까지 그런 일들이 반복되어왔다.

모텔에서 나온 순간부터 확실히 한가해졌다. 누군가 시간을 엿가락처럼 늘였거나, 할일을 싹 걷어가버린 것 같다. 그동안 K와 한 일이라고 해봐야 영화를 보고 술집을 순회하고 싸웠다가 화해했다,를 반복한 것뿐이었는데도 그나마 헤어지고 나니 할일이 없어져버렸다. 슬프다기보다 조금 어리둥절한 기분이었다. 어딘가의 실 한가닥이 끊어져 수선이 필요한 마리오네트가 된 것 같다고나 할까. 아무튼 전화기의 벨소리는 멈추었고 나는 생각보다 시간이 더디게 가는 것에 놀라고 있었다.

크리스마스 다음날 저녁에는 아무 일도 없었던 것처럼 시침 뚝 떼고 엄마 아버지 사이에 앉아서 텔레비전을 보았다. 엄마는 웬일로 일찍 들어왔나 싶은지 내 얼굴을 빤히 바라보았다. 그래도, 내년에는 날 잡을 거지?라고 물어오지 않아 다행이었다. 드라마에는 도무지 몰입이 되지 않았다. 사랑 때문에 세상이 다 끝장나는군. 한심하다. 너무 비현실적이야. 뉴스와 시사 프로그램을 보고 있자니 세상에 대해 진절머리가 났다. 인간들은 너무 더럽고 치졸해. 왜들 저러지?

K하고 끝냈어, 전화로 친구들에게 말했더니 모두들 한참 동안 침묵한 뒤에야 조심스럽게 말을 꺼냈다.

"괜찮아?"

"웬만하면 잘해보지 그랬어."

"그 자식 잘못이야, 네 잘못이야?"

"더 좋은 사람 만나려나보다, 그렇게 생각해."

"세상은 넓고 남자는 많다. 연수야, 우리 같이 찾아보자."

다섯 명의 친구가 내놓은 다섯 개의 의견. 반응을 듣다보니 설문조사를 하는 기분이었다. 나라면 뭐라고 했을까. 글쎄, 내 대답도 대충 다섯 개 중 하나가 아니었을까.

　이런 이별은 정말 처음이다. 사랑만 변하는 게 아니라 이별도 변하는 모양이다. 예전에는 이별하게 되면 그 이유와 변심의 주체와 상대의 처사에 대해 집요하게 생각했다. 복수를 다짐하기도 하고 추억에 잠겨 울기도 하고 끝난 사랑을 돌이키고 싶기도 했다. 하지만 이번에는 그다지 미련이 남지도 않았고 체념도 빨랐다. 상대에 대해서도 대충 담담했다. 다만 잘한 걸까, 하는 의심이 일었다. 철이 든 건지, 정직함을 잃어버린 건지, 씨니컬해진 건지는 알 수 없었다. 헤어지지 않았다면 그대로 결혼까지 갔을지도 모르는데…… 과연 잘한 걸까?

　서점 앞 벤치에 앉아서 지나가는 사람들을 구경하다가 레코드가게에 들어가서 음악을 들었다. 시간은 정체현상이 심한 도로 위의 자동차처럼 머뭇거리며 흘러갔다. 친구들과 약속한 시간까지는 아직 더 기다려야 했다. 영화를 보고 나서 서두르고 싶지 않아 시간을 넉넉하게 잡은 것이 화근이었다.

　송년회 겸 신년회에는 나를 포함해 네 명이 모였다. 여섯 명 중 네 명이면 그래도 과반수 이상이다. 한명은 시댁 때문에, 또 한명은 남자친구 때문에 불참했다. 이제 대충 그런 나이가 되었다.

"내년에는 어떻게든 집을 꼭 사야 하는데. 전세금 올려주는 것도 만만치 않고. 이러다가는 영영 집 못 사겠다니까."

민경은 널뛰는 집값 얘기를 하며 한숨을 쉬었다.

"나도 이제 돈이나 모아볼까봐. 돈 벌려면 뭐 해야 하니? 주식? 땅 투기? 난 술값만 줄여도 갑부 되겠지?"

선영은 돈에 욕심도 별로 없으면서 장난스럽게 말했다.

"그렇게 해서 갑부 될 것 같으면 갑부 아닌 사람이 없겠다."

"난 제대로 된 연애나 시작했으면 좋겠는데. 너무 쉬었더니 몸에 곰팡이 피려고 그래."

희주는 비장한 표정으로 아랫입술을 지그시 깨물었다.

올해도 어김없이 대화중에 신년계획이 흘러나왔다. 새해에 대한 예의라도 되는 것처럼. 하지만 작년에 세운 계획이 잘 이루어졌는지 되짚어보지 않는 것 또한 우리의 룰이기도 하다.

"명희는 회사 그만두고 임용고시 준비할 거래."

"미련을 갖더니 결국 저지르는구나. 역시 사람은 하고 싶은 걸 하면서 살아야 해. 더 나이 먹기 전에 한번 해보는 것도 좋지."

참석하지 못한 명희와 은미의 신년계획까지 발표되었다. 분명히 내게도 거창하지는 않지만 뭔가 계획 같은 게 있는 듯 했는데 아무것도 떠오르지 않았다. 계획이고 뭐고 생각이 어디 딴데를 헤매는 것 같기도 하고 나사가 하나 빠진 것 같기도 했다.

"연수야."

"응? 왜?"

"얘 또 왜 이러실까. 이래가지고 험한 세상 어떻게 살아가려고 그래. 이런 때일수록 정신 바짝 차리고 눈 크게 떠. 너 아직 괜찮아."

민경이 멍하게 있는 내 팔을 잡고 흔들었다.

"그래, 이별이 뭐 대수라고 그렇게 힘이 없어? 서른셋이면 우리 아직 괜찮아."

희주는 서른셋이라는 말에 힘을 주었다. 사실 어떤 면에서는 K와 헤어진 것보다 서른세살씩이나 된다는 게 더 실감나지 않았다.

서른살이 될 때만 해도 대충 이십대 후반인 척하면서 개갠 것 같다. 스물아홉과 서른 사이에 무슨 건널 수 없는 강이 흐르는 것도 아니고 그냥 어제가 지나갔으니 오늘이 온 것처럼 태연하게 서른살을 맞이했다. 하지만 서른셋은 좀 다르다. 이제는 엄연히 삼십대 중반으로 치닫고 있다. 아무리 동안(童顔)이라고 해도 이십대인 척하면서 살 수는 없다. 슬슬 사십대를 준비하고 인생을 책임져야 한다.

"그래도 서른셋이라고 하니까 기분이 좀 그렇다."

"언제는 뭐 기분 봐가면서 나이 먹었냐?"

"스무살 때는 삼십대가 참 근사해 보였는데…… 후진 인생은 계속 후지네."

"이제는 계란이 한 판도 넘는다는 거지."

"야, 칙칙하게 나이 얘기 하지 말고 우리 딴 얘기 하자."

선영의 말에 다들 고개를 끄덕이며 커피잔을 들었지만 커피는 이미 식어서 차기만 했다.

갑자기 머릿속으로 스무살이 되던 때가 떠올랐다. 그땐 주변에 의미없는 친구들도 많았고 애인 될 가능성이 있는 남자들도 많았다. 물론 모든 감정은 극단적으로 부풀어 있었고 커피를 열 잔은 마신 것처럼 쓸데없이 들떠 있긴 했다. 선택해야 할 것은 너무 많았고 그것들이 나중에 무엇이 될지는 알 수 없었다. 하지만 세상의 모든 것을 다 내 것으로 만들 것처럼 자신감이 넘쳤다.

그에 비해 삼십대는 뭐랄까. 별로 열고 싶지 않은 문이 저혼자 열린 느낌이다. 궁금한 것도 없고 할 수만 있다면 그 문을 도로 닫고 싶은 심정이다. 삶의 무게를 혼자 짊어져야 하고 시소의 균형을 맞추기 위해 안간힘을 써야 한다. 이십대에는 더이상 자란다는 것을 생각할 필요도 없을 만큼 스스로 성숙하다고 느끼지만 삼십대에는 좀더 성숙할 필요가 있다고 생각하게 된다.

"우리 멋진 삼십대 중반을 열어보자."

"그래, 멋지게 나이 들자."

"아무튼 내년에도 파이팅이다. 잘 살아보자고."

나이 이야기 때문에 약간 칙칙해진 신년회는 그렇게 끝이

났다. 비장한 기분이 들긴 했지만 정신 똑바로 차리지 않으면 또 어영부영 시간에 휩쓸리며 살아가게 될 가능성이 여전히 농후했다.

아마도 나는 스무살 이후로 가장 한가한 시간을 보내는 듯했다. 직장생활을 하면서 처음으로 야근에 반발심을 품지 않았고 퇴근시간이나 주말을 손꼽아 기다리지도 않았다. 팀장은 그런 나를 보고 "연수씨, 철들었나봐"라며 좋아했지만 회사일에 목숨 걸기로 마음먹은 것은 절대 아니었다.

퇴근을 하면 한가하다 못해 심심할 지경이었다. 연말연시다 보니 마땅히 만날 사람도 없고 추워서 혼자 어딜 돌아다닐 엄두도 나지 않았다. 집에 와서 텔레비전을 보자니 재미도 없고 인터넷도 미니홈피도 다 귀찮았다.

한 달 전만 해도 늘 수면부족에 허덕였다. K와 데이트를 하고 집에 오면 화장을 지우는 동안에도 졸음이 쏟아졌다. 하루쯤 일찍 퇴근해서 푹 잤으면 싶었지만 야근과 약속이 사이좋게 이어졌다. 이런저런 약속이 겹쳐서 조정해야 하는 날도 있었다. 그런데 애인이 사라지고 나니 약속도 다 사라져버렸다. 아무리 연말연시라지만 나만 빼고 다들 이렇게 바쁠 수가 있나, 하는 생각까지 들었다. 왜 바쁠 때는 약속이 죄다 엉키다가 한가할 때는 전화 걸 사람조차 없는 걸까. 미스터리였다.

이별을 해본 사람은 알겠지만 애인과 헤어진 삼십대의 싱글이 마음편히 머물 수 있는 곳은 별로 없다. 나는 집에서 시간을 때우느라 애썼다. 냉장고 문을 여닫고 거실과 안방과 동생방을 기웃거렸다. 엄마는 드라마에 폭 빠져 있었고 동생은 집에 들어오자마자 화장 지우고 자느라 바빴다. 다들 갑자기 집에서 빈둥거리는 나를 상대해주지 않았다. 내가 있을 곳이라고는 급박한 출근시간의 상황을 고스란히 간직한 내 방뿐이었다.

부글거리던 연애만 국자로 걷어내도 인생은 참 단출해진다. 거품만 걷어냈을 뿐인데 내용물이 반 이상 사라져버린 냄비를 들여다보면 한심하고 처량해진다. 그렇지 않아도 최근 몇년 동안 내가 관계를 맺은 세상이라고는 직장과 K와 몇명의 친구들뿐이었다. 그런데 그 편협한 세계 중 하나가 예고도 없이 사라져버렸다. 대신 채워넣을 것에 대해 아무 준비도 하지 못했는데 말이다. 공백은 예상보다 꽤 컸다. 나는 남아돌게 된 시간과 감정을 어떻게 해야 할지 몰라서 패닉상태에 빠질 지경이었다. 어쩌면 내가 모텔방에 두고 나온 것은 K가 아니라 안락함과 익숙함의 한 세계였는지도 모른다. 친밀하고 편안하고 닭살 돋는 감정으로 가득하던 세계. 하지만 언제까지나 사라진 세계의 기억에만 사로잡혀 있을 수도 없는 노릇이다.

나는 침대에 걸터앉아서 멀뚱멀뚱 방 안만 둘러보았다. 이제 뭘 하지? 눈에 들어오는 거라곤 침대와 옷장, 본래의 용도에서 벗어나 잡동사니 천국이 돼버린 책상, 그리고 오래된 오디오뿐이었다. 음악이라도 듣자, 싶어서 오디오의 전원을 켰다. 씨디플레이어에는 스팅이 들어 있었다. 재생 버튼을 누르자 스팅은 오래전의 어느 때처럼 노래를 불렀다. 출퇴근시간에 늘 이어폰을 꽂고 다니는데 왜 오랜만에 음악을 듣는다는 느낌이 드는지 알 수 없었다. 오래된 오디오에서 나오는 오래된 스팅은 순식간에 방 안을 가득 메우고 내 마음을 채웠다.

엠피스리로 음악을 듣느라 지금은 켜는 일이 거의 없지만 예전에 나는 이 오디오를 얻기 위해 부모님 앞에서 시위까지 벌였다. 그리고 오디오가 생긴 뒤로는 용돈의 대부분을 카세트테이프와 씨디 사는 데 들이부었다. 슬슬 영화라는 경쟁자에게 밀리기는 했지만 그래도 학창시절에 음악은 나와 손발이 잘 맞는 파트너였다. 씨디를 사가지고 돌아와서 침대에 누워 음악을 들을 때면 그 뮤지션의 영혼과 접신(接神)하는 기분이 들었다.

스팅을 두 번 더 듣고 나서 나는 본격적인 음악감상에 들어갔다. 씨디박스를 열고 라디오의 주파수를 맞추는 것은 정말 오랜만이었다. 그것은 십대에서 스무살 무렵까지의 고유한 취미였다. 그러니까 사춘기 시절의 전유물 같은 것 말이다. 그때는 시간을 때우기 위해서 음악을 듣는 게 아니라 음악을 위해서 온전히 시간을 할애했다. 좋아하는 라디오 프로그램을 듣기 위해서 잠을 한두 시간 정도 포기하는 것은 희생도 아니었다. 그건 차라리 축복이었다. 그때는 음악이 베푼 은총 속에서 감정이 생성되고 소멸되고 중요한 일들이 결정되었다.

오래된 씨디와 테이프에서 흘러나오는 음악을 듣고 있다보니 방문 걸어잠그고 혼자 놀기의 진수에 빠져 있던 중고등학교 시절이 떠올랐다. 다시 한번 그 실력을 발휘할 때가 온 건가? 아무튼 당분간은 이 방과 조금 친해져야 할 필요가 있었다.

다음날 퇴근하면서 나는 몇년 만에 만화책을 빌려왔다. 그리고 방에 콕 박혀서 낄낄거리며 읽었다. 주말에는 거실의 비디오와 베란다에 버려진 구형 텔레비전도 방으로 들여와 연결했다. 순식간에 작은 방이 꽉찼다. 평일 저녁에는 음악 듣는 일로 시간을 보냈다. 찍어둔 라디오 프로그램이 시작되기를 기다리면서 의자에 걸터앉아 만화책을 읽으며 감자칩을 와삭와삭 씹어먹었다. 음악을 들으며 노래를 따라 부르거나 디제이의 멘트에 웃음을 터뜨리기도 했다. 주말에는 폐업정리하는 비디오가게에서 사온 오래된 영화들을 감상했다. 퇴행성 취미 부활 프로젝트는 그렇게 착착 진행되어갔다. 타임머신을 타고 십대 후반이나 이십대 초반으로 돌아간 기분이었다.

좀 외롭고 말지,라고 마음만 먹는다면 꽤 많은 것이 평화로울 수 있다. 혼자 놀기는 깊이를 더해가고 짤막한 메모 형식이던 일기는 점점 길어졌다. 나는 심지어 분위기에 취해서 보내지도 않을 엽서를 쓰기도 하고 영화감상문 노트를 만들어서 나름대로 평을 쓰기도 했다. 물론 음악을 듣거나 영화를 보다 말고 갑자기 울컥해져서 방문을 잠근 채 몰래 눈물을 흘린 적도 있다. 그럴 때마다 내가 아직도 십대의 어디쯤이나 이십대의 어느 면에서 전혀 벗어나지 않았다는 생각이 들었다. 많은 사람들이 마음속으로 그렇게 느끼겠지만, 서른세살이라는 옷이 나에게만 좀 일찍 도착한 듯한 느낌이었다.

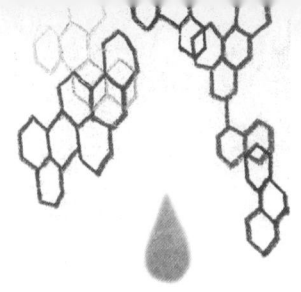

울 수 있어 다행이야

아버지는 목에 비닐 망또를 두르고 거울 앞에 앉아 있다. 거울 밑에는 신문지가 한 장 펼쳐져 있다. 처음에는 다섯 장 정도 필요했는데 이제는 한 장이면 충분한 모양이다. 신문지 위에는 아버지 전용 염색약과 도구가 놓여 있다. 아버지는 벗어져서 얼마 남지도 않은데다가 그다지 하얗게 올라온 것 같지도 않은 머리를 정성껏 염색하기 시작한다.

나는 물을 마시면서 아버지가 염색하는 모습을 지켜봤다. 사실 처음 보는 것도 아니고 특별한 점이 있는 것도 아니다. 잦은 염색은 탈모의 원인이 된다는데, 정도의 염려가 될 뿐이다. 물론 환갑이 다 된 아버지의 머리숱 같은 거 나오는 별로 상관이 없지만 그냥 지나치기에는 좀 찜찜한 구석이 있다.

어제 내 방에 들어온 동생은 만화책을 읽으며 키득거리는 나를 보고는 뭐 하는 짓이냐는 표정을 지었다.

"토요일인데 데이트 안해? 또 싸웠어?"

"필요한 거 있으면 빨리 갖고 나가."

나는 만화책에서 눈을 떼지 않고 말했다.

"월급 받으면 줄 테니까 오만원만 빌려줘."

"지갑에서 꺼내 가."

그 다음날에도 구닥다리 비디오를 보고 있는데 동생이 들이닥쳤다.

"오늘도 안 나갔어? 요즘 왜 그래? 혹시 차였냐?"

"K 출장갔다. 신경꺼라."

"시간이 넘치는구나. 그럼 언니, 비디오 말고 딴 거 보면 안될까? 좀 봐줘야 할 사람이 있는데."

"………"

"아빠 말이야. 요즘 아무래도 좀 이상해."

"무슨 소리야?"

"바람났나봐. 누구한테 잘 보이려고 염색을 해대는지 모르겠어. 저러다 벗어진 부분에는 매직 칠하게 생겼다니까."

"설마."

"그런데 언니, 진짜 차인 건 아니지?"

"아니라니까."

"그럼 아빠를 부탁해. 우리 결혼할 때까지는 두 분이 한집에서 살아줘야지."

동생은 그렇게 말하고는 내 코트를 입고 나갔다.

아, 귀찮아,라고 불평하면서도 나는 슬슬 안테나를 뽑고 레이더를 가동시켰다. 뭐가 어떻게 이상하다는 건지 궁금하기도 하고 살짝 걱정이 되기도 해서다. 사실 아버지가 염색을 지나치게 자주 하기는 했다. 거울 앞에서 손으로 눈가 주름을 펴는 모습도 여러번 봤다. 그게 뭐 어때서?라고 대수롭지 않게 여겼지만 바람이 난 것 같다는 얘기를 들으니 좀 심란하기는 했다. 동생 말대로 결혼식 때까지는 이대로 살아줬으면 싶은 바람이다.

한가해졌다고는 하지만 그래도 회사에 매인 몸이라 관찰의 폭은 좁을 수밖에 없었다. 아버지는 이년 전에 정년퇴직을 한 뒤 지금은 집에 계신다. 얼마 전까지만 해도 친구분의 회사에 나갔기 때문에 정작 쉰 건 두어 달밖에 되지 않는다. 집에 정착한 아버지는 딱 한 달 동안 제대로 쉬었다. 기간을 정해놓기라도 한 것처럼 한 달 동안 등산도 다니고 낮잠도 자고 집에서 뒹굴거리더니 정확히 한 달이 지나자 너무 많이 놀아서 지겹다는 말을 하기 시작했다. 이제 더이상은 못 놀겠다, 돈이 문제가 아니라 가만히 앉아서 시간을 허비하는 건 사람이 할 짓이 아니다, 나가서 막노동이라도 해야겠다. 아버지 입에서는 그런 타령이 흘러나왔다.

아버지는 그 다음날부터 벼룩시장을 들척거렸고 동생이 즐겨찾기에 저장해놓은 인터넷 취업싸이트를 돌아다니며 일자리를 찾기 시작했다. 괜찮은 곳을 찾으면 채용공고가 난 회사에 전화를 해서 채용 사실을 확인하고 어떤 업무를 하는지 물었다. 아버지의 구직노트에는 일자리를 구하는 회사의 이름과 전화번호가 차곡차곡 쌓여갔다. 아버지는 진짜 열심이었다. 가끔은 나이를 속이기도 하고 경력을 부풀리기까지 했다. 뉴스에 노년 취업 이야기가 나오면 볼륨을 잔뜩 올렸고 영어공부까지 시작했다. 아버지의 구직활동은 그야말로 눈물겨운 구석이 있었다.

사실 아버지의 이런 모습은 예상 밖이다. 사오십대의 아버지는 오히려 쉬고 싶다는 말을 입에 달고 살았다. 시간만 있으면 배우고 싶은 것도 가고 싶은 데도 많다고 했다. 그 말은 묘하게 자식들을 원망하는 것처럼 들렸다. 니들만 아니면 내가 날아다니겠다. 툭하면 그런 말을 하는 엄마의 푸념과는 또 달랐다. 방학때 지수와 내가 늦잠을 자거나 빈둥거리면 아버지는 의미심장한 눈빛으로 우리를 바라보았다. 그건 분명히 한심해한다기보다 부러워하는 쪽에 가까웠다. 정년퇴직만 해봐라. 나도 뒹굴거리면서 놀기도 하고 내 인생 재미있고 멋지게 살아줄 테다. 결의를 다지는 것 같기도 했다.

그런데 막상 정년퇴직을 한 아버지는 쉬지도 않고 놀러 가지도 않았다. 출근할 때보다 더 일찍 일어나서 일자리를 찾았다. 가끔은 일용직 아르바이트까지 나갔다. 한동안은 사업을 하겠다며 괜찮은 아이템을 찾아헤매더니, 월급쟁이가 사업하면 망한다고 주위에서 하도 만류하는 바람에 마음을 접었다.

"이쪽도 젊은 사람들 못지않은 취업난이야. 사정이 너무 안 좋아. 특별한 기술이 없으니까 내세울 것도 없고, 자본이 없으니 사업도 그렇고 참……"

친구들과 통화할 때마다 아버지는 후진 대학 간판에 형편없는 학점을 가졌으면서 영어실력까지 변변치 않은 졸업생처럼 말했다.

"그러지 말고 김가야, 우리 친구들 모아서 사업이나 할까? 공동투자해가지고…… 한번 해보자. 야, 사람이 일을 해야 건강하다. 이 새끼 놀고먹으려는 심보는…… 그거 연금 얼마나 된다고 그러냐. 그러니까 만날 골골하고 병원 신세 지는 거야. 그러다 너 마누라 도망간다. 알았어. 사업은 관두고 그냥 일자리 구한다. 됐냐?"

하지만 이력서를 내고 면접을 보고 오는데도 아버지에게는 출근하라는 연락이 오지 않았다. 아버지는 그때마다 끙끙 앓더니 나름대로 실패의 원인까지 찾아냈다. 아버지는 가장 먼저 서랍에 넣어둔 증명사진을 꺼내 전부 쓰레기통에 버렸다.

"이따위 사진을 쓰니까 안되지. 늙어 보이는 사람을 누가 좋아하겠어."

그때부터 아버지는 염색을 하기 시작했다. 그전까지만 해도 아버지는 염색을 혐오하는 편이었다. 얼굴은 쭈글쭈글한데 머리만 시커먼 거 이상하지 않냐? 사람은 그저 자연스러운 게 최고야. 염색머리의 엄마를 은근히 비꼬기까지 했다. 그런데 이제 아버지는 염색 없이는 못 사는 사람이 돼버렸다.

머리를 염색한 아버지는 증명사진을 다시 찍었다. 새 증명사진을 찾아온 아버지는 젊게 나온 사진만으로도 이력서에 추가할 강력한 경력이 한줄 생긴 것처럼 든든한 표정을 지었다. 물론 검은 머리에도 불구하고 아버지의 실업상태는 계속되고 있지만 말이다.

그래서 요즘 아버지는 살짝 슬럼프에 빠져 있다. 구직활동은 주춤하고 면접을 보러 가는 일도 거의 없다. 친한 친구분이 일을 구하는 바람에 외출도 거의 하지 않는다. 한창 매진하던 영어공부도 슬쩍 뒤로 미뤄두었다. 칩거하고 있는 아버지의 낡은 음악을 들으며 바둑을 두는 것이다. 어릴 때 할아버지가 아버지를 프로기사로 키우려다가 하도 가만히 앉아 있지를 못하고 엉뚱한 데 관심이 많아서 포기했다는 말을 들었는데, 아버지는 뒤늦게 할아버지의 원을 풀어주려는지 요즘은 거의 프로기사만큼이나 많은 대전을 치르고 있는 것 같다.

바둑을 둘 때 아버지가 틀어놓는 음악은 자신이 젊을 때 유행하던 가요와 옛날 팝송이 주를 이룬다. 요즘은 그 유명한 프랭크 씨나트라의 「마이 웨이」와 최성수의 「동행」, 녹색지대의 「사랑을 할 거야」, 패티김의 「가을을 남기고 떠난 사랑」에 필이 꽂혀 있다. 다 엄마가 청승맞다고 손사래치는 노래들이다.

일단 「동행」과 「사랑을 할 거야」라는 두 곡의 공통점을 살펴보자면, 반복되는 후렴구이자 절정 부분에 사랑을 하겠다, 사랑을 하고 싶다,는 의지가 상당히 절실하게 피력되어 있다. 물론 그렇다고 아버지가 사랑을 하고 싶어한다고 단정지을 수는 없지만 아니라고 할 수도 없다. 가끔 아버지가 노래를 따라 부르는 걸 들어보면 후렴으로 갈수록 목소리가 애절해지는 것을 느낄 수 있다. 그리고 절정 부분에서 자신만의 창법을 구사할 때 튀어나오는 '사랑을 할 거야, 사랑을 할 거야'는 이상한 파장을 지닌 채 듣는 사람의 마음을 흔들어댄다.

그 유명한 프랭크 씨나트라의 「마이 웨이」는 또 어떤가. 노장의 가수는 심금을 울리는 목소리로, 묵직하게 '무엇보다 가장 만족스러운 건 내 방식대로 살아왔다는 거네'라고 노래한다. 오래 살아온 사람들에게 어필하는 바가 클 것이다. 많은 걸 희생하며 쉬지 않고 걸어온 듯한데 현재 자신의 모습은 그다지 내세울 것도 자랑스러울 것도 없다는 생각이 들 때, 사람들은 어떤 강력한 최면이나 위로를 필요로 한다. 떨림이 내장된 프랭크 씨나트라의 목소리는 그런 위로를 주기에 적절하다.

그러고 보니 아버지는 바둑을 두지 않을 때면 베란다에 자주 나갔다. 거기서 화분에 물도 주고 창밖도 바라보고 의자에 앉아서 책도 읽었다. 아버지는 멀쩡한 방을 놔두고 거기 오래오래 머물렀다. 화분에 물을 주는 것은 어쩌면 어떤 마음을 은

폐하려는 것인지도 모른다. 그래서 엄마가 베란다를 트자고 했을 때 돈지랄이라고 하며(아버지는 가끔 이렇게 격한 표현으로 상황을 제압하려 든다) 극구 반대한 것이다. 베란다가 사라진다면…… 아버지는 그런 상황은 생각하고 싶지도 않았을 것이다. 베란다를 사수하는 것은 집안에서 자신의 존재를 사수하는 것과 맞먹는다고 생각했을 것이다.

며칠 동안 지켜본 바로는, 아버지의 모습은 지지기반이 부실해지고 사회의 중심부에서 밀려나 고독해진 그 또래 남자들의 모습과 별다르지 않은 것 같다. 아버지는 지금 인생의 후반전을 어떻게 살아야 할지, 갑자기 남아돌게 된 시간을 어디다 써야 할지 몰라 당황하고 있는 것이다. 나도 K와 헤어졌을 때 그랬는데 이런 순간은 인생에서 수시로 찾아오는 모양이다. 고령화사회로 접어들면서 삶은 길어졌는데 일은 빨리 내려놓아야 하고 노는 법도 잘 모른다. 아버지 세대는 일하는 것밖에 배우지 못했다. 일하지 않아도 되는 시간이 오면 무엇을 해야 할지 생각할 여유도 별로 없었을 것이다.

물론 아버지를 지켜보는 동안 나는 다른 것에 대해서도 알게 되었다. 아버지의 이마와 손등에는 검버섯이 피어나고 있고 방에서는 슬슬 노인 냄새가 나기 시작했다. 아버지는 요즘 가발광고가 나오면 꼭 거울 앞에 가서 거의 다 벗어진 이마를 비춰본다. 볼록하게 튀어나온 아랫배와 눈밑 주름에도 신경을 쓴다. 왕성하게 활동하던 세포들은 쇠락해가면서 냄새를 풍기고 흔적을 남기고 있다. 머리부터 발끝까지 온몸 구석구석이 고장신호를 보내면서 망가져가는 것이다.

꼭 취직이 아니더라도 아버지가 뭔가 하고 싶은 일을 찾았으면 좋겠다. 자원봉사라도 좋고 무언가를 배우는 것도 괜찮다. 남은 인생을 신명나게 꾸며갔으면 좋겠다. 애청곡의 가사처럼 사랑을 해서 활력을 찾을 수만 있다면 나는 차라리 사랑에 빠지라고 권유하고 싶은 심정이다. 가산을 탕진하고 가정이 파탄날 지경이 아니라면 마음껏 사랑해도 좋다. 엄마와 다시 사랑에 빠진다면 더 바랄 게 없겠지만 그게 별로라면, 누구든 무엇이든 제발 열심히 사랑하라. 그래서 활기와 의욕을 되찾아라. 일인 촛불시위라도 하고 싶었다.

월차인데 비도 추적추적 오고 기분도 울적해서 영화나 볼까 하고 나갔다. 지하철역에 도착해서야 지갑을 놓고 왔다는 걸 알았다. 어쩔 수 없이 도로 집에 갔는데 손잡이를 돌리니 문이 그냥 열렸다. 아무리 가져갈 거 없는 집이라지만 엄마도 아버지도 어쩌면 이렇게 문단속하는 걸 잘 잊어버릴까, 큰 걱정이다 싶었다.

신발을 벗고 들어서니 집 안에는 최성수의 「동행」이 울려퍼지고 있었다. 오늘같이 비오는 날에 잘 어울리는 노래라는 생각이 들었다. 거실을 둘러보니 엄마는 없는 것 같고 음악소리는 들리는데 아버지도 보이지 않았다.

방에서 지갑을 들고 나오는데 베란다 쪽에서 인기척이 느껴졌다. 혹시 도둑인가 싶어서 살금살금 다가가니 아버지가 거기 서서 창밖을 내다보고 있었다. 아버지,라고 부르려는데, 아버지는 울고 있었다. 눈물이 빗물처럼 흘러내리고 있었다. 누가 나와 같이 함께 울어줄 사람 있나요. 누가 나와 같이 함께 따뜻한 동행이 될까. 사랑하고 싶어요. 빈 가슴 채울 때까지. 사랑하고 싶어요. 사랑 있는 날까지. 바로 이 부분이 아버지를 울리고 있었다.

사춘기 자식이 우는 모습을 목격한 부모의 심정도 복잡하겠지만, 나이 든 아버지의 눈물을 목격한 자식도 만만치 않은 충격과 고통에 휩싸였다. 혹시 아버지도 사춘기(思春期)인가? 아니지, 이런 건 사추기(思秋期)라고 해야 하나? 인생이 가을로 접어들어서 바람만 불어도 마음속에 낙엽이 뚝뚝 떨어지고 언제나 혼자인 듯한 기분이 드는 것. 어떤 일에 다시 열정을 불태우고 마음을 쏟고 싶지만 몸은 점점 쇠약해지고 외로움을 달랠 길이 없는 것. 뒤돌아보면 모든 게 아쉽고 후회되고 허무해서 눈물만 나는 것. 대충 이런 심정이 사추기가 아닐까, 싶다.

조용히 다시 방에 들어온 나는 오래오래 울었다. 베란다에서 아버지가 얼마나 더 울었는지는 모르겠다. 그것이 아버지의 첫번째 눈물인지 수많은 눈물 중 한번인지도 모른다. 저녁에 본 아버지는 평소와 다르지 않았다. 뉴스를 보고 책을 읽었다. 다음날에도 그 다음날에도 아버지는 염색을 하고 취업싸이트를 돌아다니고 영어공부를 했다. 이력서를 쓰고 친구에게 사업을 해보라고 바람을 넣었다. 가발광고가 나오자 거울 앞으로 가서 흰해진 앞머리를 살펴보았다.

아버지의 눈물 때문에 마음이 아팠지만 한편으로는 아버지가 울 수 있어서 다행이라는 생각이 들었다. 술에 취하지 않고 폭언을 쏟아내지 않고 도박에 중독되지 않고 다른 사람의 가슴을 할퀴지 않고 다만 음악과 빗물에 취해 묵묵히 울 수 있어서 다행이었다. 지금의 심적인 방황이 남은 인생을 즐겁게 보낼 자양분이 될 수 있다면 눈물 좀 흘리는 게 대수인가. 인생은 육십부터! 그러니 아버지의 인생은 이제 시작인데!

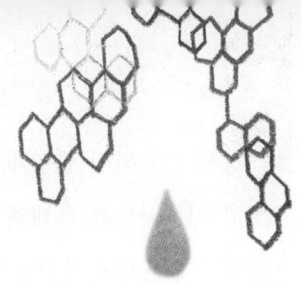

지금의 자신을 좋아하나요?

애인과 헤어졌으니 뻔질나게 전화할 거라고 예상한 친구들은 내가 잠수를 타버리자 의아해했다. 심지어 전화해서 불러내는데도 집에 있겠다고 하자, 그러다가 몸에 곰팡이 피고 입에 거미줄 걸린다며 악담을 퍼부어댔다. 급기야 성형수술을 해서 집에 콕 박혀 있는 거 아니냐는 기도 안 차는 루머까지 돌기 시작했다.

"우리한테는 공개해도 되지 않겠어? 이제 슬슬 자리도 잡았을 텐데. 왜? 수술이 잘 안됐니? 재수술하러 같이 가줄까?"

전화통을 붙잡고 아무리 아니라고 해도 계집애들이 들어먹질 않았다. 나는 스스로를 대인기피증이나 성형수술 의혹에서 해방시키기 위해 모임에 참석하기로 했다. 막상 나가서 실컷 웃고 떠들다보면 유쾌해지기도 하니까. 지금으로서는 세상과 나를 순수하게 이어주는 유일한 끈이 그 친구들뿐이기도 했다.

이년 전 연애를 끝으로 아직 애인이 없는 희주는 또 선을 보았다. 내가 애인과 헤어졌다고 했을 때 열심히 위로하면서도 가장 즐거워하던 친구다. 삼십대의 싱글이 어때서? 요즘은 그게 트렌드야. 웃으면서 나의 싱글 입성을 축하했지만 희주는 자의반 타의반으로 계속 선을 보고 있다. 한두 달 만에 만나면 적어도 두 건 이상의 맞선 소식을 전하곤 한다. 하지만 표정은 대체로 시큰둥하다.

"기대가 없으니까 실망도 적지만 이상한 건 점점 더 별로인 사람이 나온다는 거야. 생각해보면 맨처음 만났던 사람이 그나마 제일 나았던 것 같아. 지금은 이름도 기억나지 않지만 말이야."

희주가 처음 선을 본 날은 내가 더 잘 기억한다. 내 구두를 빌려 신고 나갔는데 만나러 간 지 두 시간 만에 전화해서 하소연을 늘어놨다. 남자가 너무 수줍어하고 도무지 무슨 생각을 하는지 알 수가 없다는 것이다.

"남자다운 구석이 하나도 없어. 이럴까요? 저럴까요? 죄다 물어봐. 내가 먼저 말을 안하면 몇분이고 입 꼭 다물고 앉아 있다니까. 내가 무슨 토크쇼 진행하러 나왔냐고. 웃겨주려고 주절주절 떠들어대고 있는 거 너무 한심하잖아. 한 시간이 한

나절같이 길게 느껴진다."

그런데도 그 남자가 가장 나았다는 것이다. 두번째 남자는 너무 탐욕스럽게 생겼고, 그다음 남자는 지나치게 좀생이고…… 마음에 들지 않는 이유는 단순한 것 같지만 복잡미묘했다. 분명한 것은 마음에 들지 않는다는 것뿐이었다.

"엄청난 사람을 바라는 것도 아닌데 왜 이런지 모르겠어. 그냥 잘생긴 것도 아니고 돈 많은 것도 아니고 호감가는 사람 말이야. 그런 사람을 찾는 건데. 정말 그런 사람들은 죄다 결혼을 했거나 애인이 있거나 아니면 여자를 싫어하는 거냐고."

선을 보고 난 뒤면 언제나 이어지는 희주의 불평에 모두 웃고 말았지만 한편으로는 정말 궁금하기도 했다. 애인 없는 멀쩡한 남자들은 모두 어디에 있는 걸까. 이래서 사람들이 모험보다 안정을 추구하게 되는 거다. 구관이 명관이라는 말이 괜히 나올 리가 없다. 새로운 사람을 찾을 때면 설레는 마음도 있지만, 더 이상한 사람을 만나면 어쩌나, 하는 불안함과 처음부터 다시 시작해야 하는구나, 하는 귀찮음이 공존한다.

"지난주에 만난 남자는 서른다섯인데, 뭐 아주 나쁘진 않았어. 그런데 뭐랄까, 나랑 좀 코드가 안 맞는다고 해야 하나. 나를 맘에 들어하는 것 같기는 한데……"

"나쁘지 않으면 일단 만나봐."

"그게 그렇게 간단하지가 않아."

"복잡할 건 또 뭐니. 단순하게 생각해."

희주가 한마디 할 때마다, 네가 아직 배가 불러서 그렇다, 싱글생활 이년이면 눈도 많이 낮아진다는데 너는 아직도 눈이 머리 꼭대기에 붙은 거냐, 친구들의 성토가 이어졌다.

"뭔가 느낌도 없고 저런 사람이랑 결혼해서 산다면 어떨까, 하는 그림도 전혀 그려지지 않는 거야. 싫은 건 아닌데. 아, 모르겠다."

누군가를 소개받는 대부분의 사람들이 그렇지만 희주는 맞선에서도 은근히 운명적인 만남을 꿈꾼다. 여러번 실망하다보면 포기할 법도 한데 우리의 로맨티스트는 지칠 줄을 모른다. 어떤 운명적인 느낌과 찌르르 전기가 통하는 첫인상. 희주는 그런 것에 대한 기대를 버리지 않는다.

"느낌 같은 소리 한다. 그러니까 안되는 거야. 결혼은 생활이야. 결혼할 거면 느낌을 찾지 말고 성격을 보란 말이야. 남자는 성격이야. 그다음이 경제력이고. 얼굴은 자기가 제일 싫어하는 스타일만 아니면 돼. 알았어?"

답답한지 민경이 독하게 쏘아붙였다. 그러자 희주가 억울하다는 듯 반론을 폈다.

"내가 누누이 말하지만 난 결혼보다 연애가 하고 싶단 말이야. 결혼이야 연애하다 좋으면 하는 거고. 연애 안한 지가 벌써 이년이야. 너네도 그거 봤지? 연애도 오랫동안 안하면 연애세포가 죽는대."

연애세포? 생전처음 듣는 말이었지만 나만 빼고 다들 아는

42

눈치였다.

"나 요즘에 연애세포가 다 죽은 기분이야. 완전히 감을 잃었어. 솔직히 회사에 괜찮은 사람이 하나 있었거든. 근데 작업은커녕 무슨 말을 해야 할지도 모르겠더라. 얼마 전 회식자리에서 운좋게 마주보고 앉게 됐는데 그 좋은 기회를 고스란히 놓쳐버렸지 뭐야. 그나마 제일 봐줄 만했는데 요즘 아무래도 누가 생긴 눈치야. 확실해. 어제는 요즘 커플링 얼마 정도 하느냐고 묻더라고."

저런. 모두가 한마음으로 동시에 탄식했다. 탄력받은 희주는 그동안 쌓아둔 불만을 죄다 쏟아냈다.

"야, 서른 넘은 여자는 화도 못 내나? 참다 참다 한마디 하는 건데도 이건 무슨 말만 하면 노처녀 히스테리라고 몰아세우니 정말 돌아버리겠어. 일하다 화내는 거랑 그거랑 무슨 상관이야. 그래서 나 이제는 남들한테 그냥 독신이라고 한다니까. 차라리 그게 마음편해. 독신이라고 했다가 누구 만나서 결혼하면 다행이고 아니라도 결혼 못해서 환장한 여자로 보이지는 않을 거 아냐."

같은 싱글의 입장에서 내 마음은 안타깝다 못해 미어졌다. 순간 엉뚱한 생각이 머릿속을 스치고 지나갔다. 연애세포나 노처녀 히스테리 이야기는 이 생각에 비하면 로맨틱하기까지 하다. 희주가 거품을 물며 불만을 토로하는 동안 내 머릿속에는 유방암과 자궁암이 쌍둥이빌딩처럼 우뚝 솟아올랐다. 삼십대 환자 급증, 특히 출산과 모유수유 경험이 없는 미혼여성에게 발병률이 높다는 뉴스와 신문기사가 슬라이드처럼 착착 장면을 바꿔나갔다. 출산은커녕 당분간 결혼계획도 없는 늙은 싱글들은 어쩌면 좋단 말인가. 갑자기 등골이 오싹해졌다. 여자 혼자서 나이 들어간다는 건 이렇게 위험부담이 큰 건가.

"엄마가 며칠 전에 점 봤는데 이제 삼재노 끝나고 다 잘될 거라고 했다는데. 뭐가 어떻게 잘된다는 건지."

"무슨 인생이 평생 삼재냐. 지겹다, 지겨워."

희주의 이야기가 끝나자마자 가장 친한 친구인 선영이 남자 친구가 생겼다고 말했다. 알고 지낸 지는 삼개월쯤 됐는데 본격적으로 사귀기로 한 건 얼마 되지 않는다고 했다. 이야기를 꺼낸 타이밍이 절묘했다. 뭐야. 어떻게 된 거야. 말해봐. 여기 저기서 탄성과 질문이 쏟아졌다. 맞선 실패담을 늘어놓은 희주는 눈을 살짝 흘겼다.

"사귀기로 하긴 했는데 자세한 건 좀더 두고 본 다음에 얘기해줄게. 사실은 아직 별로 아는 게 없어."

"너 또 만나자마자 사귀기로 한 거지? 희주야, 네가 본받아야 할 게 바로 이거야. 선영이처럼 앞뒤 재지 말고 한번 해보는 거. 연애가 하고 싶으면 이렇게 해야지."

민경은 희주를 붙잡고 개인과외에 들어갔다.

"그래, 결혼해보니까 연애는 할 수 있을 때 많이 해야 해. 그게 다 추억이고 재산이거든. 안 그러면 나중에 엉뚱한 데서 터져. 연수야, 너도 빨랑 잊고 연애 시작해라."

결혼경력이 가장 오래된 은미가 가만있는 나까지 끌어들였다.

"왜? 벌써 바람피우고 싶어졌어?"

"그런 건 아닌데, 봄 되려니까 싱숭생숭해."

"맞아. 봄이 뭐 처녀 유부녀 가리는 줄 아니?"

아무튼 삼십대가 되면서 정체현상을 빚던 애정전선은 중반으로 넘어가면서 다시 급물살을 타기 시작했다. 새로운 사랑을 찾은 사람이 있는가 하면 싱글이 된 사람이 생기고 여전히 새로운 사랑을 기다리는 사람이 있다.

나는 선영의 새 남자친구가 어떤 사람일지 몹시 궁금해졌다. 그리고 궁금함과 동시에 자동적으로 선영의 예전 남자친구가 떠올랐다. P는 선영과 일년 정도 만났는데 동갑이어서 나뿐만 아니라 다른 친구들하고도 스스럼없이 어울렸다. 둘은 육개월쯤 전에 헤어졌는데, 사실 헤어지기 전에 P가 내게 이런 말을 한 적이 있었다.

"선영이는 결국 번듯한 남자 만나서 잘살 것 같아. 나 같은 놈이랑은 그냥 연애나 하는 거지. 요즘 들어 자꾸 그런 생각이 든다. 여자들은 다 그렇다지만 선영이도 상당히 현실적인 데가 있더라. 변했다고나 할까. 그걸 뭐라고 할 수는 없는데 더 좋은 조건의 남자가 나타나면 언제든지 떠날 거 같아."

나는 남자들이 언제 여자가 변해가고 있다고 느끼는지 궁금했다. P는 한참 머뭇거리다가 그냥 느낌이라고 했다.

"그럼 현실적이라는 건 뭐야?"

"선영이도 이제 삼십대잖아. 나이를 먹기 시작했다는 거
지."

아직도 샤기커트에 귀고리를 두 개씩 하고 티셔츠에 카고팬
츠를 즐겨입는 선영이 현실직이라면, 가끔 블라우스에 스커트
를 입는 나는 완전 속물이란 말인가? 기분이 썩 좋지는 않았
다. 그동안 나는 선영이 나이나 현실을 망각하고 사는 피터 팬
같다고 생각했다. 하지만 P는 선영이 피터 팬이 아니라 웬디라
고 말하고 있었다.

"야, 너도 삼십대야. 너도 나이 먹었어."

"그래도 나는 결혼하면 반드시 서울에 있는 삼십몇평짜리
아파트에 살아야 되고 월급이 얼마 이상은 돼야 한다고 생각
하진 않아. 근데 선영이는 이제 그래야 된다고 생각해. 하지만
나는 그렇게 살고 싶지는 않아. 돈에 얽매이고 싶지 않다고."

P의 표정은 쓸쓸했다. 뭔가에 잔뜩 실망한 남자애처럼 보였
다. 어쩌면 남자애라는 표현이 잘 어울리는 P야말로 피터 팬일
지도 모른다는 생각이 들었다. 어른이 되어서 날 수 없게 된
웬디를 본 피터 팬은 잠시나마 쓸쓸한 표정을 지었을지도 모
른다. 웬디가 피터 팬과 함께 다시 네버랜드로 날아가기를 바
란 내 마음도 쓸쓸해지긴 마찬가지였다.

그렇다면 선영의 새 남자친구는 삼십몇평짜리 아파트를 살

수 있고 월급이 얼마 이상은 되는 사람이라는 걸까. 아니면 또 다른 종류의 피터 팬일까. 하지만 선영은 새로 생긴 남자친구에 대해서 더이상 이야기하지 않았다.

애인과 헤어진 사실을 가족에게 알려야 할지 말아야 할지도 고민거리였다. 선영이처럼 육개월 만에 다른 남자를 만나게 된다면 모를까, 언제까지나 숨길 수도 없는 노릇이었다. 엄마는 벌써부터 방에 틀어박혀서 음악을 듣고 퇴근길에 만화책을 빌려오는 내 퇴행성 취미에 딴죽을 걸기 시작했다. 웬일로 일찍 들어오냐, 일찍 들어오라고 노래를 부를 때는 들은 척도 안 하더니 청개구리가 따로 없다. 주말에는 왜 안 나가냐. 아직도 싸움질이냐. 네가 좀 져줘라. 여자가 너무 드세게 굴면 남자가 질린다. 연애가 길수록 남자 단속을 잘해야 한다. 그쪽 집에서는 아직 아무 말도 없냐. 네 나이가 벌써 서른셋인데 왜 이렇게 천하태평이냐. 이런 상황이니 가족들이 알게 되면 희주처럼 선을 보아야 할 것이다. 어쩌면 그전에 아무런 대책도 없는 철딱서니라는 말을 스무 번쯤 듣고 성격파탄자라는 누명까지 쓸 가능성도 있다. 아니, 그건 거의 확실하다. K는 가족들에게 그런대로 평판이 좋은 편이었다. 엄마는 심적으로 완전히 그 인간을 사위로 생각하고 있었다. 하지만 언제까지나 숨길 수도 없다. 계속 숨기다보면 또 언제 상견례를 할 거냐는 말에 시달려야 한다.

그러잖아도 엄마는 요즘 툭하면 고모가 시집 잘 간 연재 이야기로 염장을 지른다며 전화를 끊고 나면 찬물을 한 컵씩 들이켰다. 학창시절에 이년 정도 우리집에서 산 동갑내기 사촌 연재는 벌써 두 아이의 엄마가 되었다. 오늘도 엄마는 연재가 새로 분양하는 아파트에 입주하게 되었다는 소식을 듣고 거품을 물었다.

"공부는 죽어라고 못해서 고등학교나 제대로 갈까 싶었더니 시집은 어떻게 잘 가가지고…… 사람 참 오래 살고 볼 일이다. 아파트가 오십평이면 넓기는 하겠네."

요즘 고모는 이삼일에 한번씩은 전화를 해서 엄마 속을 발칵 뒤집어놓는다. 본격적으로 염장질을 시작한 걸 보면 정말 살 만해진 모양이다. 십몇년 전에 온갖 빚을 얻어서 사놓은 강남의 아파트 값이 신나게 올라가자 고모는 슬슬 기지개를 켜기 시작했다. 거기다 하나밖에 없는 딸 연재가 끝내주게 시집을 가자 자리에서 벌떡 일어났다. 연재는 고모에게 힘을 실어주듯 떡두꺼비 같은 아들도 낳고 토끼 같은 딸도 낳았다. 이번에는 오십평대의 아파트에도 입주한단다. 그래서 요즘 고모는 그야말로 거칠 것 없이 잘나간다.

예전에 고모네는 고모부 사업이 망하는 바람에 한참 힘들었었다. 엄밀히 말하자면 망한 게 아니라 사기를 당한 것이어서 고모는 한동안 화병에 시달렸다. 가끔 우리집에 와서 엄마의 염장도 지르고 집에서 살림만 하던 고모는 갑자기 일을 하려

니 아이들까지 건사하기가 힘들어서 연재는 우리집에, 남동생
은 큰집에 맡겨두고 일을 시작했다. 그때가 유일하게 고모의
염장질이 중단된 시기였는데 딸을 맡긴 입장이니 한동안 엄마
에게 설설 길 수밖에 없었다.

　나는 연재가 우리집에 와서 사는 것까지는 괜찮았다. 사실
누군가 조금만 반대의 기미를 보여도 고모가 울고불고 난리를
피우며 바닥에서 뒹굴었기 때문에 우리 가족은 몇번이나 환영
한다고 말해야만 했다. 다만 그 싯점이 중삼때라서 싫었다. 연
합고사 공부해야 한다는 말은 사실 핑계였고 사춘기였기 때문
에 누구와 함께 지낸다는 것 자체가 그냥 싫었다. 중일말에 시
작된 사춘기는 한창 정점에 달해 있었다. 혼자만의 공간에서
보내는 사색의 시간이 절대적으로 필요한 시기였다. 그런데
그 절체절명의 순간에 연재라는 불청객이 끼어든 것이다. 나
는 연재와 함께 방을 쓸 수 없다고 당당하게 선언했다. 혼자서
방을 쓴 지 얼마나 됐다고…… 절대로 안될 일이었다. 하지만
엄마에게는 도무지 통하지 않았다.

　"그러면 네가 지수하고 한방 써. 연재 혼자 쓰라고 할 테니
까."

　그것도 안될 말이었다. 나더러 초등학생하고 같이 방을 쓰
라니.

　"지수가 연재하고 한방 쓰면 되잖아."

　"너는 지금 그걸 말이라고 하고 앉았냐? 어? 언니라는 게

지수 생각은 눈곱만큼도 안해? 너랑 연재가 동갑이니까 같이 쓰는 게 편하지. 지수가 연재랑 같이 쓰는 게 편해? 에라이, 저런 걸 큰딸이라고 내가……"

나는 단식투쟁이라도 할까 하다가 학교생활에 지장이 있을까봐 그러지는 못하고, 어쩔 수 없이 연재와 한방을 쓰기로 했다. 사실 가출까지도 심각하게 고려했지만 역시 그런 오지랖은 안됐다.

동갑이고 같은 학년이기는 하지만 내가 생일이 빨라서 어릴 때는 연재가 언니라고 불렀을 만큼(물론 고모의 저지로 바로 연수야,가 됐지만) 나는 마음속으로 연재를 얕보고 있었다. 그런데 중삼이 되어서 만난 연재는 키가 백칠십 센티미터에 몸매가 날씬한, 소위 잘나가는 애로 성장해 있었다. 학교가 달라서 정확히 알 수는 없지만 분위기를 보아하니 남자깨나 울리는 퀸카인 모양이었다. 초등학생때 예쁘다가 중학생이 되면서 인물이 무너지는 애들은 많이 봤지만 시간이 지날수록 인물이 확 피는 애는 연재가 처음이었다. 연재에 비하면 내 얼굴은 만들어지다 만 것 같고 키는 크다 만 것 같았다. 우리집에 얹혀 사는 건 연잰데, 뭔가 내가 더 꿀리는 심정이었다. 어쩌면 신데렐라를 괴롭힌 새언니들이나 콩쥐를 못살게 군 팥쥐도 처음부터 나빴던 게 아니라 한창 예민할 시기에 외모 때문에 비참한 기분이 들어서 에라 모르겠다, 괴롭히자, 하고 마음먹었을지도 모른다.

그런데 인물값 한다고 해야 하나. 연재는 책상을 들여놓자는 엄마와 고모의 강력한 권유에도 불구하고 기어이 화장대를 들여놨다.

"난 상고(商高) 갈 거라서 책상 필요없어. 엄마가 이다음에 내 방 만들어주면 그때 살게."

그때만 해도 좁은 방에 책상을 두 개나 놓으면 돌아다닐 공간마저 없어지니까 크기가 작은 화장대로 대신하려나보다 생각했다. 내가 불편해하고 고모가 속상해할까봐 돌려서 말하는 줄 알았다. 생각보다 어른스럽구나. 나만 책상을 쓰는 게 살짝 미안해지기까지 했다.

그런데 지내다보니 연재는 책상이 없다고 불편해하기는커녕, 책상이 없으니까 공부를 안해도 된다고 생각할 정도로 철딱서니가 없었다. 방에 있을 때는 화장대에 붙어앉아서 거울만 들여다봤다. 연재의 고민이라고는 체중조절과 앞머리 세우기, 새로운 남자 공략하기, 싫증난 남자애 떨궈내기뿐이었다. 당연히 사색이니 고뇌니, 자아성찰 같은 걸 했을 리 만무했다.

맹세하건대 연재는 정신적인 의미의 사춘기는 절대 겪지 않았다. 빠른 시일 내에 겪을 기미도 보이지 않았다. 그애가 겪은 것은 남다른 이차 성징과 화려한 연애뿐이었다. 연애만 하기에도 그애의 하루는 너무 짧았다.

나는 그애가 자정 너머까지 깨어 있는 것을 단 한번도 본 적이 없었다. 홀로 깨어 있는 새벽을 알지 못하는 사람은 사춘기를 겪지 않았다는 것이 그 당시 나의 신념이었다. 연재와 달리 나는 새벽까지 잠들지 않은 채 음악을 들으며 검게 물든 창밖을 내다보았다. 수많은 생각이 나를 지배했고 거기에 침잠(沈潛)하는 것이 큰 낙이었다. 이 세상에 지금 나처럼 충만한 마음으로 깨어 있는 사람은 없을 거라는 예감은 내게 경이로움을 심어주었고, 그래도 어차피 나는 세상을 가득 채운 사람들 중 한명일 수밖에 없다는 깨달음은 무한한 슬픔을 안겨주었다.

나는 다 자랐고 더이상 자랄 필요가 없는 완벽한 영혼이었다. 그에 비하면 코를 골며 잠들어 있는 연재는 미성숙의 표본이었다. 그것이 연재보다 인물이 떨어지는 나에게는 커다란 위안이 되었다. 적어도 정신적인 면에서는 내가 월등히 앞서가고 있다는 것. 고로 신은 공평하다는 것. 그런 의미에서 연재와 나는 좌우대칭을 이루는 아주 먼 점이었다. 육체적 성숙과 정신적 성숙. 이 두 마리 토끼가 뛰어간다면 나는 언제나 정신적 성숙을 잡으러 갈 준비가 되어 있었다.

그때뿐이 아니라 어릴 때부터 연재와 나는 달랐다. 연재가 엄마 화장품을 훔쳐 바르고 공주놀이를 했다면, 나는 또래 남자아이가 서서 오줌 싸는 것을 보고는 남몰래 연습을 해서 엄마를 기겁시켰다고 한다. 엄마가 바리바리 사다 안긴 인형 덕에 한동안 잠잠해졌지만 나의 기행(奇行)은 초등학교 입학 후에도 이어졌다.

그때 우리 가족은 연립에 살았는데, 일층에 살던 우리 가족과 위층에 사는 가족이 꽤 가깝게 지냈다. 그 집에는 나와 동갑내기 남자애가 있었는데 그 남자아이의 벗은 몸을 보고는, 그만 내가 네 고추를 살 테니 팔라고 말해버린 사건이 벌어졌다.

나도 그 당시 상황이 어렴풋이 기억나는데 내가 그 남자애를 불러세워놓고, "너 이거 필요없지? 그럼 나한테 팔아"라고 말했던 것 같다. 다행히 남자아이의 엄마가 그 사건에 대해 먼저 알게 되었다. 아마 우리 엄마가 먼저 알았더라면 나는 빗자루가 부러질 때까지 맞거나 감금당했을지도 모른다.

그 사실을 알게 된 걔네 엄마는 몇날 며칠을 고민했을 것으로 짐작된다. 고민 끝에 어린애니 그냥 이 일을 비밀에 부쳐두자고 결심했을 무렵 나는 기어이 두번째 사고를 치고야 말았다. 그애를 다시 불러내서 "그러니까 그거 팔 거야, 안 팔 거야?"라고 다그쳤던 것이다. 겁에 질린 남자아이는 엄마가 단단히 일러준 대로 "우리 엄마가 이건 파는 거 아니래. 보여주지도 말랬어"라며 울먹거렸는데 그애가 팔 것처럼 하다가 갑자기 안 판다고 해서 나는 아마 좀 화가 났던 것 같다. 나중에 이 일은 결국 우리 엄마의 귀에까지 들어가고 말았는데 시간이 좀 흐른 뒤라 다행히 혼나지는 않았다. 다만 나는 특별보호대상 같은 것으로 지정되어 각별한 관리체제에 들어갔다.

엄마는 일단 할머니와 고모를 집에 오지 못하게 했다. 나의 기행이 정신적 스트레스에서 기인한 것이라고 판단했기 때문이다. 그 사람들이 자꾸만 나와 동생의 아랫도리를 뚫어져라 보며, 고추 하나 달고 나왔으면 얼마나 좋아, 남동생을 봐야 하는데, 하며 입방정을 떨어서 내가 살짝 돈 지경에 이르렀다는 것이다. 엄마의 판단은 현명했다. 그때 나는 내가 남자가 아니고 마땅히 달고 있어야 할 것이 없는 여자라는 사실에 적지 않은 스트레스를 받고 있었다.

엄마의 특별관리 덕에 나는 더이상 남자애들의 고추를 탐하지 않게 되었다. 내게 고추를 팔 뻔한 남자애도 특별관리를 받았는지(사실 그애에게는 심각한 노출증이 있었다) 툭하면 옷을 훌러덩 벗고 돌아다니는 버릇을 고친 것 같았다.

그뒤로 나는 마땅히 있어야 할 것이 없는 아이에서 쓸데없는 것을 많이 아는 아이로 자라났다. 대개의 맏이들이 그렇듯 꽤나 조숙한 편이었다. 최고라고는 할 수 없지만 누가 누가 조숙한가,라는 대회가 있다면 입상 정도는 할 수 있었을 것이다.

거기에 비하면 남동생을 본 연재의 미래는 매우 밝았다 할 수 있다. 어쩌면 그애는 억압이나 결핍감의 결여로 인해 중삼이 되도록 사춘기를 겪지 않았는지도 모른다. 하지만 어릴 때부터 외모에 대한 관심이 지나쳐 툭하면 고모의 립스틱을 부러뜨리고 고대기로 머리를 홀랑 태워먹는 짓을 저질렀다.

중학생이 되어서도 나는 사춘기를 겪느라 친척들을 만나면 데면데면하고 혼자 있고 싶어한 반면, 그애는 그 나이에도 어른들이 모인 자리에서 가수 흉내를 내며 노래를 부르고 춤을

췄다. 친척들은 그 모습을 보며, 저런 애가 어디서 나왔나, 하며 신기함과 우려를 표했다. 나는 멀찌감치 떨어져서 부끄러움이라고는 모르는 그애의 철없는 행동을 마음껏 비웃어주었다. 이렇게 행보가 전혀 다른 두 사람이 계획에도 없는 이년 동안의 동거생활을 했으니 좋게 말하면 허물없는 사이라고 할 수 있고 나쁘게 말하면 볼 장 다 본 사촌지간이라고 할 수 있다.

둘째아이를 낳은 후 연재는 부쩍 전화를 자주 걸어온다. 아이가 둘이나 되다보니 통화하기도 쉽지 않네, 하면서도 확실히 횟수가 늘었다. 전화 속의 목소리는 늘 분주하다. 연재는 첫째아이를 놀이방에 보내고 다시 일을 시작하려 했지만 덜컥 둘째아이가 생기는 바람에 지금은 두 아이를 돌보느라 정신이 없다고 했다. 그러니?라고 대꾸했지만 다시 일을 시작하려 했다는 말은 믿기 힘들었다. 연재는 고등학교를 졸업한 뒤에도 회사에 제대로 다닌 적이 없다. 석 달 다니다가 때려치우고 육 개월 노는 식이었다. 물론 그런 걸 일일이 따지지는 않았다.

"연수야, 언제 쉬는 날 놀러 와. 나는 꼼짝도 못하니까 얼굴 보려면 그 수밖엔 없어. 언제 올 거야? 저번처럼 온다고 하고 또 안 오는 건 아니지?"

시간 나면 한번 갈게,라고 대꾸하면서도 나는 연재가 놀러 오라고 조르는 이유를 알 수 없었다. 죽고 못 살 만큼 친한 것도 아니고 둘 사이에 무슨 공통적인 관심사가 있는 것도 아닌데 갑자기 왜 그러지? 만약 자랑하고 싶어서라면 고모한테 넘치도록 들어서 더 궁금한 것도 없는데 말이다. 아무튼 그동안 은 바쁘기도 하고 별로 내키지도 않아서 방문을 미뤘지만 이 제는 더이상 갖다댈 핑계도 없고 많이 한가해진 터라 결국 쉬 는 날에 연재의 집에 가기로 했다.

잘사는 동네의 분위기라는 건 한두 가지만으로는 설명하기 어렵다. 딱히 뭐가 다르다고 꼬집어 말하기는 힘들지만 그곳 에 들어가서 걷다보면 자연스럽게 알게 된다. 버스에서 내려 연재네 아파트단지로 들어가는 순간까지 나는 이 동네에만 햇 빛이 집중적으로 비추는 듯한 느낌을 받았다. 오가는 사람들 의 자태와 피부도 때깔이 다르고 출입문과 엘리베이터의 장 식과 자재도 예사롭지 않았다. 이게 잘사는 동네의 분위기라 는 거구나. 감탄이 절로 나왔다. 어쩐지 공기마저도 다른 것 같았다.

현관문을 열고 집으로 들어서는 순간, 나는 '우리집이 이렇 게 달라졌어요' 같은 프로그램에 출연한 사람처럼 소리를 지를 뻔했다. 아버지가 평생 모은 돈으로 장만한 우리 아파트가 삼 십사평형인데 연재네 집은 그 두 배 이상은 넓어 보였다. 집 안으로 들어서는데 가슴이 확 트이는 듯한 이 느낌은 대체 뭐 란 말인가. 고모가 침 튀기며 자랑할 만하다는 생각이 들었다. 나는 무언가에 홀린 사람처럼, 꽤 넓은데 몇평이니? 실평수도 잘 나왔구나, 따위의 말을 두서없이 늘어놓았다. 연재는 사람 사는 데가 다 그렇지, 별로 넓지도 않아, 하며 심드렁하게 대꾸했다. 성에 안 찬다는 건지 겸손을 떠는 건지 알 수가 없는 태도였다.

집은 입이 떡 벌어지게 넓었지만 가구나 분위기는 평범한 편이었다. 천장에는 모빌이 매달려 있고 벽에는 아이들의 사진과 작은 손바닥과 발바닥을 본뜬 모형만 몇개 걸려 있었다. 한마디로 어린아이만을 위해 꾸며놓은 집처럼 보였다. 이렇게 넓은 벽에는 그림을 한점 걸어놔도 좋을 텐데,라는 아쉬움이 들었다. 나도 모르게 이 집이 내 거라면 이렇게 꾸미겠다는 생각이 머릿속에 착 펼쳐졌다. 연재도 예전에는 벽에 무언가를 걸어두는 걸 굉장히 좋아했다. 시대를 풍미하던 꽃미남 가수와 홍콩 영화배우의 브로마이드는 물론이고 십자수가 담긴 액자와 메모판, 대형거울까지 빈 벽을 찾아볼 수 없을 정도였다. 그런데 이제 그런 건 어디에서도 보이지 않았다.

첫째아이가 놀이방에서 돌아오는 두시까지는 여유가 있다며 연재는 과일을 천천히 깎았다. 과일 깎는 품이 제법 조신한 가정주부처럼 보였다. 갓난아이는 누에고치처럼 옷과 이불에 둘둘 말린 채 아기용 침대에 누워 자고 있었다. 집 안의 공기는 분유 냄새처럼 온순했다. 가구의 모서리는 모두 둥글고 위험한 물건은 어디에서도 보이지 않았다. 스무살 무렵에 연재는 술 마시는 걸 굉장히 좋아했는데 냉장고에는 우유와 주스밖에 없었다. 집 안 어디를 둘러봐도 연재의 특징이나 취향 같은 건 발견되지 않았다. 아이엄마가 된다는 건 예전의 모든 나쁜 버릇과 결별한다는 뜻일까. 색깔이 지워지고 모서리가 둥근 가구로 거듭난 연재의 변화가 마술처럼 느껴졌다.

오랜만에 만난 김에 옛날 이야기를 하고 싶었지만 그런 이야기가 끼어들 틈은 없었다. 연재는 아파트 시세와 재테크에 관한 이야기를 전문가처럼 풀어놓았다.

"아무래도 우리 애아빠 만나는 사람들이 그런 데 밝다보니까 나도 관심이 가더라구. 돈도 있는 사람들이 벌더라."

역시 문제는 관심인 모양이다. 수학은 물론이고 정치경제 과목도 제대로 이해하지 못하던 애가 돈 굴리는 일에는 우등생처럼 굴었다. 어안이 벙벙해져 있는 나에게 연타를 날리듯 연재는 아이들 교육과 명품에 관한 이야기도 줄줄 늘어놨다. 명품 브랜드와 디자이너의 이름을 외우는 것도 영어 잘하는 것과는 아무 상관이 없나보다. 철딱서니없고 양다리 잘 걸치고 술 마시는 것 좋아하고 춤이라면 사족을 못 쓰던 애가 한 남자의 아내, 두 아이의 엄마가 되어 그 노릇을 썩 잘해내고 있다는 것은 대견한 일이었다. 하지만 한편으로는 연출된 장면을 보는 것처럼 어리둥절했다.

"너 정말 잘 지내나보다."

"사는 게 다 그렇지 뭐. 너도 얼른 결혼해야지. 남자 있다면서?"

"천천히 하지 뭐. 아직은 생각 없어. 꼭 해야 하나 싶기도 하고…… 잘 모르겠다."

58

헤어졌다는 말을 하기가 껄끄러워서 나는 대충 둘러댔다. 하지만 사실이 그렇기도 했다. K와 헤어진 뒤 결혼은 내 인생에서 까마득히 멀어진 기분이었다. 결혼을 하기 위해 남자를 만나고 싶지도 않고 딱히 결혼을 하지 않겠다는 생각도 없었다. 연재처럼 결혼과 출산을 통해서 전혀 다른 사람으로 변신하고 싶지도 않았다. 한마디로 결혼이라는 것 자체가 흥미를 끌지 못했다.

"얘는 그런 말이 어디 있니. 남들 하는 건 당연히 다 해봐야지. 네가 뭐가 부족하다고 손해를 보고 살아."

연재는 야단치듯 내 허벅지를 툭 쳤다. 부족한 게 없다고 칭찬하는 것 같지도 않지만 '당연히'라는 말은 상당히 귀에 거슬렸다. '손해'라는 말도 마찬가지였다. 물론 결혼해서 아이를 낳고 살면서 행복을 느끼는 사람들의 입장에서는 그런 걸 느끼지 못하는 게 손해라고 생각될지도 모른다. 그래도 상당히 도전적인 발언 아닌가. 만약 재혼이라도 하게 되면 연재는 결혼을 한번만 하는 것은 손해라는 말을 꺼낼 게 뻔하다. 그러고도 남을 애다. 뭐든 자기 입장에만 맞춰서 해석하는 편리한 사고방식이 장착되어 있으니까.

"결혼하니까 되게 좋은가보다. 애들 보면 그렇게 행복하니?"

"행복할 때 많지. 물론 만날 똑같긴 해. 그거야 뭐 회사 다녀도 그렇겠지만. 하루는 지겹게 긴데 한달 일년은 너무 후딱

가는 것 같아. 요즘 내 바람이 뭔 줄 아니? 빨리 늙었으면 좋겠다는 거. 애들 다 키워놓고 여행 다니고 쇼핑하고 놀러 다녔으면 좋겠다는 거야. 기대되지 않냐?"

말을 해놓고 연재는 소리내어 웃었다. 빨리 늙었으면 좋겠다는 말은 '당연히'와 '손해'만큼이나 충격적이었다. 이제는 나이 드는 것에 살짝 민감해지고 두려울 법도 한 나인데 빨리 늙었으면 좋겠다니. 단순한 건지 아니면 애엄마가 되고서 인생에 통달한 건지 감이 잡히지 않았다.

"우리 엄마 봐. 요즘 신났잖아. 친구들이랑 놀러 다니면서 맛있는 거 먹고 좋은 구경 다니고. 매일매일이 소풍 아니니. 그거 보면 부러워."

물론 고모가 요즘 신나기는 했다. 거치적거리는 게 하나도 없으니 날개옷 입고 날아다니는 것처럼 몸도 가볍고 입도 가볍다. 하지만 그렇다고 해서 빨리 늙었으면 좋겠다는 바람을 갖다니, 나로서는 도무지 이해가 가지 않는다.

고모나 연재는 인생의 어떤 상황에서도 심각해지지 않는 특이한 능력을 소유하고 있다. 어떤 상황이 닥쳐와도 될 대로 되라, 케세라 세라, 오블라디 오블라다! 절대로 고민에 빠지거나 아등바등하지 않는 타입이다. 학생때 시험공부 같은 거 하나도 안하고 대충 학교만 왔다갔다해도 졸업장은 준다. 졸업하고 어른이 되면 또 어찌어찌 다 살아가게 마련이다. 닥치면 다 한다. 그러니 심각할 필요 없다. 이게 두 사람의 사고방식이다. 물론 지금 연재는 그런 부류들 중에서도 꽤나 성공한 축에 속한다. 그러니 또 얼른 시간이 흘러가서 애들한테서 해방되고 여기저기 놀러나 다녔으면, 하고 바라는 거다.

하긴 살아가는 방법이 다르니 뭐라고 할 수는 없다. 나로 말하자면 작은 문제에도 열심히 골머리를 앓는 타입이다. 그래 봤자 별볼일없는 결론만 건지는데도 말이다. 어떤 사유나 고민도 정신적 성숙에 도움이 될 거라는 믿음이 있다. 그래서 고민하는 것 자체를 즐긴다. 게다가 고칠 생각도 별로 없다.

어쩌면 나를 보고 연재는 정신적 성숙 같은 거, 사는 데는 별로 필요없는 거 아니냐고 할지도 모른다. 생각 많아봐야 머리만 아프지 않니? 교수나 학자 아닌 다음에야 써먹을 데도 없잖아. 그래봤자 별로 나아지는 것 같지도 않은데. 그러니까 여자는 돈 많고 능력있는 남자 만나서 사랑받으면서 편히 살면 그만이야. 네가 아무리 고상한 척, 잘난 척해봤자 별볼일없어, 라고 할지도 모른다. 뭐 아주 틀린 말은 아니다. 실제로 남녀노소를 불문하고 많은 사람들이 그렇게 살고 싶어한다. 나도 딱 잘라서 절대로 그렇게 살고 싶지 않다고는 못하겠다. 다만 그렇게 사는 것만 목표로 삼고 싶지는 않다.

여러가지 면에서 연재와 나는 여전히 먼 점에 놓여 있다. 아마 영원히 조우하는 일 없이 가끔씩 나 혼자만 연재의 말에 충격받고 속쓰려할 것이다. 어차피 처음부터 연재와는 그런 사촌지간이었다.

"너 아직도 남자 분위기 따지고 그러니? 정신차려. 얘가 나이는 어디로 먹는지 몰라. 남자는 능력이야, 능력."

이 말은 여기저기서 많이 들은 터라 더이상 충격적이지도 않았다. 연재가 하기에는 더할 나위 없이 잘 어울리는 충고였다. 그러니까 연재는 충고의 탈을 쓴 잔소리도 늘어놓고 자랑도 하고 싶어서 날 부른 모양이었다. 너 학교 다닐 때 공부 좀 한다고 나 은근히 무시했지? 그런데 지금 나 사는 거 보니까 어때? 솔직히 부럽지? 그런 유의 이야기를 대놓고 늘어놓고 있었다. 나는 긍정도 딱히 반론도 하지 않았다. 그냥 다시는 오지 말자고 생각했다.

그런데 열변을 토하는 연재의 광대뼈 근처에 희미하게 기미가 끼어 있었다. 눈에 띌 정도는 아니지만 그래도 옥의 티처럼 거슬렸다. 그걸 보고 있으니 마음에 평화가 쓱 찾아왔다. 사모님도 애 낳고 나니까 기미가 생기는구나. 어쩌면 벌써 피부과에 돈을 억수로 퍼붓고 있는지도 모르겠지만 고소하다 싶었다. 혼자 그런 생각을 하고 있는데 연재가 한마디 툭 던졌다.

"연수야, 너 눈밑에 그거 기미 아니니? 너는 결혼도 안한 애가 벌써 얼굴에 기미가 있니? 기미가 한번 생기면 잘 안 없어지거든. 처음에 관리를 잘해야 해. 피부관리 좀 받아. 돈도 버는 애가."

연재는 뭐가 우스운지 낄낄거렸다. 나는 당황해서 눈밑 근처를 더듬었다. 내 얼굴에도 기미가 생겼단 말이지? 아직 결혼도 안하고 애도 안 낳았는데. 웃어야 할지 말아야 할지 몰라 나는 애매하게 입꼬리만 올렸다.

놀이방에서 돌아온 첫째는 남자아이인데도 낯선 사람을 봐서인지 내 옆에는 오지도 않고 연재 뒤에만 숨어서 수줍어했다. 다행히 새우눈에 돼지코인 제 아빠를 닮지 않고 연재를 빼닮아 귀공자처럼 잘생긴 얼굴이었다. 못생긴 남자들이 왜 그렇게 여자의 외모에 연연하는지 알 것 같았다. 다 본능의 발로다. 아빠를 닮은 여자아이가 좀 걱정되긴 했지만 부모가 이렇게 재력이 있는데 걱정도 팔자다 싶었다. 재력과 미모는 오래전부터 잘 맞는 짝이지 않은가. 나는 그냥 내 걱정만 하면 되는 것이다.

집으로 돌아오는 내내 이상한 패배감 같은 게 마음을 무겁게 했다. 정신적으로는 미성숙하지만 미모도 출중하고 부유한 남편을 만나서 번듯하게 가정까지 꾸리고 사는 삼십대 여자와 가진 것도 없고 인구감소의 주범 역할을 하지만 머릿속에는 늘 생각이 들끓고 있으며 무언가를 향해 질주하고 싶어하는 삼십대 여자가 있다면, 세상은 누구의 편을 들어줄까. 누굴 선택하고 지지할까. 질문 자체가 너무 초라한가? 사실 대답은 듣지 않아도 뻔하다. 그래도 가끔은 진지하게 묻고 싶다. 누군가, 내 편은 정말 없나요?

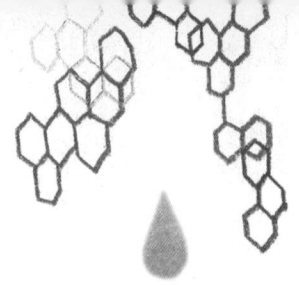

그래, 잘되겠지

당신을 고용한 회사는 안녕하십니까?라고 누군가 묻는다면, 요즘 상당히 불안합니다, 오늘내일합니다, 그러니 살려주세요,라고 하소연이라도 하고 싶은 심정이다.

대대적인 구조조정을 한 지 일년밖에 지나지 않았는데 회사에는 또다시 흉흉한 소문이 떠돌았다. 소문일 뿐인지 아니면 신빙성이 있는지 나 같은 말단사원으로서는 도무지 알 길이 없었다. 확실한 건 나쁜 일들은 항상 몰려서 온다는 것뿐이다. 실연에 이어 백수가 될 수도 있다? 하하, 하하하. 화가 나야 하는데 헛웃음만 터져나왔다.

"피바람 분 지 얼마나 지났다고 또 이러는 거야. 어디 불안해서 일을 하겠냐고. 도대체 회사 경영들을 어떻게 하는 거야?"

나름대로 정보통인 김은 회사 내에 떠도는 괴담에 대해 말하며 목에 핏대를 세웠다.

"어쩐지 연봉 꼭 올려주겠다고 큰소리 떵떵 쳐놓고 동결할 때부터 이상했어. 망조가 들었는데 지들이 뭔 수로 올려주겠냐. 너는 애인하고 헤어졌다면서 주머니라도 든든해야 할 텐데 어쩌냐?"

"어쩌긴, 그냥 찌그러져 있어야지. 올해부터는 좀 바짝 모아 보려고 했더니만 당최 도와주지를 않네."

"그래도 부지런히 모아. 삼십대 싱글에게는 뭐니 뭐니 해도 머니가 최고야."

김은 구닥다리 같은 농담을 아주 비장하게 했다.

"그래, 삼십대지. 작년까지는 별로 그런 생각이 안 들었는데 헤어져서 그런가? 확실히 체감온도가 다르긴 하다."

"그럼 삼땡인데. 이제는 빼도 박도 못하게 된 거지. 나도 미용실이나 옷가게에서 이십대시죠? 삼십대로 안 보여요. 이러면 하루종일 기분이 좋아서 구름 위를 걷는 것 같다니까. 그게 다 늙어서 그래."

"그렇게 자세히 설명 안해도 돼. 안 그래도 실감 팍팍 나니까."

"나이 먹는 것도 서러운데 돈까지 없으면 얼마나 처참하겠냐. 이 자본주의사회에서."

김은 주먹으로 가슴을 팡팡 내리쳤다. 정말 한숨이 절로 나온다. 번쩍번쩍, 으리으리한 아파트에 살면서도 연재는 결혼하게 되면 혼수에 돈을 다 쓰지 말고 꼭 쌈짓돈을 챙겨두라고 신신당부했다. 물론 피부관리 받으라는 말도 빼먹지 않았다. 애인도 없으니 이제 정말 돈이라도 제대로 모아보자, 결심하던 찰나였다. 그런데 꼭 때맞춰 이런 식으로 훼방을 놓는다. 누군들 애인도 없고 모아둔 돈도 없고 무언가 뿌리째 흔들리는 삼십대를 상상이나 했겠는가.

정말 상상과는 너무 다르다. 십대 후반, 혹은 이십대 초반쯤에는 서른살 정도면 인생의 모든 것이 안정적인 궤도에 올라 있을 거라고 믿었다. 표면적으로는 나 혼자 사는 원룸과 재산 목록 일호로 꼽는 잘 빠진 자동차, 열정을 다해 일하고 싶은 직업과 일에 집중할 수밖에 없게 만드는 약간 버거운 연봉, 뭐 이런 것을 소유하고 있을 줄 알았다. 그뿐 아니라 거창한 삶의 목표를 향해 질주하며 나를 이해하고 존중해주는 인생의 동반자와 사랑에 빠져 있을 거라고 생각했다. 그래도 21세기에는 자동차가 하늘을 날아다닐 거라는 상상보다 훨씬 현실적이지 않은가.

그래서 서른살 이후의 인생이란 날개를 활짝 펴고 그 궤도를 따라서 멋지게 비행만 하면 될 거라고 기대했다. 정해진 궤도를 따라 살아야 한다는 것 때문에 살짝 지루해질 수도 있지만, 갈팡질팡하고 불투명한 스무살 무렵에는 오히려 그런 것이 매력적으로 다가왔다. 젊음의 절정으로 빛날 삼십대를 생각하면 황홀해졌다. 그래서 그때는 서른살이 넘으면 인생을 견뎌내기가 훨씬 수월할 것 같았다.

그런데 서른셋씩이나 되고 보니 달라진 것이 별로 없다. 삼십대는 빛나지도 않고 젊음의 절정도 아니며 여전히 바람과 파도가 아슬아슬하게 키를 넘기는 태풍 속일 뿐이다. 안정적인 궤도라는 것은 어디에 있는지도 모르겠고 이루어놓은 것은 아무것도 없다. 삶이 안정되어야 한다는 강박관념만 가슴을 짓누른다. 인생은 점점 더 살아가기가 팍팍하고 피 속에는 세상의 찌꺼기까지 잔뜩 끼어 혼탁해진 것 같다. 배신이라도 당한 기분이다. 물론 나 자신에게 말이다. 이런 지경이니 사십대는 기대와 상상이 되기는커녕 낭떠러지 같은 기분마저 든다. 사십대를 기대하기에는 인생에 대해 너무 많이 알아버렸다. 나이를 먹는다고 해서 나아지는 것은 없다. 독하게 마음먹고 인생이라는 밭을 다 갈아엎기 전에는 말이다. 뭔가 대책이 필요하다.

흉흉한 소문은 신빙성있는 것이었다. 구조조정 정도가 아니라 회사가 다른 회사에 넘어갈 거라는 소문이 일주일 사이에 파다하게 퍼졌다. 그 말은 안전한 사람이 아무도 없다는 뜻이었다.

낯선 사람들이 몇차례 몰려와서 사무실을 둘러보고 갔고 경리팀은 무슨 비밀서류를 만드는지 툭하면 야근을 했다. 곁눈질을 하고 속닥거리는 사람들의 눈썹에 불안과 짜증이 나란히 매달려 있었다. 뿅망치를 피해 구멍 속에 웅크린 두더지처럼 다들 할일을 미뤄두고 모니터에 고개를 묻은 채 몰래 취업싸이트를 들락거리는 진풍경이 펼쳐졌다.

사실 작년봄에 구조조정이 시작되면서부터 그만두고 싶었다. 나는 평사원이고 하찮은 연봉을 받아서 살아남긴 했지만 뿌리는 이미 반쯤 드러난 상태였다. 구조조정 뒤로 사장과 임원진이 새로 바뀌면서 회사 분위기는 묘하게 달라졌다. 통폐합된 부서의 기획이사는 사무실 분위기를 바꾼다며 툭하면 자리배정을 새로 했다. 석 달에 한번 꼴이었다. 처음에는 파티션을 모두 걷어버렸고, 그다음에는 직급에 따라 사람들을 일렬로 앉혔다. 결국 지금의 자리배치는 뒷사람(상사)이 앞사람(부하직원)의 뒤통수와 컴퓨터 모니터를 정면으로 응시하게 되어 있다. 초특급 감시체제다. 다른 회사 사무실은 가보지 않아서 모르겠지만 만약 이런 구도의 사무실이 또 있다면, 정말 심란할 것 같다.

사랑은 마주보는 게 아니라 같은 곳을 바라보는 거라더니, 졸지에 직원들은 서로 사랑하지도 않는데 모두 출입문을 바라보고 앉게 되었다. 손수 컴퓨터를 옮기고 의자를 바꾸고 새 자리로 이사가면서 다들 기가 막힌다는 표정이었다.

"살다 살다 이런 자리배치는 처음이다."

"그러게 말이야. 이게 뭐냐. 쪽팔려서 어디 가서 욕도 못하겠다."

"참, 그 얘기 들었어요? 이제 한 달에 한번씩 토요일 근무 끝나고 사무실 청소할 거라던데. 첫째주 토요일이라나? 마지막 주라나? 아무튼 그렇대요."

"아주 죽어라 죽어라 하는구나."

하지만 그렇게 투덜거리면서도 차마 자신의 책상을 빼는 사람은 없었다.

바뀐 것은 자리만이 아니었다. 사훈은 '복사할 때 이면지를 사용하자'가 되었고(이것은 언제나 회의의 중요한 안건이 되곤 했으며 그밖에도 휴지를 아껴 쓰자, 책상정리를 잘하자, 사원들끼리 친하게 지내지 말자,가 회의 안건으로 떠오르곤 했다) 올해의 표어는 회사에 청바지를 입고 오지 말자, 다.

김은 청바지 때문에 부장에게 두 번이나 불려가 지적을 받았다. 한번만 더 불려가면 청바지 때문에 회사를 그만둬야 할 판이었다. 부장 정도의 직책을 가진 사람이 일개 사원의 옷차림을 가지고 왈가왈부하는 것도 우습지만, 듣다보니 질책을 한답시고 골라쓴 단어가 더 가관이었다.

"청바지 입고 오지 마세요. 보기 안 좋습니다, 네? 일하는데 지장이 많아요. 한번만 더 발각되면…… 아시겠죠?"

김이 전해준 부장의 멘트는 한동안 여직원들 사이에서 유행어가 되었다.

"파마하지 마세요. 보기 안 좋습니다."

"다이어트하세요. 보기 안 좋습니다. 옷 입는 데 지장이 많아요. 계속 살찌면…… 아시겠죠?"

"알긴 뭘 알아. 한번만 더 발각되면 지가 어쩔 건데? 벗길 거야? 미니스커트 입고 와도 그런 소릴 나불거릴까? 일하는 데 지장이 많긴 뭐가 많아."

"그러게 말이야. 뭘 입든지 무슨 상관이야. 지가 무슨 학생주임이야? 여기가 고등학교냐고."

하지만 욕을 하고 나도 영 개운치가 않았다. 어쨌거나 이런 회사에 다니며 월급을 받아야 하는 것이 우리다. 누가 다녀달라고 비는 것도 아니다. 욕을 하다가 잠시 침묵이 찾아오면 체념의 한숨 같은 게 흘러나왔다.

구조조정 전에는 회사 분위기가 꽤 괜찮았다. 나는 이 회사에 다니면서 결혼도 하고 애도 낳아서 출산휴가도 받아쓰고 대리, 과장도 달아야겠다고 계획하고 있었다. 그런데 구조조정으로 윗대가리가 싹 갈렸고, 새로운 임원진은 분위기를 잡는답시고 업무와는 상관없는 일에만 열을 올렸다. 매사에 일당백은 기본이고 나 같은 말단사원들은 언제나 윗사람들이 계획없이 벌여놓은 일을 수습하기에 급급했다. 일에 대한 성취감이나 보람 같은 게 있을 리 만무했다. 사람들은 모여서 술만 마시면, 그때가 좋았지, 그땐 정말 일할 맛 났는데,를 연발했

70

다. 그때부터 월급을 탄 뒤에는 버릇처럼 취업싸이트에 접속했고 이력서를 고쳐써두었다. 가슴에 사직서를 품고 다니는 기분이었다.

게다가 이제는 헐값에 다른 회사에 넘어갈 만큼 비전도 없는 모양이었다. 월급이 밀리는 것 정도는 참을 만했다. 물론 그때부터 이미 망해가는 회사의 절차를 착착 밟아가고 있었던 거지만.

새로운 팀장, 차장, 부장과 나는 본질적으로 기가 맞지 않았다. 좋은 상사란 부하직원의 성향을 파악해서 그에 맞게 일을 맡기고 부리는 사람이라고 생각한다. 물론 그밖에도 많은 조건이 있겠지만 다른 것은 바라지도 않는다. 그저 팀장이 시킨 일을 차장이 번복하지나 말았으면 좋겠다. 이 상사 삼인조는 자기들끼리도 손발이 맞질 않아 허둥대기 일쑤였다. 심지어 팀장과 과장은 이사파, 차장은 사장파, 서는 줄도 달랐다.

다른 부서도 다를 바 없었다. 말단사원들은 육개월을 넘기지 못하고 바뀌었다. 서로 일하는 성향을 파악할 만하면 재빨리 바통 터치를 했다. 그래도 상사들은 심각하게 생각하지 않았다. "리모컨 건전지도 이보다는 오래 쓸 거야. 하여간 요즘 젊은 애들이란" 하고는 그만이었다. 구인광고를 하면 사방에서 일개미들이 몰려들었다. 세상에 널린 게 말단으로 일할 사람들이다. 그러니 아쉬울 게 없다는 식이다. 동료가 너무 자주 바뀌어서 일하기 힘들다고? 그런 건 다 말단들이 알아서 극복

할 문제다. 상사들은 그저 자기만 승진하고 살아남으면 그만이다.

처음에는 하는 일도 없이 사무실에서 담배나 피워대고 월급만 두둑하게 챙겨가는 그들을 열나게 씹었지만, 곧 심각한 자학으로 이어졌다. 이런 데서 인생을 허비하고 있다니 스스로가 한심해 미칠 지경이었다. 소화불량이나 편두통, 과민성 대장증후군 같은 것은 심각한 증상에 끼지도 못했다. 이러다 정신과에 가서 상담을 받아야 하는 건 아닐까 하는 걱정까지 들었다.

나는 잘한다, 잘한다 치켜세우면 더 잘하고, 누군가 지나가는 말로 넌 노래를 잘하더라, 그러면 정말 노래를 잘하기 위해서 부단히 노력하는 타입이다. 못하고 안된다고 판단한 것은 쉽게 포기해버리는 편이다.

누군가 넌 왜 이렇게 뚱뚱하니,라고 꾸준히 말해주면 나는 얼마 안 가 정말 뚱뚱한 여자로 변신할지도 모른다. 그런데 이 회사가 그랬다. 김의 청바지 사건처럼 허섭스레기 같은 문제로 사람을 들볶았다. 이렇게밖에 못하냐, 일하는 데 지장이 많다, 부정적인 말뿐이었다. 내 경우는 엉뚱한 곳에서 일이 터졌다. 별로 어렵지도 않은 업무에서 실수연발이었다. 예를 들면 결재서류를 올리는데 날짜를 잘못 쓰는 식이었다. 그런 일로 지적당할 때마다 내가 왜 이러나, 정신이 나갔나, 바보가 된 건 아닐까, 하는 자학과 모멸감에 시달렸다.

그래도 그만두지 않고 다닌 건 다른 곳으로 옮기기에는 나이나 경력에 비해 특별한 재능이나 능력이 없었기 때문이다. 나는 그냥 평범한 사무직 사원이었다. 게다가 말단이고 나이도 적지 않았다. 당장 때려치워버려,라는 생각이 들 때마다 머리 한쪽에서는 회사라는 게 어디나 다 비슷하지 않을까, 그나마 익숙한 데가 낫지 않을까, 하는 염려가 고개를 들었다. 오래된 연인을 둔 사람들의 심정과 비슷하다고 할 수 있었다.

"사원들한테 이런 식으로 대우하는데 회사가 잘될 리 없지."

두 달 전에 그만둔 김과장이 송별회에서 혀 꼬부라진 소리를 할 때만 해도 무슨 소린지 몰랐다. 그냥 술취해서 하는 악담인 줄 알았다. 그런데 그때 이미 윗선에서는 무슨 얘기가 오간 모양이었다. 김과장이 나간 뒤, 나름대로 유능하다고 할 수 있는 간부급 몇명이 천재지변을 감지한 동물들처럼 황급히 회사를 빠져나갔다. 지난 추석에도 이번 설에도 떡값은 나오지 않았다. 오히려 사원들이 돈을 걷어서 이사나 사장의 명절선물과 생일선물을 마련해야 했다. 생각하니 또 열받는다. 지들 명절만 명절이고 우리 명절은 그냥 공휴일인가?

하지만 애석하게도 이제 나는 이 회사에서 생활하는 법을 손바닥 들여다보듯 훤히 알게 되었다. 이 회사도 익숙한 세계 중의 하나가 된 것이다. 물론 내가 배운 것들이란 비겁한 처세술뿐이다. 예를 들면 일을 잘한다는 것은 결코 사람들 사이에서 능력이나 재능을 발휘하는 것만 뜻하지는 않으며, 지나친 자신감이나 의욕은 오히려 회사생활을 오래하는 데 방해가 되기도 한다. 기대도 의욕도 없는 사람이 의외로 묵묵히 버텨낸다. 사회생활은 자존심을 누르고 분위기를 잘 파악한 뒤 상황에 맞게 여러개의 가면을 잘 바꾸어쓰는 것이 중요하다. 회사를 사랑한다고 회사가 자기 인생의 전부라고 회사에 뼈를 묻을 것처럼 말하는 사람들이 꼭 회사를 망친다. 이런 식의 패배주의적인 것들뿐이다.

아, 정말 확 갈아엎어야 할 때가 온 건가!

나는 그동안 좀 뜸하게 만나던 친구들을 불러모았다. 번민에 빠진 삼십대의 싱글에게는 역시 오래된 친구가 가장 큰 위안이자 든든한 지원군이다. 이런저런 일로 한두 명씩 빠져서 출석률 백 퍼센트를 달성한 지가 오래인 우리 여섯 명이 다같이 모여앉았다. 오랜만이라고 해도 겨우 석 달 만이지만, 석 달이란 때로 한 사람의 인생이 송두리째 바뀔 수 있는 긴 시간이기도 하다.

이런저런 세상 돌아가는 이야기 끝에 나는 회사의 상황에 대해 말했다. 친구들을 만나러 올 때까지만 해도 뭔가 인생의 커다란 전환에 대해 상의하고 싶었지만 막상 이야기를 하고 보니 그저 늘 해오던 회사 욕, 신세한탄에 지나지 않았다.

"그래서 그만둬야 하나, 어쩌나 고민중이야."

"마음은 벌써 떠난 것 같은데?"

"잘 생각해봐. 회사가 크고 작고를 떠나서 망해가는 회사, 비전 없는 회사에는 다니는 거 아니라더라."

"그래, 너 거기 다니는 동안 은근히 스트레스 받았잖아. 월급도 별로라면서. 좋은 데 있음 이번 기회에 옮겨."

"옮길 거면 시간조절 잘해서 중간에 여행이라도 다녀와. 난 저번에 이틀 쉬고 옮겼더니 너무 후회되더라."

"연수야, 기분내키는 대로 하지 말고 어디 갈 데 정해놓고 움직여. 알았지?"

친구들은 나를 생각해 나름의 의견을 내놓았다. 그런데 내 맘은 좀 뚱했다. 무슨 이야기를 듣고 싶었는지 잘 모르겠다. 어딜 가나 다 똑같으니 그냥 다니라는 말? 나약하다는 충고? 넌 어딜 가도 잘할 거라는 입에 발린 칭찬? 늦었다고 생각할 때가 가장 빠르다는 말? 친구들이 나를 위해서 한마디씩 하는데 내 맘은 어쩐지 헤어나올 수 없는 절망의 늪으로 빠져들어가는 것 같았다. 누워서 뱉은 침이 이마쯤에 툭 하고 떨어진 기분이었다.

어떤 의지나 목적이 있어서 고민하는 것도 아니고 좋은 곳으로 옮기기 위해 그만두려는 것도 아니다. 그저 잘리기 싫어서 이참에 그만둬주지, 하고 선수나 치려는 것이다. 그럴싸하게 포장하려고 애써봐도 더이상은 없다. 장황하게 말해놓고 나니 좀 창피하기도 하고 살짝 처량해지기도 했다.

"따로 생각해둔 데라도 있는 거야? 다른 일을 하고 싶다든가."

"아니, 그게 아직…… 생각중이야."

사실 그게 가장 큰 문제다. 꾸준히 알아보고는 있지만 어쩌면 좋을지 전혀 감이 잡히지 않았다. 대충 이력서를 내고 오라는 곳이 있으면 가야 하는지, 뭔가 하고 싶은 일을 제대로 찾아봐야 하는지, 갈아엎은 밭에 무얼 심어야 할지 도무지 떠오르지 않았다.

나를 보는 친구들의 표정이 시무룩해졌다. 괜히 분위기만 가라앉힌 것 같아 미안해졌다.

"야, 걱정 마. 나 아직 그만두지 않았어. 어떻게…… 잘되지 않겠니?"

나는 그렇게 말하고 웃었다. 누구에게 한 말인지는 알 수 없었다. 친구들한테인지 아니면 갈피를 잡지 못하고 있는 나한테인지.

내가 더이상 말을 잇지 않자 친구들이, 그래 잘되겠지, 하며 따라 웃었다. 그래, 잘되겠지. 그래그래. 아마도 이 말은 아주 오래전부터 인류가 주문처럼 되뇌어온 말일 것이다. 열심히 하면 잘되겠지. 언젠가는 잘되겠지. 다 괜찮아질 거야. 수많은 변형과 파생을 낳으며 사람들을 위로해온 말. 때로는 인사치레고 한숨이고 주문이나 다름없지만 우리는 알 수 없는 일 앞에서는 이렇게 말할 수밖에 없다.

물론 나만 걱정거리를 안고 있는 것은 아니다. 친구들 모두 각자의 문제 속에서 각자의 방식대로 허덕이며 살아가고 있다. 결혼한 지 이년째 되는 민경은 우리 중에서 가장 그럴듯한 직업을 가지고 있다. 유명 의류브랜드의 디자인실에서 일하는데 사복을 입던 고등학교때부터 패션감각이 뛰어나서 우리가 생각지도 못한 멋진 옷차림을 선보이곤 했다. 의류회사의 디자이너는 높은 연봉과 화려한 업무 때문에 여대생들이 동경하는 직업 베스트에 뽑혀 잡지에도 자주 등장한다. 하지만 경기를 심하게 타서 브랜드 존폐에 따라 자리가 사라지기도 하는 불안한 직업이다. 민경은 회사일이 꼭 롤러코스터를 타는 것 같다고 했다.

"멀미난다고 할까? 젊고 감각있는 애들은 자꾸 치고 올라오지, 유행은 빠르게 돌아가지, 조금만 방심하면 구닥다리 취급 당한다니까."

민경은 한때 유학도 진지하게 생각했다. 의류 쪽도 유학파들의 공세가 맹렬해서 국내파는 점점 설 곳이 좁아지고 있는 실정이다. 하지만 결혼하고 나서 새 브랜드로 옮겨가는 바람에 유학계획은 물 건너갔다. 그래서 목표는 실장으로 급조정됐다. 민경은 그때 유학가지 못한 것을 두고두고 후회하고 있다. 남편만 괜찮다고 하면 지금이라도 유학을 갈 생각이다. 그런데 올해 들어 시댁에서 아이를 가지라고 본격적으로 압력을 넣는 바람에 유학 이야기는 꺼내지도 못하고 아이 낳는 걸 미루는 데 모든 에너지를 쏟고 있다.

"물론 내 나이가 적은 건 아니야. 서른셋이면 남들은 둘째

셋째도 낳겠지. 하지만 결혼이 꼭 애 낳으려고 하는 건 아니잖니. 나도 목표라는 게 있고 계획이라는 게 있는데 원하지도 않는 시기에 꼭 애를 낳아야 하냐고. 실장이 되는 것도 중요하지만 이건 성취감의 문제거든. 내가 열심히 하다가 안되는 거랑 어쩔 수 없이 손드는 거랑은 다르잖아. 그런데 이해를 못하는 거야. 가족이니까 생각해서 말하는 거래. 그러면서 다들 내 생각은 조금도 안한다니까. 내가 지금까지 들인 시간이 얼만데…… 나도 실장은 해봐야 하지 않겠니?"

쌓인 감정이 많았는지 민경은 열변을 토했다. 아직 애인도 없는 입장이라 시댁과 아이와 성취감이라는 복잡미묘한 관계에 대해서는 정확히 알 수 없지만 어느 한쪽에 무게가 쏠리면 야단난다는 것쯤은 알겠다. 우리 나이가 어떤 기로에 서 있는데다 삶의 촛점이라는 게 원하든 원하지 않든 이동하게 된다는 것도 피부에 확실히 와닿았다.

민경이 시댁과 아이 이야기를 꺼낸 것은 처음이었다. 여섯 명 중 두 명, 유부녀의 수가 적다보니 다들 삼십대인데도 화제는 언제나 미혼 중심이었다. 그래서 나를 포함한 미혼들은 이 모임에서만큼은 주인공 노릇을 할 수 있었다. 나이가 나이다보니 이제 어떤 친구들의 모임에 나가도 과반수가 유부녀고 아이도 한둘쯤 키우고 있다. 모이는 장소나 만나고 헤어지는 시간은 물론이고 모임의 화제도 자연스럽게 남편과 시댁, 육아문제에 맞춰진다. 그럴 때면 나는 입도 벙긋 못하고 고개만

주억거리다가 아직 실현가능성도 없는 결혼과 육아에 겁만 잔뜩 집어먹고 만다. 가끔은 상실감이 들기도 하지만 대부분의 경우에는 깊이 안도한다. 나는 아직 준비가 되지도 않았지만 나만의 인생을 좀더 살아보고 싶은 것이다. 그래서인지 유부녀임에도 민경의 고민은 굉장히 현실적으로 다가왔다.

요즘 민경은 다른 브랜드의 디자인팀과 경쟁하는 것은 물론이고, 사무실 후배들과 경쟁하랴, 아이를 낳자는 신랑과 가족들과 실랑이하랴 정신이 없다.

"유학 얘기 꺼냈더니 우리 신랑은 디자인 같은 거 다 그만뒀으면 좋겠대. 힘들다고 징징거리면서 왜 거기 매달리느냐는 거야. 애 낳고서 그냥 편한 직장 다니래. 나도 가끔 그런 생각 하지, 왜 안하겠어. 하지만 사람이 힘든 일을 해내면서 보람을 느낄 때도 많잖아. 내가 애를 영영 안 낳겠다는 것도 아니고, 조금만 더 기다려주면 좋을 텐데 사람을 왜 이렇게 볶는지 몰라."

남편 이야기를 하는 동안 민경의 눈가가 붉어졌다.

"정말 이럴 줄 알았으면 결혼 안하고 혼자 살았을 거야."

가끔은, 알콩달콩 잘 사는 것처럼 보이는 유부녀들이 결혼하지 말걸,이라고 말할 때마다 위로받는 듯한 기분이다. 간사한 건가? 그럴지도 모르겠다. 결혼생활과 일, 거기에 아이까지 모든 면에서 잘해내는 여자들의 이야기가 힘이 될 때도 있지만 어떨 때는 다른 사람들도 고민에 빠져 있다는 사실이 더 위로가 된다.

출판사의 편집부에서 일하는 은미는 민경과는 반대로 어떻게든 올해 아이를 가져서 덥지 않을 때 낳는 게 목표다. 편집일은 나이에 크게 영향을 받지 않기 때문에 다시 일하는 데 큰 무리가 없지만 이상하게도 아이가 들어서질 않아서 걱정이다. 작년에도 같은 목표였지만 결국 실패했다. 시댁에서는 잔뜩 기대하는 눈치고, 남편과 은미도 슬슬 속이 타들어가고 있다. 아직 불임클리닉에는 가지 않았지만 이제 할 수 있는 모든 방법을 동원할 계획이다.

"얼마 전에는 한의원에 가서 약을 지어왔는데 효과가 있을지도 모르겠고…… 조급하게 생각하면 안된다는데 달력 한장 한장 넘길 때마다 마음이 막 급해져. 아주 늦은 나이는 아니지만 뭐 어린 것도 아니잖아. 낳을 거면 지금 빨리 가져야 하는데…… 정말 나한테 이런 일이 생길 줄은 몰랐어."

은미의 고민도 심각하긴 마찬가지다. 얼마 전에 나는 멤버 전원이 아이를 안고 나온 초등학교 친구들의 모임에서 슬그머니 발을 빼버렸다. 이건 육아까페 모임이지 동창모임이 아니었다. 그런데 알고 보니 나 말고도 발길을 끊은 친구가 또 있었다. 바로 불임시술에 계속 실패해서 맘고생이 심한 친구였다. 성격이 활달하고 똑똑해서 초등학교때는 반장을 도맡아했고 모임이 생긴 뒤로는 연락책과 리더역할을 맡아온 친구인데 아이문제는 극복하기 힘들었던 모양이다.

어쩌면 은미도 이미 어떤 모임에서 상처를 받았을지도 모르고 발을 뺐을지도 모른다. 은미와 민경의 문제는 걱정이 되긴 하지만 뭐라고 위로하거나 도울 길이 없다는 점에서 나머지 네 명을 안타깝게 했다.

"나는 그게 하루이틀만 늦어져도 혹시 임신인가 싶어서 하루종일 불안해 죽겠어."

"그래? 나는 혹시 임신인가 싶다가 그거 시작하면 힘이 쭉 빠져서 일이 손에 안 잡히는데."

"말도 안돼."

우리가 간절히 바라는 어떤 것이 다른 사람에게는 중요하지 않거나 심지어 쓸모없는 것일 때가 있다. 임신에 대한 공포를 품은 민경과 불임에 대한 공포를 품은 은미는 서로를 그런 표정으로 바라보았다. 왜 간절히 바라는 것은 가능성을 살짝살짝 비켜가면서 몸과 마음을 달아오르게 만들까? 그 좌절된 열망과 탄식의 에너지로 다시 돌진하라고? 아마도 그렇겠지. 아무렴. 유부녀의 세계에 발을 담그지 못한 나머지 네 명은 위로와 격려와 걱정을 담아서 민경과 은미를 바라보았다. 당신에게 말 못할 고민이 있습니까? 우리 모두에게도 털어놓기 힘든 고민이 있습니다. 그러니까 괜찮습니다.

유부녀들의 고민 이야기가 끝나자 선영이 조심스럽게 결혼 이야기를 꺼냈다. 남자친구가 생겼다는 말을 들은 게 엊그제 같은데 벌써 결혼소식이라니 놀라웠다. 삼개월 동안 선영은 누군가와 평생을 함께하기로 결정했는데, 나는 망조든 회사의 굿이나 보고 있었다니 참으로 불공평한 삼개월이다 싶었다. 미리 들은 이야기가 전혀 없던 나는 다소 서운한 마음으로 선영을 바라보았다. 그래도 가장 친한 친군데 먼저 말해주었으면 좋았을 것이다.

선영의 갑작스런 결혼발표에 친구들의 반응은 제각각이었다. 나름대로 오랜 싱글인 희주와 싱글생활에 적응해가고 있는 나는 에? 하고 입을 벌렸고, 아이 이야기 때문에 의기소침해 있던 은미와 민경은 유부녀 동지가 생기는 것이 반가운지 잘됐다고 했고, 애인이 있지만 아직 결혼하지 않은 명희는 벌써? 하며 목소리를 높였다. 그리고 다들 혹시? 하며 혼전임신을 의심했다. 선영은 혼전임신은커녕 혼전쎅스도 하지 않았다는 이야기로 모두의 원성을 샀다.

"진짜야. 다들 안 믿네. 이번에는 좀 다르다니까."

선영은 그 다르다는 스토리를 덤덤하게 털어놓았다. 사실 하나도 특별할 것 없는 전형적인 스토리였다. 어쩌다 같이 밥을 먹었는데 사람이 착하고 인상이 좋더라. 그래서 몇번 더 만났는데 만날수록 진국이고 이 사람이다 싶은 생각이 들었다. 당사자들에게는 세기의 로맨스처럼 여겨질지 모르지만 듣는 사람의 입장에서는 그렇고 그런 스토리 말이다. 물론 선영이 그동안 해온 연애와는 스토리라인이 완전히 다르긴 했다.

그 이야기를 듣는 동안 나는 약간의 이질감과 서운함에 사로잡혔다. 심지어 선영의 이야기가 아니라 선영이 아는 누군가의 이야기를 듣는 것 같은 기분마저 들었다. 나는 선영의 첫 번째 남자부터 최근 남자까지 속속들이 다 알고 있다. 첫만남부터 사귀게 된 경위, 성격, 집안환경, 스킨십의 순서, 주량, 술버릇, 쎅스성향, 그리고 헤어진 이유까지. 하지만 정작 그애가 결혼하게 될 남자에 대해서는 아는 게 하나도 없다. 게다가 밥을 먹다가 어쩌고 하는 스토리라니, 선영하고는 어울리지도 않는다.

선영과 나 사이의 거리가 이렇게 멀게 느껴지는 건 처음이다. 삼십대가 되고 나니 아무래도 학생때처럼 시시콜콜 모든 걸 털어놓지는 않는다. 적당히 감추기도 하면서 완급 조절을 한다. 게다가 시기도 별로 좋지 않다. 나는 이년 동안 사귄 애인과 헤어졌는데 선영은 결혼할 남자를 만난 것이다. 선영 입장에서도 자랑 빼면 별로 할말이 없는 연애 이야기를 늘어놓기가 쉽지 않았을 것이다. 이해한다. 그래도 좀 서운했다. 게다가 갑자기, K도 벌써 새로운 애인을 만들고 결혼계획을 세우고 있는 건 아닐까, 하는 생각이 들었다. 연상이란 나쁜 쪽으로는 잘도 뻗어나간다.

"뭐야, 남자가 안과의사란 말이야?"

결혼할 남자가 의사라는 말에 이야기는 한층 더 열기를 띠었다. 희주는 주먹까지 쥐고 있었다. 도대체 세상에 의사가 왜 이렇게 많은 거야? 하긴 그렇게 많아도 정작 내 주변에는 하나

도 없더라,라는 푸념도 쏟아져나왔고 당연히 부러움과 시샘의
눈길이 이어졌다.

"어쩐지 너 요즘 분위기가 점점 여성스러워진다 싶었어. 그
동안 아무리 연애해도 변하는 법은 없었잖아. 역시 결혼이 다
르긴 다르네. 그 남자가 얌전한 스타일 좋아하니?"

민경이 예리하게 지적했다.

"아무래도 그렇지 뭐."

"잘 어울려. 진작 좀 그렇게 하고 다니지."

그러고 보니 내가 느끼는 이질감이란 선영의 달라진 옷차림
과도 연관이 있었다. 주렁주렁 매달고 다니던 귀고리를 모두
빼고 달랑 진주귀고리 하나만 한 모습은 처음이었다. 단아함
같은 건 선영과 전혀 상관없는 세계인 줄 알았는데, 선영은 원
래부터 그러고 다닌 것처럼 태연했다.

"나이가 많아서 그게 좀 걸렸는데 만나다보니까 편하고 좋
더라. 여자들이 왜 나이 많은 남자를 만나는지 이제 알겠어."

"몇살인데?"

"마흔살. 좀 많지?"

"혹시 이혼남? 애도 딸렸니?"

"운좋게도 총각이야."

그 나이에 총각이라는 것도 놀라웠지만 친구들과 나는 상대
가 마흔살이라는 데에 더 놀랐다. 스물일곱살이라고 했으면
아마 이렇게 놀라지는 않았을 것이다. 선영의 남자친구였던 P

가 현실적이라고 한 건 이런 가능성을 염두에 두고 한 말이었을까? 선영이 마흔살의 의사와 만난 지 석 달 만에 결혼하는 상황 말이다.

일반적으로 일곱살의 나이 차이는 평범한 축에 든다. 하지만 선영은 그동안 동갑내기 남자애들과 만나오다 이십대 후반에 접어들면서부터는 연하를 사귀었고, 근래에는 다시 동갑을 만나 연애했다. 한마디로 그동안 오빠라고 부르는 사람과 연애를 한 적이 한번도 없었던 것이다. 그래서 선영이 일곱살 연상의 남자와 결혼하겠다는 것은 꽤나 충격적이었다.

십대와 이십대에 선영은 나이 많은 사람을 병적으로 싫어했다. 나이 드는 것과 나이에 맞게 변해가는 것에 대해서도 극도로 경계했다. 그때 선영에게는 일종의 피터 팬 증후군 같은 게 있었다. 선영이 나이 많은 사람을 싫어한 것은 자유분방한 성격 탓도 있었지만, 할아버지라고 해도 좋을 만큼 연세 지긋한 아버지와 나이 차가 많은 친오빠의 영향이 컸다. 선영이 서른살이 되던 해에 돌아가신 아버지가 선영을 피터 팬처럼 살도록 만들었다면 나이 많은 오빠는 여동생이 혹시라도 나쁜 길로 들어설까봐 늘 잔소리를 해대서 선영으로 하여금 '오빠'라는 호칭이 필요한 사람들 자체를 혐오하도록 만들었다. 그런데 갑자기 마흔살의 의사라니. 물론 겉으로 드러나는 타이틀이 그 사람의 모든 것을 말해주지는 않지만 그래도 의아함은 해소되지 않았다. 선영의 심경에 커다란 변화가 생겼는지 아니면 그 남자가 선영의 취향과 신념을 뒤엎을 만큼 그렇게 대단한지 짐작이 가지 않았다.

"니들이 이상하게 생각하는 거 알아. 예전 같으면 상상도 못할 일이지. 그런데 나도 변하나봐. 철이 드는지 속물이 되어가는지 모르겠는데…… 그냥 이 사람 만나면 마음이 편하고 안정이 돼. 나라고 언제까지나 스무살처럼 살면서 불장난 같은 사랑만 할 수는 없잖아."

"너마저 철드는구나. 이제 우리는 어디 가서 꽃미남들을 구경하나. 그동안 선영이 남자친구가 디제이 보는 클럽 가서 노는 게 큰 낙이었는데. 아무튼 축하한다. 네가 진짜 실속있다."

"요즘 라식수술 같은 거 때문에 안과의사들 전망 좋다는데…… 부럽다. 너 좋겠다."

약간의 빈정거림을 담은 축하의 말들이 이어졌지만 나는 빈말로라도 축하하지 못했다. 내 머릿속은 이런저런 생각으로 복잡해졌다. 내 마음이 왜 이렇지? 마음의 평수가 너무 좁은가? 물론 사랑에 빠졌다는 것은 축하할 일이다. 인생의 동반자를 만난 것은 더더욱. 하지만 선영 하면 아직도 하이네켄 병을 들고 담배를 입에 문 채 연기 때문에 눈을 가늘게 뜬 모습이 떠오른다. 마른 몸에 주렁주렁 걸친 장신구, 타투와 피어씽을 하고 싶어서 안달을 부리던 모습도 떠올랐다. 물론 세트처럼 붙어다니던 길고 가느다란 몸매의 부스스한 남자애들도 빼놓을 수 없다. 한번 사는 인생, 남에게 손벌리지 않을 정도로만 즐기면서 살자,를 모토로 열심히 놀고 음악에 취해 살던 유쾌한 삐삐 선영이. 선영은 내게 자유, 휴식, 일탈, 아무튼 현재하는 청춘의 모습 그 자체였다. 모두들 이제야 철들었구나, 하면서 선영의 결혼을 긍정했지만 나는 의사 사모님이 될 선영이 좀 부담스러웠다. 선영만큼은 그 모습 그대로 있어주기를 바란 것 같다. 영원히 철들지 않는 히피청년으로. 그래서 선영의 변절 선언은 나를 조금 허전하게 했다.

고민 끝에 나는 회사가 자르기 전에 자진해서 그만두기로 마음을 굳혔다. 동료들은 회사가 자를 때까지 기다리는 편이 여러모로 나을 거라고 말했다. 하지만 나는 망한 회사의 사무실에 우두커니 앉아서 사람들이 하나둘 떠나는 것을 지켜보기가 싫었다. 그것은 삼십대의 싱글이 부릴 수 있는 최대이자 마지막 호기(豪氣)였다.

일주일 동안 다섯 명이 퇴사를 했다. 물론 비교적 나이가 어리고 경력이 적은 프로그래머나 디자인팀 사원들이긴 했지만, 그들이 잘 지내요, 인연이 되면 또 봐요, 하면서 떠나갈 때마다 나는 어떤 조급증 같은 것에 시달렸다.

나는 서둘러 팀장에게 면담을 요청했다. 팀장은 회사의 상황에 대해서 순순히 인정했다. 다 알고 있었는데도 바로 인정해버리니 어쩐지 맥이 빠졌다.

"지금 상황으로는 이개월 정도면 전부 정리되지 않을까 예상하고 있는데, 그래도 사람이 하는 일이니 확신할 수는 없고…… 일단 좀 버텨보는 게 어때요? 운좋으면 그쪽으로 옮겨갈 수도 있는데. 그게 이연수씨한테 더 낫지 않겠어요?"

팀장 역시 마지막까지 남아 있는 편이 금전적으로 이득일 거라고 충고했다. 하지만 나는 팀장이 나보다 먼저 그만두리라는 것을 직감적으로 알 수 있었다. 나이가 많지 않은데도 줄서는 법을 잘 아는 사람이었다. 여기에는 더이상 줄설 곳이 없다는 것도 알고 있겠지. 어쩌면 이미 다른 곳과 협상이 끝났을지도 모른다. 그런데도 그는 사람들이 웅성거리며 빠져나가는 것을 막기 위해 애쓰고 있다. 그래야 자신의 움직임이 편해지기 때문이다.

불과 며칠 사이에 사무실은 완전히 대입시험이 끝난 고삼 교실 풍경으로 변해버렸다. 시험은 끝났고 점수도 나왔고 곧 원서접수가 시작되려 한다. 자신의 처지와 점수는 자신만이 알 뿐 누구에게 툭 터놓고 상담하기도 껄끄럽다. 하지만 다른 사람들의 상황이 못 견디게 궁금하다. 그래서 경쟁률과 점수에 대한 온갖 풍문이 떠돌고, 누구는 어디에 지원한다더라,라는 말이 돌고 돈다. 합격인지 불합격인지 알 때까지는 아무것도 손에 잡히지 않고 딱히 할일도 없는 시간이다.

팀장과 면담을 한 뒤에도 사무실은 불 위에 얹어진 냄비 속처럼 술렁이고 들썩거렸다. 사람들은 두셋만 모여도 회사가 어디에 넘어갈 거라는 둥, 그쪽이 아니라 이쪽이 유력하다는 둥, 그쪽에서 전부 사들이는 것은 아니고 어느 쪽 사업만 사들일 거라는 둥, 아이템만 사고 사람은 임원진 정도까지만 흡수할 거라는 둥, 일단 사업부 사람들을 계약직 사원으로 돌린 뒤 서서히 자를 거라는 둥, 나로서는 금시초문인 정보를 부지런히 주고받았다.

아침마다 새로운 풍문이 신문처럼 발간됐다. 아무도 일에 집중하지 못했고 할일도 별로 없었다. 출근도장 찍듯 취업싸이트를 순회하고 메씬저로 신세한탄을 했다. 판단능력이 흐려져 쇼핑몰에서 지름신을 맞이하는 광경도 쉽게 목격할 수 있었다.

나는 하루빨리 이런 상황에서 벗어나고 싶었다. 누가 나를 남쪽나라로 데려가지 않겠는가. 랭보처럼 신문에 광고라도 내고 싶은 심정이었다. 그걸 눈여겨보고 배에 실어줄 선장도 없겠지만 말이다. 이렇게 우왕좌왕하며 눈치나 살피고 있어야 하는 분위기를 견디기 힘들었다. 물론 결혼해서 아이와 가족의 생계를 책임져야 하는 남자들을 보면 마음이 숙연해졌다. 내가 그만둬서 그들을 살릴 수만 있다면 기꺼이 그렇게 하고 싶었다.

화장실이나 복도의 후미진 곳, 계단 옆의 창가에는 늘 사람들이 있었다. 사람들은 휴대폰을 든 채로 이력서를 넣었거나 면접을 통보받은 회사, 아니면 옮겨가고 싶은 희망지와 통화중이었다. 졸지에 화장실 맨 안쪽 칸은 볼일을 보는 사람보다 통화를 하는 사람들이 더 자주 이용하는 곳이 되었다.

　나 역시 퇴사 날짜에 맞춰 옮길 만한 곳을 찾느라 실시간으로 취업싸이트를 뒤졌다. 옮길 수 없을 때는 구미가 당기는 곳이 많았는데 막상 옮기려니 눈씻고 찾아봐도 마음에 드는 데가 없었다. 매일 실시간으로 사무직부터 홍보, 광고, 관리, 교사직까지 거의 모든 직종을 뒤졌다.

　대화명이 의미심장한데? 누가 나를 남쪽나라로 데려가지 않겠는가. 내가 새우잡이 배라도 알아봐주련?

　한줄 건너편에 앉아 있는 김이 메씬저로 말을 걸어왔다. 평소의 김이라면 화장실로 와, 삼층 계단으로 와, 하고 지령을 내렸을 테지만 은밀한 곳은 모두 다른 사람들이 차지해버려서 이야기하기 좋아하는 김도 어쩔 수 없었다.

　당신 대화명도 만만치 않아. 못 먹어도 GO다. 몇고까지 갈 셈이야?

　몰라. 그냥 가보는 거지. 넌 어쩌기로 했어? 진짜 그만둘 거야?

　팀장은 만류하는데……

　길어야 이삼개월이라는데 좀 있어봐.

　하루가 일년처럼 길어. 매일매일 도 닦는 기분이야.

　정떨어져서 그렇지.

　맞아. 제대로 정떨어졌어.

　어디 옮길 데는 알아봤어?

마땅한 데가 없네.

그럼 그냥 쉬려고?

글쎄. 당신은 정말 끝까지 고할 거야?

별수 있어? 그래야지.

대화라는 게 대충 이런 식이었다. 미로에서 헤매는 기분이었다.

나도 내 마음을 또렷이 알 수 없었다. 일단 회사는 그만두기로 한 것이고, 그렇다면 왜 다른 회사를 고르는 데 이토록 까다롭게 구는 걸까. 정말 뭔가 다른 일을 하고 싶어서? 다른 일이라면 무슨 일? 혹시 그냥 좀 쉬고 싶어서 그러는 거 아닌가? 물론 쉬고 싶기야 했다. 그냥 무작정 돈 걱정 없이 질릴 때까지 한번 쉬어보는 게 모든 직장인들의 로망 아닌가. 회사가 망한다는 이야기만 없었다면 투덜거리면서도 계속 다니고 있겠지? 이참에 공무원시험 준비라도 해볼까?

나는 어느 대학 어느 과에 지원할까, 이후 처음으로 심각하게 진로에 대해 고민하기 시작했다. 이 익숙한 도시와 나라를 떠나는 것에 대해서도 생각해보았다. 길은 의외로 많았다. 하지만 삼십대가 되니 나도 어쩔 수 없이 갈 수 있는 길과 갈 수 없는 길을 나누게 된다. 하고 싶은 것은 이상하게도 갈 수 없는 길에서 반짝이는 기분이다. 물론 내가 잃을 거라고는 시간밖에 없지만 그래도 두렵기는 하다. 나도 어쩔 수 없이 통속적인 인간인가보다. 이렇게 나이에 얽매이고 뭔가 시작해보기도 전에 걱정부터 하다니. 지금까지 아무것도 아닌 채로 살아온 것처럼 결국 또 시간을 허비하며 살아갈 게 뻔한데도 나는 새로운 것을 시작하거나 공부를 더 하거나 멀리 떠나는 것에 대해서는 계속 유보하기만 한다.

이정표와 목적지가 사라진 도로 위에 망연히 서 있는 기분이었다. 뒤에서는 끊임없이 경적소리가 들려오고 낯선 차가 내 옆을 아슬아슬하게 스쳐지나가면서 욕설을 퍼붓는다. 누군가는 차창 밖으로 가운뎃손가락을 치켜올리기도 한다. 하지만 나는 머뭇머뭇, 핸들을 어디로 꺾어야 할지 모르겠다.

수요일, 같은 부서 사람들과 조촐하게 퇴사기념 회식을 하기로 했다. 퇴사가 결정된 뒤 열흘 동안 나는 하던 일을 마무리하고 미지의 후임자에게 줄 인수인계 자료를 정리하고 퇴직사유서를 쓰고 서랍 안의 개인 물건을 챙겼다. 그리고 메씬저의 대화명을 바꾸었다. K와 헤어질 때도 그랬지만 이년이라는 시간은 짧다고 하기에는 길고, 길다고 하기에는 짧은 참 애매한 시간이다.

오후 네시쯤 사무실을 돌며 작별인사를 건네자 사람들은 복잡한 심정이 담긴 눈빛으로 나를 바라보았다. 일하는 동안 손발이 맞지 않던 사람과도 개인적으로 별로 좋아하지 않던 사람과도 헤어질 때만큼은 아쉬워하며 서로의 앞날을 축복해주었다. 인사를 마치고서 퇴근시간을 기다리고 있자니 비로소 마침표가 찍혀가는 기분이 들었다.

회식자리에 온 팀원들은 밥도 먹기 전에 술부터 연거푸 마셔댔다.

"회사 분위기도 이래서 그만둔다니까 말리지는 않는데, 옮길 곳도 정하지 않고 그만둬도 괜찮아? 어디 정해두고 괜히 엄살부리는 거 아냐?"

"아직 서른셋이면 괜찮아. 결혼도 안했으니까 천천히 생각해도 돼. 어디 적당한 데 다니다가 좋은 데 시집가면 그게 더 낫지. 안 그래?"

"자기 올해 서른셋이야? 좋겠다. 서른다섯 넘어봐. 꼼짝도 못해. 한 살이라도 어릴 때 빨리 옮기는 게 나아. 서른셋은 진짜 아무것도 아니라니까."

사람들은 자기네들끼리 괜찮다, 걱정이다, 잘됐다,를 논했다. 화제는 어느 틈에 나이로 넘어갔다. 이제 막 이십대 중반이 된 여직원은 하품을 하고 시계를 힐끔거리다가 먼저 자리를 떴고, 삼십대 후반들은 물 만난 물고기마냥 제 나이에 취해 열변을 토했다.

이미 사십대에 가까워진 사람들은 스무살에 대해 말하듯 삼십대 초반은 아무것도 아니라고 했다. 그들에게는 다가올 마흔살에 대한 중압감이 더 크다. 서른몇살은 그런대로 낭만도 있고 어떤 전환의 여지가 있지만 마흔살은 다르다는 것이다. 삼십대가 계란 한 판이라면 사십대는 계란찜이나 마찬가지라고 했다. 그렇게 굳어진 채로, 더이상 변형을 꿈꾸지 못하는 채로 그릇이 비워지기만 기다려야 한다는 것이 두렵다고 했다.

다들 술잔을 비웠다. 계란찜이라…… 깨질까봐 전전긍긍하던 계란이 차례차례 깨지고 완전히 풀어지고 불 위에서 부글부글 끓어야만 계란찜이 되는 것이다. 분위기가 숙연해졌다. 퇴사기념 회식이 아니라 중년들의 신세한탄의 장 같았다. 마흔에 가까운 삼십대 후반들은 삼십대 초반인 나를 부럽다는 듯 쳐다보았다. 앉아 있다보니 이십대가 지나가서 기분이 이상하다고 말했다가는 몰매라도 맞을 것 같았다. 벌써부터 마흔살이 두려워졌다. 술집에서 나오는데 돌이킬 수 없는 길로 한발짝 들어선 듯한 기분이 들었다.

마신 술에 비해 회식은 일찍 끝났다. 사람들은 서둘러 흩어졌다. 지하철역으로, 버스정류장으로, 택시가 서 있는 도로로. 다들 지켜야 할 가정과 내일 출근해야 할 직장이 있으니까. 새로운 팀원을 받아들이는 환영 회식과 퇴사기념 회식이 같을 수는 없다. 앞으로 만날 일 없는 동료와 이만큼 있어줘서 고마웠다. 이만하면 예의를 차려준 셈이다. 이제 나에게는 오늘과 확연히 다른 내일이 펼쳐질 것이다. 오늘과 내일이 다른 삶, 천국일까? 지옥일까?

나는 일단 나보다 먼저 백수가 된 명희에게만 회사를 그만뒀다는 말을 했다. 선영에게 먼저 말할까 싶은 생각도 들었지만 지금쯤 결혼준비로 분주할 게 분명했다. 물론 그건 핑계고 어쩐지 선영에게 백수가 됐다는 말을 하기가 망설여졌다. 원래 변절자의 충정이 더 무서운 법 아닌가. 어떤 말을 듣는다 해도 위로가 될 것 같지 않았다. 그리고 친한 것과 상관없이 오래 만나다보면 친구들 사이에도 전문분야라는 게 생겨난다. 이를테면 연애문제를 털어놓을 친구와 쇼핑에 관해 조언을 구할 친구, 직장문제를 상의할 친구가 따로 있는 법이다. 진료는 의사에게, 약은 약사에게처럼.

명희는 교원임용시험 준비를 위해 올초에 회사를 그만두었다. 결심과 목표가 확고하기 때문에 명희가 회사를 그만둔 일은 걱정거리도 아니었고 조언을 구할 필요도 없었다. 그러니까 엄밀히 말하자면 명희는 백수가 아니라 수험생이다.

백수가 된 첫날 아침, 나는 평소와 같은 시간에 나와서 조조영화를 한 편 보고 언젠가 꼭 가보리라 벼르기만 하던 까페에 들어가서 느긋하게 브런치를 먹었다. 그리고 따뜻하고 달콤한 커피를 들고 거리를 쏘다녔다. 회사를 그만뒀다기보다 월차를 쓰는 기분이었다. 사실 그런 기분을 느끼려고 일부러 일찍 나오기도 했다. 아직은 백수로서의 삶과 정면대응할 준비가 되어 있지 않다고나 할까. 숙제를 살짝 미뤄두는 심정도 있었다. 한적한 거리도 맘에 들고 기분도 홀가분하고, 뭔가 결정해야 할 것이 있다는 묘한 긴장감도 싫지 않았다.

나는 실컷 쏘다니다가 명희의 학원이 끝나는 시간에 맞춰

노량진 쪽으로 갔다. 역에서 내려 몇걸음 걷는 동안 인파의 흐름이 심상치 않음을 체감할 수 있었다. 퇴근시간의 보폭이 아니라 지각하지 않기 위해 촌각을 다투는 출근시간의 움직임이었다. 주위를 둘러보니 사람들은 한손에 저녁거리를 든 채 뛰다시피 걷고 있었다. 퇴근 후 수업을 들으러 가는 주경야독파들로 인해 학원가는 발디딜 틈 없이 북적였다. 현실이 얼마나 무서운지, 다들 살아남기 위해서 얼마나 부지런히 시간을 쪼개고 욕망을 유보하며 버티는지 생생하게 보여주는 다큐멘터리 같았다. 잠시 현실을 망각했던 철없는 백수는 순식간에 불안에 사로잡혔다. 당장이라도 저 무리에 끼어서 함께 발걸음을 옮겨야 할 것 같은 조바심이 들었다.

학원에서 나온 명희는 친구들과 만날 때와는 전혀 다른, 고삼 자율학습시간에 보던 모습과 비슷했다. 맨얼굴에 뿔테안경, 트레이닝복에 운동화 차림은 꼭 전사(戰士)의 모습이었다. 그에 비하면 나는 아직까지 사태 파악도 제대로 못한 천하태평이었다.

"뭘 해야 할지 내가 뭘 하고 싶은지 정말 모르겠어. 너는 선생님이 정말 너한테 맞는다고 생각하니?"

나는 뭔가 목표를 정하고 거기 매달릴 수 있는 명희가 진심으로 부러웠다.

"적어도 선생님 하면서는 어디 옮길 데 없나, 기웃거리지는 않을 것 같아. 게다가 방학이 있잖니. 그것만으로도 충분히 도

전해볼 만해."

방학이라고 말할 때 명희의 눈동자가 반짝하고 빛났다. 방학이 있는 인생이라니 정말 근사하지 않니? 가슴에 보물지도를 간직한 사람의 표정이었다. 생각해보면 중고등학교때 중간에 때려치우지 않고 무사히 졸업할 수 있었던 건 방학의 덕이 크다. 명희의 대답은 간단명료했다. 지금 이 결정이 최고의 선택은 아닐지 몰라도 이 일은 최선의 노력을 다해서 얻을 만한 가치가 있다는 것이다.

많은 사람들이 도전하는 시험이라지만 명희라고 쉬운 결정을 내린 것은 아니다. 정보를 얻기 위해 가입한 까페에 올라온 글들은 처음의 결심을 뿌리째 흔들기에 충분했다. 사람들이 왜 고시라고 부르는지 알 것 같았다. 세상에 이렇게 합격하기 힘든지 몰랐다. 대학 들어가기보다 백배는 더 어려운 것 같다. 나는 벌써 세 번이나 떨어졌다. 집에서 사람 취급도 못 받는다. 그런데 이게 오기가 생기는지 중독이 된 건지 겨울만 되면 응시하게 된다. 달콤한 성공사례를 무색하게 만드는 실패담들이었다.

시험을 준비하면서 연애 사년차의 명희는 결혼을 무기한 연기했다. 남자친구는 의외로 환영하는 눈치라고 했다. 명희는 그게 서운해서라도 꼭 시험에 붙고 말 거라고 했다. 그렇게라도 의지를 불태우지 않으면 대학졸업도 전에 시험준비하는 애들을 이길 수 없다는 것이다.

"그러고서 내가 나중에 붙으면 그게 다 널 위해서 한 말이었다고 그러겠지? 여우 같은 놈."

명희는 옆에 없는 남자친구를 향해 주먹을 올렸다.

"가끔은 이게 뭐 하는 짓인가 싶은 생각이 들 때가 있어. 그냥 회사나 다닐 걸 그랬나. 그래서 올가을이나 내년봄쯤에 결혼하고…… 그냥 그렇게, 좀 쉽게 살 걸 그랬나 싶을 때도 있어. 아무리 생각해봐도 서른셋은 공부할 나이가 아닌 것 같다 싶어 불안하기도 하고…… 너무 애매한 나이 같아. 누구나 다 이런 고민 하겠지만. 그래도 어떡해. 이미 시작해버린걸. 열심히 해야지."

나도 요즘 그런 생각을 하고 있다. 인생의 어느 시기에는 공부에, 또 어느 시기에는 사랑과 일에 몰두해야 한다. 또 어느 시기에는 고민을 해야 하고 어느 때는 결정을 내려야만 한다. 그런데 스물다섯살일 때도 서른살일 때도 뭔가를 시작하기에는 늘 애매한 기분이 들었다. 시작하기에 적당한 때란 없었던 것 같다. 지금은 과연 어느 시기일까. 무언가를 시작해도 될까. 굳이 보편적인 삶의 행보를 따라가고 싶은 것은 아니지만 삶을 완전히 엎어버리는 혁명을 일으키고 싶지도 않다. 사실 그럴 만큼 배포가 큰 인물도 못 된다. 어쩌면 명희가 걱정하는 것처럼 괜한 짓을 저지르는지도 모른다. 그나저나 우리의 괜한 짓은 과연 앞으로 우리의 인생을 어떻게 변화시킬까. 정말 궁금하다.

"그래도 큰 결심 한 거야. 그냥 미적거리면서 사는 사람들도 많잖아. 이왕 시작한 거 열심히 하면 좋은 결과가 있지 않겠어?"

"그게 무서워. 열심히 하지 못할까봐 두렵기도 하고, 열심히 했다고 생각했는데 좋은 결과가 나오지 않을까봐 무섭기도 하고. 하는 동안은 그냥 할 수 있을 것 같은데 결과에 대해서는 장담할 수 없으니까. 되도록 생각을 안하는 수밖에 없지."

명희는 덤덤하게 말했지만 표정은 복잡했다. 만약 시험에 떨어진다면, 가끔 그런 생각이 들면 머릿속으로 경우의 수를 따져본다고 했다. 다시 도전하는 방법과 취업전선에 뛰어드는 방법이 있고 결혼을 할 수도 있을 것이다. 하지만 명희는 다시 도전하는 쪽을 택할 거라고 했다.

"여기 그런 사람들 되게 많거든. 처음에는 왜 포기 못하고 매달릴까, 궁금했는데 이제는 나도 그럴 수밖에 없을 것 같아. 그러니까 열심히 해서 붙어야지."

"나도 역에서 내렸을 때 깜짝 놀랐어. 사람들이 이렇게 많은 줄 몰랐거든."

"아무래도 여기 학원들이 다 몰려 있으니까. 젊은 애들부터 사십대까지 다양해. 여기 있다보면 가끔 등골이 오싹해져. 저 많은 사람들과 경쟁하면서 살아야 하나 싶어서."

"공부는 잘돼?"

"잘돼서 하겠냐. 그냥 하는 거지. 머리도 녹슬어서 공부하

는 게 옛날 같지가 않아. 안하면 안되니까 하는 거야. 이제 와
서 때려치울 수도 없잖니."

명희는 애써 웃었다. 다이어리 앞에는 '후회없이 공부하자'
라는 문구가 쓰여 있었다. 나는 명희가 시험에 실패하더라도
후회하지 않고 지금처럼 웃을 수 있기를 응원했다. 물론 가장
좋은 것은 시험에 척하니 붙어서 웃으면서 남자친구한테 본때
를 보여주는 것이다. 아무튼 고군분투하는 명희의 모습은 많
은 자극이 되었다. 나도 뭔가 저질러볼 수 있을 것 같았다.

"넌 이제 어쩔 거야? 생각은 좀 해봤어?"

"고민은 하고 있는데 아직 잘 모르겠어. 쉽게 결론이 안 나
네. 더 고민해봐야지."

"그래, 잘 생각해서 결정해. 하고 싶은 걸 찾는 것도 중요하
지만 잘할 수 있는 거, 질리지 않고 오래 할 수 있는 걸 찾는
것도 중요하더라."

명희의 말을 듣고 보니 결혼상대를 고를 때와 비슷하다는
생각이 들었다. 사랑도 중요하지만 질리지 않고 잘 살 수 있는
동반자를 고르는 것! 역시 어렵다.

이래서 친구들이 다같이 모이는 것도 좋지만 가끔은 단둘이
서 만나는 것이 더 좋다. 이상하게 모두 모일 때는 이런 얘기
를 꺼내기가 쉽지 않다. 사실은 쓸데없는 농담이나 연예인 이
야기보다 이런 대화에 더 목말라 있는데 말이다. 게다가 깊은
이야기를 꺼낼 즈음이면 언제나 '지금은 우리가 헤어져야 할

시간……'이 되고 만다.

마음 같아서는 밤새 떠들고 싶지만 명희가 자꾸 시계를 힐끔거리는 것 같아서 다음으로 미루기로 했다. 신세한탄이나 하자고 시험공부하는 친구의 금쪽같은 시간을 갉아먹을 수는 없는 노릇이다. 창밖에는 여전히 가방을 멘 사람들이 북적거렸다.

"너 들어가서 공부해야지."

"응. 너도 잘 생각해서 결정해. 그리고 결정하면 알려줘."

모자를 푹 눌러쓴 명희가 손을 흔들며 사람들 사이로 섞여 들어갔다. 지하철역으로 걸어가는데 불안이 몰려왔다. 앞으로 해야 할 일이 머릿속에 착착 계획되어 있는 사람들에게는 몸은 피곤하지만 해방감이나 성취감이 느껴지는 저녁일지도 모른다. 하지만 앞날이 막막한 나에게는 불면의 밤이 될 것 같았다.

다음날 아침 늘 일어나던 시간에 눈이 떠졌지만 도로 이불을 뒤집어썼다. 새벽까지 뒤척인 터라 머리가 무거웠다. 엄마에게는 남은 휴가라고 둘러댔다. 마음이 찜찜했지만 일단은 그렇게 해두기로 했다. 여러모로 불효자식이 되어가고 있었다.

느지막이 일어나서 창문을 열자 비로소 내 것이던 책상과 의자, 포스트잇을 덕지덕지 붙여놓았던 덩치 큰 컴퓨터 모니터가 떠올랐다. 지하철에서 내려 사무실까지 걸어가던 그 멀고먼 길, 정말이지 축지법을 쓰고 싶었던 그 길도 눈에 선했다. 컴퓨터가 부팅되는 동안 마시던 다디단 모닝커피의 맛도 살짝 그리워졌다. 지금쯤이면 모두들 오전업무를 하면서 점심시간을 기다리고 있겠지. 점심을 먹은 뒤에는 삼삼오오 모여 앉아서 수다를 떨다가 자리로 돌아가고 눈치, 풍문과 고민, 지름신이 난무하는 시간 속에서 퇴근시간을 기다릴 것이다.

회사를 그만두었다는 것은 사무실과 동료, 해야 할 업무가 사라진 것은 물론이고, 9 to 6의 근무시간, 25일 월급 같은 세계와의 결별을 뜻한다. 그 씨스템은 십년 가까이 내 몸과 생활을 지배해왔지만 이제 당분간 나와는 상관없는 시간표가 되었다. 해방감과 막막함이 동시에 밀려왔다.

나는 이제 그 무표정하던 날들을 헤어진 애인처럼 잊고 좀 다른 시간을 살아보기로 했다. 일단 내가 진짜로 하고 싶은 것이 무엇인지 찾아야 했다. 대학졸업 뒤에는 아무 곳에나 취직하지 못해 안달이었고 취직한 뒤에는 다른 일을 해본 적이 없다. 배운 것이 도둑질이라고 발뒤꿈치를 든 채로 조심조심 걸으며 비슷한 일만 맴돌았다. 백수가 될까 두려워서 적성에 맞느냐 안 맞느냐 같은 것을 고려할 처지도 못 되었다. 그러다 삼십대에 덜컥 화살표를 상실한 백수가 돼버렸다.

궤도를 수정하시겠습니까? Yes.

시행착오를 겪어도 괜찮습니까? ……Yes.

사실 고백하자면 나는 새로운 삶의 국면을 맞이할 준비가 되어 있지 않다. 회사가 망한다는 말이 나오지 않았다면 거기 앉아서 몇년 더 개겠을지도 모른다. 진짜로 하고 싶은 일 따위는 찾으려고 하지도 않았을 것이다. 변화 같은 건 달갑지 않고 그냥 하던 대로 되는대로 살았을 것이다.

'백수가 돼서 두려워?'

'아무래도 좀.'

선 밖으로 밀려나는 일이니까. 마지노선이라고 정해놓은 수면 아래로 추락하는 거니까. 내가 무슨 일을 하는지 무얼 위해 일하고 있는지 모르는 건 두렵지 않은데 당장 수중에 돈이 없는 건 두렵다. 사랑하지 않아도 애인이 없으면 두려운 것처럼. 궤도수정. 그게 버스환승처럼 간단하다면 좋으련만.

바람도 쐴 겸 집밖으로 나왔다. 혹시라도 아는 사람을 만나게 될까봐 모자를 깊이 눌러썼다. 지금의 상황에 대해서는 누구에게도 설명하고 싶지 않았다. 대낮에 아무 목적도 없이 혼자서 걷고 있자니 마음이 뻐근해졌다. 짝사랑을 그만두기로 결정한 날, 형편없는 석차의 성적표를 받은 날, 친한 친구가 전학간 날, 누군가에게 무언가를 털어놓고 싶은데 아무 말도 하지 못한 날, 오래전의 그 기분들이 고스란히 되살아났다. 하도 생생해서 방금 전 일처럼 느껴졌다. 왜 그렇게 쓸쓸하고 우울한 기분은 잊히지 않고 사는 동안 몇번이나 반복되면서 사람을 감상에 젖게 만드는 걸까? 나는 그런 생각을 하면서 정처없이 걸었다.

뺨에 닿는 바람은 더이상 차갑지 않았다. 봄이 오고 있었다.

나는 아무래도 시간의 반대편으로 걸어가서 다른 봄에 도달한 것 같았다. 혹시…… 사춘기가 또 오는 겁니까? 뭐 그럴 수도 있고 아닐 수도 있겠지. 어쩌면 사춘기란 한번으로 끝나지 않고 사람에 따라서 여러번 겪게 되는지도 모른다. 그렇다면 나는 아무래도 지금 두번째 사춘기를 겪고 있는 모양이다. 사춘기라는 것이 영원히 항체가 생기지 않는 감기바이러스 같은 것이라면.

아무튼 이왕 회사를 그만둔 거 정말 하고 싶은 일이 뭔지나 찾아보기로 했다. 시간이 오래 걸리더라도 이 엉킨 실타래를 다 풀고 나 자신을 제대로 탐색하고 싶었다. 현실적으로 돌이킬 수 있는 가장 먼 과거가 언제일까. 좀더 예전, 그보다 더 예전, 이런 식으로 거슬러가다보면 태어나지 않는 편이 좋았을 거라는 후회가 들지만, 일단 대학때로 돌아가기만 한다면 뭔가 찾을 수 있을 것 같았다. 연애를 많이 한 것도 아니고, 특별한 경험을 쌓은 것도 아니고, 학점을 죽여주게 딴 것도 아닌 대학생활을 떠올리자 후회가 밀려왔지만 그래도 그때는 매이는 것 없이 이것저것 기웃거리며 살았다. 지금처럼 유행에 뒤떨어질까봐 극장 가서 재미있다는 영화를 보는 것이 아니라 꽤 진지하게 영화를 보며 분석도 하고 혼자서 미술관련 교양과목을 수강하느라 낑낑거리기도 했다. 역사 쪽에도 관심이 있어서 책을 찾아 읽었고 여행 관련 서적에 심취한 적도 있었다. 두루두루 관심사가 많은 편이었다.

어쩌면 거기에 내가 정말 하고 싶은 일이 숨어 있을지도 모른다. 하지만 영화와 미술과 역사와 여행이라, 너무 방대하다. 벌써부터 그 무게에 눌리는 기분이다. 그래도 이왕 결심한 거 부딪쳐보기라도 해야겠지. 마음속에 첫번째 목적지가 정해졌다.

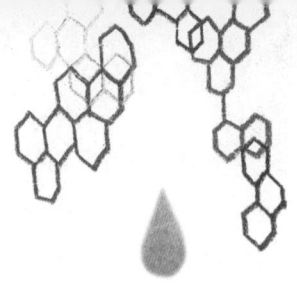

나를 향한 주파수

대학은 예전 모습 그대로다. 반갑기도 하고 너무 그대로라 어리둥절하기도 했다. 학교라는 곳은 모두 지독하게 변하지 않는다. 졸업생들의 추억을 지켜주기 위해서 눈물나는 배려를 하는지도 모르겠다.

바뀐 거라고는 교정을 누비고 다니는 학생들뿐이다. 그것만으로도 묘하게 낯설긴 했다. 수업에 들어가기 위해 분주하게 이동하는 학생들 틈에 섞여서 나는 학교의 이곳저곳을 둘러보았다. 예전에 살았던 집을 몰래 엿보는 듯한 기분이었다. 내 방이던 곳에 낯선 가구가 놓여 있고 우리가 쓰던 빨랫줄에 다른 사람들의 빨래가 걸린 것을 보는 듯한 묘한 상실감이 찾아왔다.

도서관도 그대로였다. 그런데 도서관은 학생증을 찍어야만 출입이 가능하도록 되어 있었다. 시험기간을 제외하고는 한가한 도서관에 누가 그렇게 들어간다고 난리를 떠나 싶었다. 나는 사년 동안 그 도서관 열람실에 앉아 책을 읽고 리포트를 쓰고 시험공부를 했지만, 출입기계 앞에서는 그 대학의 학생이 아닌 외부인일 뿐이었다.

기계 위에는 빨간불과 초록불 표시가 있었다. 나는 멀찍이 떨어져서 학생들이 기계를 통과하는 모습을 지켜보았다. 학생들은 귀찮다는 듯 가방에서 학생증을 꺼내어 기계에 찍었다. 큰맘 먹고 왔는데 아무래도 들어가기 힘들겠다는 예감이 들었다. 어떻게 하지?

나는 대학의 치졸함에 분노하며 대학도서관이 나를 받아주지 않는다면 어디로 가야 할까, 마땅한 장소를 떠올려보았다. 집 근처에 구립도서관이 있기는 하지만 구리구리한 느낌을 물씬 풍기는 곳이라 별로 가고 싶지 않았다. 내가 원하는 건 뭔가 다시 시작하는 분위기다. 그런 면에서 새학년 새학기가 시작되는 대학캠퍼스는 안성맞춤이었다.

들어갈 수 없다는 걸 알면서도 나는 쉽게 자리를 뜨지 못하고 서성거렸다. 하지만 어디에나 구멍은 있는 법이다. 삼십분쯤 지나자 아직 학생증을 발급받지 못한 신입생이 기계 앞에서 머뭇거리는 모습이 보였다. 그러자 선배인 듯한 사람이 맨

끝쪽의 입구를 가리키며, 그쪽은 그냥 들어갈 수 있다고 가르쳐주었다. 기다리는 자에게 복이 있나니! 나는 신입생 뒤에 서서 최대한 태연한 표정을 지으며 도서관으로 들어갔다. 아마도 당분간은, 학교에서 학생증 발급에 능장을 부리기만 한다면 꽤 오랫동안 학교도서관에서 시간을 보낼 수 있을 것 같았다.

입구에 기계만 새로 들여놨을 뿐 도서관 내부는 달라진 것이 하나도 없었다. 책은 늘 있던 자리에 꽂혀 있었고 책상과 의자도 페인트색 하나 변하지 않고 그대로였다. 변한 것이 있다면 역시 학생들이었다. 학생들은 모두 책상에 전자사전과 휴대폰을 올려놓은 채로 앉아 있었다. 두껍고 너덜거리는 사전을 들고 다니며 단어를 찾는 학생은 보이지 않았다. 그러니 당연히 그걸 베고 자는 사람도 없었다.

요즘 애들은(그렇다, 요즘 애들이다) 아무래도 도서관에 책을 읽으러 오는 게 아니라 어떤 스릴을 즐기러 오는 것 같다. 두셋이 머리를 맞대고 큰 소리는 아니지만 다 들릴 만한 소리로 떠들며 키득대느라 정신이 없다. 쳐다보면 더 신이 나는지 웃음을 참지 못하고 저희들끼리 얼굴이 벌게진 채로 좋아한다. 나를 뺀 나머지 학생들은 별로 개의치 않는 것 같다. 이어폰을 꽂아서 전혀 들리지 않는 사람도 있고 그런 것에 익숙해져서 상관없다는 표정도 있다. 자신도 상대만 있다면 그렇게 속닥거려줄 텐데 혼자라서 아쉽고 부러울 따름이라는 얼굴도 있었다.

떠드는 소리에 익숙해질 만하자 이번에는 책상 위에서 시도 때도없이 덜덜거리는 휴대폰 진동소리 때문에 정신이 산만해졌다. 학생들은 휴대폰이 땅굴 파는 소리를 내면 천천히 걸어 나가도 될 것을 굳이 우당탕하며 출입문까지 전속력으로 달려간다. 어디 내가 이걸 받나 못 받나, 이 시한폭탄을 멈춰서 도서관 안의 사람들을 구할 수 있나 없나, 테스트라도 하는 것 같다. 거기다 마주앉아 있는 사람이 보이지도 않는지 책을 세워놓고 그 안에서 쪽 소리를 내며 대담하게 키스하는 커플도 있었다. 그래서 몇달 동안 키스라고는 꿈도 꿔본 적 없는 이내 가슴에 불을 싸질렀다.

나는 예전에 자주 이용하던 자리에 앉아서 가끔은 혀를 차고 조금은 낯설어하며 그 광경을 바라보았다. 물론 요즈음 젊은이들의 이런 모습이 처음은 아니다. 지하철이나 극장, 술집과 번화한 거리에 가득한 것도 이런 아이들이다. 하지만 모교 도서관에 앉아서 바라보고 있자니 좀 다른 기분이 들었다. 이런 애들이 대학도서관을 점령하다니…… 격세지감 같은 것이 느껴졌다.

도서관에 오기는 했지만 딱히 뭐부터 해야 할지 몰라 일단 노트에 관심분야를 죽 적었다. 그리고 서가로 가서 그 분야에 해당하는 책들 중 읽어볼 만한 것들의 리스트를 짜기 시작했다. 목록을 만들다보니 이 책들을 다 읽으려면 일년이 넘게 걸

릴지도 모른다는 생각이 들었다. 하지만 시작부터 타협할 수는 없어서 정성스럽게 책을 고르는 작업에만 몰두했다. 리스트가 늘어갈 때마다 부담과 기대감이 함께 늘어났다.

학교 다닐 때 이렇게 공부를 열심히 했더라면, 하는 생각이 들었지만 이제 지난일에 대한 후회는 그만 하기로 했다. 지난 삼십년 동안 나는 무언가를 후회하느라 일년은 넘게 써버린 것 같다. 앞으로는 좀 다르게 살아보기로 마음먹었다. 시간이 얼마나 걸릴지 모르겠지만 이 책들을 읽어나가는 동안 인생을 새롭게 설계해보기로 말이다.

대학도서관의 묘미는 아무래도 자리를 맡은 뒤 자판기커피를 한잔 마시면서 죽 늘어서 있는 여러 종의 신문을 읽는 일 같다. 천천히 읽는다고 뭐라는 사람도 없고 모니터에 고개를 처박은 채 마우스로 질질 끌어내리며 훑어보는 것보다 눈도 덜 아프다. 그리고 신문을 한장 한장 넘길 때마다 뭔가 제대로 읽고 있다는 느낌이 팍팍 든다. 나는 열시쯤 도서관에 도착해서 커피를 마시며 신문을 보고 책을 읽다가 두시쯤 밥을 먹고, 특별한 약속이 없으면 여덟시쯤 집에 돌아오는 생활을 시작했다.

아홉시 출근에서 벗어나 열시쯤 도서관에 도착하는 일도 새로운 생활의 묘미 중 하나였다. 아침이면 눈썹이 잘 그려지지 않고 마스카라가 빨리 마르지 않는다고 신경질낼 필요도 없고 옷장 앞에서 전전긍긍하지 않아도 되니 좋았다. 사람이 꽉찬

지하철에 타기 위해 몸을 납작하게 만들며 끙끙거릴 필요도 없고, 모르는 남자와 이상한 자세로 포개지는 바람에 눈 둘 데가 없어서 구두코만 바라볼 필요도 없었다. 환승할 때는 또 어떤가. 눈앞에서 지하철을 놓치면 결과적으로 십분 차이가 나기 때문에 문이 열리자마자 구두굽이 부러져라 다다다, 뛰어야만 했는데 이젠 그러지 않아도 되었다.

물론 일찍 준비해서 나오면 출근시간이 여유있지 않느냐고 따진다면 할말은 없다. 다만 출근하는 심정이 대체로 그랬다는 거다.

「동물의 왕국」을 볼 때마다 느끼지만 출근시간 풍경은 초식동물들의 대이동과 흡사한 면이 많다. 거대한 무리가 먹이를 찾아서 일사불란하게 걸음을 옮기는 모습도, 맹수들에게 쫓기기 때문에 경계를 늦추지 못하고 긴장하는 심리도 그렇다. 먹이사슬의 밑바닥에 놓인 그들의 대이동은 감동적이기도 하고 결연해 보이기도 하지만 한편으로는 비애가 느껴진다. 자칫 늦거나 힘에 부쳐서 뒤처지면 무리에서 도태되고 만다. 맹수들은 호시탐탐 그런 놈들을 노리고 있다. 대이동 끝에 살아남는다 해도 먹이사슬의 고리는 영원히 육식동물의 포위망에서 벗어날 수 없도록 짜여 있다. 그럼에도 불구하고 먹이를 찾아 떠나야만 삶이 지속된다. 그게 법칙이다.

집으로 돌아올 때면 어쩔 수 없이 퇴근하는 사람들과 맞물리지만 이제 나는 그들처럼 피곤하고 지친 표정은 짓지 않는

다. 물론 먹이사슬에서 완전히 벗어난 것은 아니다. 당분간 나는 그들과 다른 종류의 이동을 하는 셈이다. 그때까지 이 자유를 만끽하기로 했다. 에브리데이 청바지를 입어도 회사 분위기 운운하며 태클 거는 상사도 없으니 한이 풀릴 때까지 청바지도 입을 작정이다.

새학기의 교정은 묘한 분위기로 술렁였다. 꽃이 피는가 하면 갑자기 꽃샘추위가 기승을 부리고 눈발이 휘날리는 날도 있었다. 우르르 몰려다니며 큰 소리로 웃고 떠드는 신입생들이 있는가 하면 도서관에서 심각한 표정으로 취직공부를 하는 사학년들도 있었다. 그리고 나처럼 학교에 몰래 숨어든 유령 같은 존재들도 꽤 있는 것 같았다.

신입생들을 위한 환영회가 모두 막을 내리고 교정에 벚꽃이 만발하자 중간고사가 시작되었다. 한가하던 도서관은 학생들로 북적거렸고 자리맡기 경쟁이 치열해졌다. 디카, 전자사전, 휴대폰 등 도난당할 것이 많아진 학생들이 식당이며 도서관 앞에 붙여놓은 분실물 찾는 전단지도 눈에 띄었다. 그리고 주름 없이 깨끗한 양복을 입은 남학생들과 미용실에서 손질한 머리에 투피스를 입은 여학생들이 도서관에 자주 출몰했다. 졸업사진 촬영이 시작된 것이다.

졸업을 앞둔 학생들은 교정의 한가운데, 학교에서 경관이 가장 아름다운 곳에 모여 졸업사진을 찍었다. 선배들과 동기들, 그러니까 동문들 모두의 졸업사진의 배경이 된 곳이다. 근사한 옷으로 성장을 한 학생들은 처음 보는 서로의 멋진 모습에 환호하며 농담을 주고받았다. 봄날의 꽃밭 가운데 선 그들은 파티에 초대받은 주인공들처럼 빛났다. 하지만 어딘지 모르게 비애에 잠긴 듯 보이는 것도 사실이었다.

아마도 처음에는 양복 잘 어울린다, 머리 어디서 했니? 같은 말을 주고받을 것이다. 그런 뒤에는 시간 참 빠르다, 벌써 졸업이라니, 따위의 말들이 오가겠지. 안 들어도 뻔하다. 그런 말을 하는 건 졸업사진을 찍을 때 정장을 입는 것만큼이나 당연하다. 사진사가 일부러 우스갯소리를 던지면 기다렸다는 듯 장난을 치며 일제히 과장되게 웃기도 할 것이다. 하지만 웃음은 오래가지 않는다. 이상하게도 긴장감 같은 게 흐른다.

나는 도서관 창밖으로 그 모습을 지켜보았다. 정장 차림의 졸업예정자들은 사진을 찍자마자 청바지 차림의 재학생들 틈으로 재빠르게 섞여들어갔다. 아마도 자신들이 알록달록한 꽃밭 그림에 잘못 그어진 검은색 크레용 자국 같다고 생각할 것이다. 우쭐하기는커녕 몸에 물이 가득 차서 잘못하면 넘칠 것 같은 기분이 들 것이다. 나도 그랬다. 촬영이 끝나면 그들은 도서관 열람실로 돌아가 다시 취직공부를 할까, 아니면 낮술을 마시러 갈까? 나와 동기들은 일부러 어둠침침한 술집으로 기어들어가서 술을 마셨는데, 저들도 아마 그러지 않을까.

그렇게 며칠 동안 정장 차림의 학생들이 교정을 장식했다. 나의 졸업후배들은 이제 곧 입버릇처럼 말하게 될 것이다. 세상에 이렇게 회사가 많고 건물이 많은데 나 하나 비집고 들어갈 데가 없단 말이야? 그러면서 술에 취하게 될 것이다. 그리고 시간이 좀더 흐른 뒤에는 세상에 이렇게 아파트와 집이 많은데 어디에도 내 집은 없단 말이야, 하며 남몰래 눈물을 흘리게 될 것이다. 그 사이사이 세상의 절반이 여잔데, 남잔데 하는 푸념도 추임새처럼 적절히 넣어가면서. 그렇게 이십대가 지나가고 서른셋이 되고 나이를 먹는 것이다.

내가 첫번째 관심리스트에 올려놓은 것은 당연히 영화다. 한때 영화잡지 기자를 꿈꾸었으나 순수한 관객으로 남기로 결정한 순간부터 내 마음속에는 미련과 동경이 자리잡고 있었다. 그뒤에 영화비평 까페에서 K를 만나고 둘이 연애를 한답시고 극장에 숱한 돈을 쏟아부을 때도 체계적으로 공부해보고 싶다는 갈증 같은 게 있었다. 리스트에는 아주 기초적인 책부터 이론서, 비평서, 영화와 철학, 영화와 문학이 접목된 책까지 다양하게 적혀 있었다. 나는 시험공부하는 마음으로 한권씩 읽어나갔다.

하루종일 혼자 있다보니 모든 주파수가 나를 향해서 새롭게 맞춰지는 것 같았다. 표면적이고 현상적인 것은 물론, 저 밑바닥에 웅크리고 있는 내 모습도 보였다. 거기 있는 나에게는 공부가 꽤 적성에 맞는 듯싶었다. 책을 읽으면서 중요한 것을 메모하고 정리하며 공부하는 것을 진심으로 즐기고 있었다. 누가 등록금만 대준다면 다시 학교라도 다니고 싶은 심정이었다. 이건 분명 생애 최초의 자발적 학구열이었다. 나이 서른셋에 '최초'라는 말을 쓰는 게 상당히 창피하긴 하지만 내 인생에도 자발적 학구열이라는 게 존재한다는 사실이 경이로웠다. 그런 면에서 나는 그동안 자신에 대해 너무 무지했다. 무관심하고 무신경했다. 세상을 향해 뻗어 있는 안테나를 조금만 더 나를 향해 집중시켰더라면 내가 어떤 사람인지 어떤 길로 가기를 원하는지 좀더 일찍, 그리고 분명히 알 수 있었을 거다.

학구열에 심취하는 것도 좋지만 그래도 혼자서 밥 먹는 일은 약간 곤혹스러웠다. 처음에는 벤치에서 샌드위치나 햄버거 같은 것으로 대충 끼니를 때웠지만 그래도 가끔은 밥을 먹어야 했다. 일부러 학생들이 많이 몰리는 시간을 피해서 식당에 갔지만 그래도 맞은편 자리를 비워놓고 밥을 먹는 게 쉽지는 않았다. 이래서 사람에게는 밥친구가 필요하다. 아주 친하지 않더라도 함께 밥을 먹을 수 있는 정도의 친구 말이다. 그런 우정은 같이 밥을 먹는 동안에만 유효하긴 하지만 그래도 밥이라는 게 인생에서 꽤나 중요한 역할을 하기 때문에 같이 밥을 먹다보면 또 끈끈한 정 같은 게 붙게 마련이다.

슬그머니 회사의 밥친구들이 생각났다. 나 없이도 다들 잘 먹고 있겠지. 오늘 같은 날은 길 건너 칼국수가 딱인데. 이제는 그런 걸 그리워하기보다 아무렇지 않게 밥을 먹을 수 있는 담력을 키워야겠지만 말이다. 물론 민망해하면서도 밥을 굶지는 않으니 제법 뻔뻔해졌다고 할 수 있다.

공부하는 분위기가 무르익었다고 좋아할 무렵, 자유롭게 드
나들 수 있던 도서관 입구에서 드디어 '삑삑' 하는 기계의 경고
음을 듣고야 말았다. 겨우 '삑삑'일 뿐이었지만 나에게는 학생
들이 입을 모아 '침입자 발견'이라고 외치는 것처럼 들렸다. 빨
간불을 밝히며 삑삑대는 기계 앞에서 열심히 쥐구멍을 찾았지
만 막상 학생들은 나 같은 건 신경도 쓰지 않고 입구로 들어갔
다. 애당초 학생증이 없으니 가방을 뒤지며 학생증을 찾는 척
하는 쇼 같은 건 할 필요도 없었다.

학생때 같으면 얼씨구나 하고 놀러 가거나 집에 가서 빈둥
거렸겠지만 이제는 그럴 수도 없다. 집이라니, 머리를 까맣게
염색한 아버지가 이력서를 쓰고 있는 집으로 돌아간다는 게
말이나 되는가. 게다가 아버지한테 나는 아직 직장인인데.

나오면서 보니 도서관 유리문에는 어이없게도 안내문이 붙
어 있었다. ○월 ○일부터 출입구의 기계를 정상 가동할 예정
이니 학생들은 모두 카드를 소지하기 바란다. 그 밑에는 외부
인의 출입을 금하여 면학 분위기를 조성하겠다는 글도 쓰여
있었다. 대학도서관이 온몸으로 나를 밀어내는 것 같았다. 졸
업도 하고 이미 다 끝난 사이잖아. 이제 와서 구질구질하게 왜
이래? 새 애인을 옆에 끼고 이제 그만 단념하라고 으름장을 놓
는 것 같았다. 됐다 싶었다. 사실 그동안 도서관에서 누군가
나를 힐끔거리는 듯한 기분만 들어도 살짝 긴장이 됐다. 도서

관관리위원회 같은 데서(그런 게 정말 있는지는 모르겠지만) 감독관이 나와서 학생증 좀 보여주시죠, 학생이 아닌 외부인이 도서관 분위기를 흐린다는 제보가 있습니다,라고 할 것만 같았다. 그래서 최대한 학생다운 표정을 지으려고 애썼다. 학생 행세를 하면서 도서관에 숨어드는 동안 나는 나이에 맞지 않는 옷을 입은 듯 어색했다. 이방인 같았고, 주눅들어 있었다. 다만 입구의 빨간불과 안내문의 내용은 조금 미웠다. 이제 면학 분위기를 해치던 외부인은 떠나주면 되는 것이다. 학교는 역시 졸업한 사람이 머물 곳이 아니다.

어제 도서관에서 본 신문기사가 떠올랐다. 계층이동에 대한 기대감이 줄어든 사회구조 때문에 젊은 사람들이 패배주의에 빠져 있다는 내용이었다. 열심히 살면 성공한 삶이 보장된다는 사회적 신뢰가 무너지면서 불안은 불만으로, 불만은 포기로 이어지고 있다는 것이다. 그래서 상당수의 젊은이들이 조직문화에 철저히 순응하거나 아니면 튕겨나와 다시 대학사회를 맴도는 경향을 보인다고 진단했다. '조직사회에서 튕겨나와 대학사회를 맴도는'이라는 부분에서 나는 픽 웃고 말았다. 내 이야기이기는 했지만 편입이나 재입학 같은 적극적인 맴돎이 아니라 그저 도서관에 숨어들어와 공부하며 유사대학생처럼 사는 소극적인 맴돎이 우스워서였다. 그런데 이제 이 노릇도 끝이다. 졸지에 나는 맴돎에서도 튕겨나온 사람이 돼버렸다.

대학도서관만 태클을 걸어온 건 아니다. 예상보다 일찍 엄마에게 들통이 나서 설명하느라 애를 먹었다. 회사를 그만둔 이야기를 꺼낸 김에 나는 애인과 헤어진 이야기도 털어놓아버렸다. 언제까지나 숨길 수도 없는 노릇이고 마음의 짐도 무거웠다. 회사 이야기를 할 때만 해도 욕을 바가지로 퍼부어대던 엄마는 K와 헤어졌다고 하자 아무 말도 하지 않고 눈만 크게 떴다. 거짓말이지? 빨리 장난이라고 말 안해? 이게 엄마를 놀리려고 드네. 네 나이가 서른셋인데 지금 헤어지면 어쩌자는 거야. 아니지? 엄마의 눈동자는 그렇게 호소하고 있었다.

"거짓말 아니라 진짜고, 화해하거나 다시 잘될 가능성 같은 거 전혀 없어. 그러니까 엄마, 그냥…… 받아들여줘."

"그러니까 헤어진 이유가 뭐야? 걔 딴 여자 생겼냐? 결혼할 것처럼 하다가 이게 뭐야. 니들이 애들도 아니고. 무슨 말을 좀 해봐."

"여자문제 아니고 그냥 서로 아니다 싶어서 헤어졌어."

"이거 차였구먼. 어째 요새 하고 다니는 모양새가 영 수상쩍더라니."

"엄마 생각하고 싶은 대로 생각하셔. 아무튼 그렇게 됐으니까 이제 더이상 묻지 마. 그래도 살다가 헤어지는 것보다는 낫잖아. 안 그래?"

"얼씨구, 터진 입이라고 잘도 놀려댄다. 그래, 이제 어쩔 거야? 회사도 때려치우고. 그놈하고 헤어지니까 회사도 다니기 싫디? 아주 다 귀찮아? 그럴수록 마음을 독하게 먹어야지. 그렇게 마음이 약해빠져가지고 어떻게 세상을 살아갈래? 너 때문에 내가 걱정이다, 정말."

엄마는 화를 내면서도 나를 약간 측은하게 여기는 듯했다. 아무 상관관계도 없이 일어난 일이지만 엄마가 편하게 생각하도록 내버려두기로 했다. 내가 들볶이지 않으려면 그러는 편이 나았다.

"고모한테 전화 왔다. 너 좀 바꾸래."

"나? 왜? 또 무슨 염장을 지르려고."

엄마는 손가락을 입에 갖다대며 쉿, 하는 포즈를 취했지만 표정은 나보다 더 떨떠름했다.

"집에 없다고 그러지 그랬어. 나까지 속이 뒤집어져야 시원하겠수."

"그렇게 됐으니까 빨리 받기나 해. 잔소리 말고. 그리고 말 좀 이쁘게 하라니까 말투가 그게 뭐냐. 시집도 안 간 애가."

엄마는 고개를 절레절레 흔들며 전화기를 건넸다.

"네, 고모."

나는 일부러 바쁘다는 듯 서둘러 말했다. 고모와 통화할 때면 언제나 그런다. 반가워하거나 명랑한 기색은 쏙 빼고 사무적인 말투를 선택한다. 이것도 다 오랜 경험 끝에 얻은 노하우다. 그래야만 고모의 염장질을 최대한 줄일 수 있다.

"아이고, 연수야, 요즘 같은 때 어쩌다 회사는 그만두고 놀고 있냐. 한창 벌 때 부지런히 모아서 얼른 시집가야지, 응?"

나는 잽싸게 엄마 쪽을 노려보았다. 뭐 자랑이라고 그새를 못 참고 불었나 싶다. 그래봤자 딸자식 백수라는 것으로 두고 두고 트집이나 잡힐 거면서. 그 세월 동안 고모를 겪고도 여태 그걸 모르나 싶어서 답답했다.

아무튼 고모는 나의 기대를 저버리지 않는다. 어쩌면 걱정도 그리 얄밉게 하는지. 정말 신이 내려준 재능이다. 그렇지 않아도 회사를 그만둔 뒤 상사에게 잔소리 들을 일도 없고 동료나 업무 때문에 스트레스 받을 일도 없어서 면역기능이 다소 떨어진 나의 방어체계가 슬슬 가동준비를 시작했다.

나는 고모한테 공부를 해서 새로운 인생을 시작할 거라느니, 내가 정말 하고 싶은 일을 찾겠다느니, 하는 계획을 늘어놓을 생각은 없었다. 눈에 보이는 성공과 돈밖에 모르는 고모가 그런 고차원적인 삶의 행보를 이해할 리도 만무했다. 고모 눈에 가난은 다 죄며, 여자는 서른을 넘기기 전에 무조건 결혼해야 하며, 젊은 사람이 노는 것은 벼락 맞을 일이다. 나는 고모의 말에 아무 영향도 받지 않은 것처럼 대꾸했다.

"걱정 마세요. 그리고 아버지한테는 비밀 지키는 거 아시죠?"

"아버지가 알면 안되는 거 아는 애가 그렇게 덜컥 일을 관두냐? 이제 너도 다 컸으니 네 맘대로 하기보다는 부모 뜻을 먼저 헤아려야지. 이러니 내가 걱정을 안할 수가 있냐? 너 결혼은 언제 할래? 올해 결혼해서 내년에 애를 낳아도 노산인데. 너 노산이 애 머리에 얼마나 안 좋은 줄 아냐? 나중에 애한테 무슨 원망을 들으려고 그래."

허걱, 소리가 절로 나왔다. 아무리 날고 기어도 나는 이 방면으로는 고모를 따라가지 못한다. 아버지, 불효, 돈, 노처녀 정도의 말까지는 짐작하고 있었지만 노산이라니. 애한테 원망을 들으면 어쩔 거냐니. 하기는 나한테 아무렇지도 않게 이런 말을 할 사람이 고모 말고 또 누가 있나. 아무나 호칭 앞에 염장이라는 수식어를 달 수 있는 게 아니다. 놀라서 아무 말도 못하는 사이에 고모가 허점을 쑥 찌르고 들어왔다.

"그럼 너 요즘 시간 많겠구나. 할일도 없을 텐데 언제 연재한테 한번 가봐라. 걔가 요즘 좀 이상해."

이 대목에서 나는 그만 폭발할 뻔했다. 돈 안 벌면 무조건 한가하고 시간이 남아돌 거라는 고모의 논리와 연재가 이상한데 내가 가봐야 한다는 황당한 연계성에 입이 딱 벌어졌다. 결국 그 이야기를 하려고 온갖 걱정하는 척을 다 한 거다. 내가 아무 대답이 없자(입이 딱 벌어져서 대답할 수가 없었다) 고모는 무슨 꿍꿍인지 카랑카랑하던 목소리를 거두고 한숨을 푹 내쉬었다.

"시집 잘 가, 아파트 좋은 거 분양받아, 떡하니 아들 낳아, 지가 걱정할 게 뭐가 있다고 속을 끓이는지 내가 통 알 수가 있어야 말이지."

"제가 그럴 시간이 없거든요. 아시다시피 빨리 취직해야 해요."

"그러니까 취직할 때까지는 아직 시간이 있는 거잖아."

"취직하려면 공부도 해야 한단 말이에요."

고모한테 그런 말이 통할 리 없지만 나는 빨리 전화를 끊고 싶어서 공부 이야기를 꺼냈다.

"괜히 핑계대지 말고 한번 가봐. 걔가 산후우울증에 시달리는지 매사에 부정적이다. 내 말은 도무지 들어먹을 생각도 않고 입 딱 다물고 앉아 있다니까."

역시 안 통한다. 자기가 하고 싶은 말만 한다. 어쩌면 저렇게 자기 자식만 귀할까. 하도 얄미워서 나는 한마디 쏘아붙였다.

"저번에 가보니까 괜찮던데요. 집 자랑에 자식 자랑에 말도 아주 잘하고."

그런데 고모는 내 말에 화를 내기는커녕 빠져나가려고 던진 말을 덥석 물고 놓아주지 않았다.

"그러니까 너더러 한번 가보라는 거야. 걔가 다른 사람하고는 통 말을 안해. 변변한 친구도 없으니 어쩌냐. 네가 좀 나서야지. 그래도 너랑 친했잖니."

아니 친하긴 누구랑 친했다고 이러십니까. 정말 말문이 턱 막혔다. 이로써 또 KO패다. 하긴 누구와 대적해도 말로는 백전백승이니, 내 말에 꿈쩍이라도 하면 염장고모가 아니다. 어쩌다 회사 그만둔 건 들켜가지고. 아무튼 앞으로 내가 갈 때까지 계속 전화를 해서 들볶을 테니 한번 가기는 가야 할 것이다.

"언제 갈래? 전화는 내가 해놓을 테니까 너는 시간만 내."

아…… 차라리 이게 맞선 통보라면 좋겠다. 조카는 나가기 싫다고 버티고 고모는 좋은 사람 물어다놓고 설득하는 거라면 차라리 그림이 산다. 그런 거라면 황송하겠다. 그런데 결혼도 안한 조카에게 산후우울증인 딸 걱정을 하며 가보라고 등떠미는 건 좀 그렇지 않나?

고모의 독촉전화를 두 번 더 받고서야 나는 연재네 집에 가기로 했다. 내가 의사도 아닌데 무슨 뾰족한 수가 있을까 싶었지만, 고모가 죽기 전 소원 운운하면서 병원 갈 정도면 데려가서 상담이라도 받게 하라고 하도 볶아대서 어쩔 수 없었다.

연재는 저번에 봤을 때보다 살이 붙어 있었다. 하지만 아직 미모를 해칠 만큼은 아니었다. 오히려 사모님의 풍모를 갖춰간다고 할까. 내 시선을 느꼈는지 연재가 "나 많이 쪘지?" 하고 물었다.

"아직 괜찮아. 넌 좀 쪄도 돼. 나야말로 자꾸 살이 쪄서 걱정이다."

천장에 매달린 모빌은 그대로인데 아기침대가 텅 비어 있다.

"애는?"

"엄마가 며칠 봐주겠다고 데려갔어. 내가 통 잠을 못 잔다고."

내가 애를 낳아본 것도 아니고, 산후우울증이라는데 어떻게 이야기를 풀어야 할지 몰라서 우물쭈물하고 있는데 연재가 먼저 말을 꺼냈다.

"넌 회사 그만두고 쉰다면서? 왜 그만뒀니? 짤렸어?"

고모가 아는데 연재가 모르리라고 생각한 것은 아니지만, 이들 모녀의 화법은 어찌나 단도직입적인지 매번 나를 놀라게 한다. 넌 산후우울증에 시달린다며? 이 말이 목구멍까지 올라왔다가 겨우 내려갔다. 참아야지. 싸우러 온 것도 아닌데 이런 식의 대응은 정신건강에 해롭다.

나는 주스를 마시며 마음을 가다듬었다. 산후우울증이라더니 연재는 평소와 다를 바 없는 것 같고 얼굴도 좋아 보였다. 도대체 나를 여기 보낸 고모의 꿍꿍이를 알 수 없었다. 설마 결혼해서 애 낳고 좋은 집에 사는 연재의 모습을 보며 뭔가 깨달으라는 건 아닐 테고…… 혹시 그런가? 그렇다면 사람 잘못 보셨는데. 물론 돈도 좋고 넓은 집도 좋지만, 난 이렇게 맨송맨송, 정지해버린 듯한 삶은 별론데. 차라리 나한테는 자질구레한 고민들이 지뢰처럼 깔려 있는 삶이 더 어울린다.

모녀의 속셈을 알아내려고 두리번거리는데 요상한 물건이 발견되었다. 바로 선반에 놓인 시집이었다. 시집 아래 깔려 있는 노트에는 펜까지 끼어 있어서 제법 불룩했다. 놓인 모양새를 보니 절대 과시용은 아니었다. 시집과 노트라, 이건 또 무슨 시추에이션이지? 내가 알기로 연재는 책이라면 만화책도 읽지 않는 애다. 돈 버는 분들과 어울리면서 재테크 관련 서적을 독파하고 있는지는 모르겠지만 시집은 연재와 너무 멀다.

"요즘 문화쎈터 같은 데 다니니?"

"어, 어떻게 알았어? 엄마가 그러디?"

"뭐 배워?"

"펠트. 시작한 지 얼마 안됐어."

문예교실이 아니고 펠트? 그럼 저 시집과 노트의 정체는 대체 뭐란 말인가. 궁금해서 목안이 다 근지러웠다.

"혹시 신랑이 책 좋아하니? 시집이나 소설 같은 거."

"안 좋아해. 학교 다닐 때 공부는 잘했다는데 나보다 책 읽는 거 더 싫어하는 사람 처음 봤다."

"그럼 도대체 저건 누가 읽는 거니?"

스무고개를 해봤자 원하는 대답이 나올 것 같지도 않아서 나는 그냥 손을 뻗어 가리켰다.

"아, 저거? 요즘 내가 읽고 있어."

"갑자기 시는 왜……?"

연재는 잠깐 뜸을 들이더니 자리에서 일어났다.

"너 직장 관둬서 시간 많지? 맥주 한잔 할래?"

"야, 대낮부터 무슨 술이냐. 나가서 사오기도 귀찮은데."

나의 만류에도 불구하고 연재는 기어이 일어났다. 그러더니 다용도실에 가서 맥주캔을 꺼내왔다. 그러니까 전시용 냉장고에는 우유와 주스, 은폐용 김치냉장고에는 술이 들어 있었던 거다.

"아무때나 마시면 어때. 한잔해."

연재는 이제 숨길 것도 없다는 듯 양말서랍 같은 데를 열더니 오징어채와 아몬드를 꺼냈다. 예전에 속옷서랍에 화장품이며 담배를 숨기던 솜씨가 여전히 빛을 발하고 있었다. 뭔가 흥미진진해지는 분위기였다.

"나 요즘 시에서 위로받아."

"······?"

"저번에 라디오 듣는데 디제이가 무슨 시를 읽어주더라고. 그때 한창 우울하고 그랬거든. 그런데 그 시가 내 가슴을 막 헤집어놓는 거야. 나 그때부터 시 읽잖니."

"아······ 그러셔? 뭐가 그렇게 우울했는데 시가 위로를 다 하고 그랬을까."

"그냥 모든 상황들이 나를 갑갑하게 만들고······ 마음이 막······"

거기까지 말하다 말고 연재는 갑자기 눈물을 흘렸다. 그렇다면 역시 새우눈에 돼지코인 애들 아빠가 문젠가? 못생긴 사람이 인물은 더 밝힌다더니 벌써 바람을 피우나? 맥주캔을 따서 놓아주니 연재는 벌컥벌컥 들이켰다.

이런 속도 모르고 고모는 입만 열면 연재가 시집 잘 갔다고 나발을 불고 다니니 통탄할 노릇이다. 이럴 때는 정말 혼자라는 게 감사할 따름이다. 닥치면 다 한다고들 하지만, 나 하나도 제대로 건사를 못하는데 결혼해서 남편이며 시댁이며 아이를 어찌 다 감당하랴.

"남편이 속썩이니?"

"속이야 썩이지. 그것도 그거지만…… 연수야, 나 요즘 왜 이런지 모르겠어. 마음이 허공에 붕 뜬 것 같고 어쩔 때는 세상이 다 내 편인 것 같다가…… 어쩔 때는 또 세상이 전부 나한테 등을 돌린 것 같기도 하고."

슬슬 상담 모드에 진입하긴 했지만 이 이야기만으로는 산후우울증인지 조울증인지 알 수가 없었다.

"저녁때 베란다 창밖으로 노을이 지는 걸 보면 가슴이 막 미어져. 내 인생이 지금 어디로 가고 있나. 우린 모두 어디로 가고 있나. 그런 생각 때문에."

순간 나는 귀를 의심했다. 그러니까 이건 연재의 입에서 나올 만한 대사가 아니었다. 인생과 행로에 대한 의문이라니. 이건 분명히 더빙이다.

"너답지 않게 왜 갑자기…… 너 애 낳더니 철들었나보다. 그런 생각을 다 하고."

"너도 이런 적 있어?"

"그럼. 다들 그런 생각 하면서 살아."

그러자 연재가 천천히 눈물을 닦았다.

"그래? 난 처음인데. 첫애 낳고 나서는 이렇지 않았거든. 좀 무섭기는 했어도 이런 생각은 해본 적이 없었어. 그런데 둘째 낳고 나서는 갑자기 생각이 밑도끝도없이 이어지는 거야. 이 아이들의 인생은 어떻게 되는 걸까. 나는 누굴까. 나는 왜 나일까. 이 세상에 존재하는 의미가 뭘까. 내 인생은 앞으로 어떻게 될까. 산다는 게 뭘까. 사랑은? 죽음은?"

연재는 관객을 향해 독백하는 연극배우처럼 진지했다. 아무리 생각해도 이런 모습은 처음 보는 것 같았다. 그런데 지금까지 그런 생각을 해본 적이 없다는 게 말이 되나? 얘는 사춘기도 안 겪었나? 함께 살던 고일때까지 사춘기가 아니었다는 것은 알고 있었지만 그뒤에는 당연히 겪었을 거라고 생각했는데. 그렇다면…… 이건 갑자기가 아니라 진즉 그랬어야 하는 일이다. 좀 늦어서 이십대 초반에 사춘기를 겪었다는 사람은 봤지만 삼십대가 되어서야 사춘기를 겪는 사람은 연재가 처음이다. 사춘기라는 건 연재처럼 늦더라도 결국 한번은 오고야 마는 걸까. 나는 그게 더 궁금해졌다.

"그런데 다들 이런 생각에는 관심이 없더라. 애들 아빠는 그런 게 왜 궁금하냐는 거야. 자긴 그게 더 궁금하대."

연재는 난생처음 느끼는 그 무겁고 아픈 느낌과 다들 아무것도 모른 채 살아가는데 혼자만 그런 고민에 빠졌다는 자괴감에 푹 젖어 있었다.

"내가 이상한 거니? 나 우울증 같니? 엄마는 자꾸 병원에 가보라는데 이게 병원까지 갈 일이니?"

"내가 보기에 단순히 산후우울증은 아닌 것 같은데."

"그렇지? 아니지? 그럼 이거 뭐 같니?"

"사춘기…… 아닐까?"

내 말을 듣고 연재는 큰 눈을 더 크게 떴다.

"말도 안돼. 야! 나 사춘기 겪었어. 내가 얼마나 조숙했는데."

"그래? 그런데 지금까지 그런 생각을 한번도 해본 적이 없냐?"

연재는 말문이 막혔는지 눈만 깜박거렸다.

"그러면…… 나 그냥 산후우울증으로 할래. 차라리 그게 더 명목이 서겠어. 서른셋에 사춘기가 뭐니? 쪽팔리게."

자기가 말해놓고도 우스운지 연재는 눈물을 매단 채로 소리 내어 웃었다. 어이가 없어서 나도 웃고 말았다.

"넌 언제 사춘기였어?"

"나? 중이땐가?"

하마터면 사춘기가 또 왔다고 말할 뻔했다.

"너 그때 나 보면서 아무 생각도 없는 날라리라고 생각했지?"

"알긴 아는구나. 화장대 사달라고 할 때부터 알아봤다."

"나는 네가 공부도 안하면서 책상 앞에 앉아 있는 게 답답해 보였거든. 쟤는 만날 저기 앉아서 뭐 하나. 저러니까 남자애들한테 인기가 없지. 나 같으면 차라리 다이어트를 하겠다. 그런 생각 했어."

탁자에 빈 맥주캔이 쌓여가고 자세가 흐트러졌다. 같이 방을 쓴 이년 동안의 비화와 오해가 낱낱이 까발려지고 연재의 옛 남자들 이름이 줄줄이 튀어나왔다. 새삼 그리움이 밀려왔다. 다시 돌아가고 싶은 시절이다.

왜 지나간 것은 다 아름답게 느껴질까,라고 연재가 말하는 바람에 나는 깜짝 놀랐다. 시집을 읽는다고 하더니 시가 가슴속뿐 아니라 머릿속도 헤집어놓은 모양이다. 이제야 연재와 말이 좀 통하는 것 같았다.

"너 정말 내가 아는 김연재 맞아?"

"너 나 놀리는 거지. 내가 저 노트 보여줄까? 내가 요즘 얼마나 생각을 많이 하는데. 보면 너 놀랄걸."

연재가 노트와 시집을 들고 왔다.

"시를 읽고 난 느낌을 여기다 쓰고 있는데, 이건 진짜 시 같지 않냐?"

군데군데 넘겨서 보여주는데 유치하긴 하지만 놀라운 문장들이 제법 눈에 띄었다. 이러다가 연재가 시인이 되었다는 소리를 듣는 건 아닐까 하는 걱정까지 들었다. 미모와 부유한 남편, 번듯한 가정을 가진 연재가 시마저 써버리면 나 같은 사람은 정말이지 변별력도 사라지고 설 자리마저 잃게 된다. 인생이 뻔한 방향으로만 진행되길 바라는 건 아니지만 연재가 정신적인 영역에서도 앞서는 건 좀 가혹하다. 나의 상실감 같은 걸 알 리 없는 연재는 노트를 넘기며 우쭐한 표정을 지었다. 한편으로는 산다는 게 보물찾기 같다는 생각도 들었다. 어느 모퉁이를 돌다, 어느 나무 밑에서 무엇을 발견하게 될지 아무도 모른다. 살면서 그 숨겨진 비밀들을 얼마나 찾을 수 있을지 모르겠지만.

이로써 복에 겨운 사모님의 산후우울증은 실체를 드러냈다. 두 아이의 엄마인 연재는 지금 성장통을 겪고 있다. 정신의 키가 한뼘쯤은 자란 것 같다. 비밀을 털어놓아서인지 연재는 한결 편안한 얼굴이었다. 그런데 기껏 제정신으로 돌아와서 한다는 소리가 또 염장을 질렀다.

"네가 이렇게 와서 좋긴 한데 계속 놀아서 어쩌니? 우리 신랑한테 얘기해서 어디 자리라도 하나 소개시켜달라고 할까? 내가 말하면 들어줄 거야."

그 말을 듣자 정신이 번쩍 들었다. 사춘기를 겪는다고 본성까지 달라지는 건 아니다. 좀더 성숙해질 수는 있지만.

도서관에 가기 위해 횡단보도를 건너려는데 신호등의 초록색 막대기가 두 개로 떨어졌다. 뛰어볼까 하다가 주변에 아무도 없어서 그만두었다. 나는 주위를 둘러보는 척하면서 뒤쪽에 서 있는 커피전문점에 슬쩍 눈길을 주었다. 커피전문점은 오늘도 어김없이 문을 열었고 무심하게 커피 향기를 풍기고 있었다.

솔직히 횡단보도를 빨리 건너려고 한 것은 시간을 아끼고 싶어서가 아니라 커피전문점의 유혹에서 벗어나기 위해서였다. 여기서 신호를 기다릴 때마다 나는 그곳에서 뿜어져나오는 달콤하고 향긋한 커피 냄새에 홀리고 만다. 오, 영혼을 위로하고 일상을 풍요롭게 하는 캐러멜라떼여. 나는 기꺼이 너의 노예가 되련다. 그러면서 허겁지겁 지갑을 여는 것이다. 그것은 쎄이렌의 노랫소리 같고 피리 부는 아저씨의 피리소리 같아서 거역할 수가 없다. 그래서 이 길을 지나갈 때마다 번번이 그 유혹에 넘어가버리고 말았다.

부드러운 크림이 가득한 커피 한잔을 들고 도서관으로 가는 길은 참으로 달콤하다. 그럼 이게 사는 낙이지. 그런 감탄이 절로 나왔다. 하지만 간사하게도 커피가 바닥을 드러낼 즈음이면 백수 주제에 밥값보다 비싼 커피를 마시다니, 미친 게로군. 스스로에게 분노가 치밀었다.

도서관 가는 길에 캐러멜라떼 한잔, 도서관에 도착해서 신문 읽으면서 자판기커피 한잔, 점심 후에 또 한잔, 이러다보니 커피를 마시지 않으면 허전할 정도로 심각한 중독에 이른 것도 문제였다. 커피값으로 지출되는 돈이 만만치 않았다. 그래서 이번주부터는 일주일에 두 잔만 마시기로 결심했다.

나는 안타까운 심정으로 커피전문점을 바라보았다. 그러다가 우산을 쓴 채 그 옆에 서 있는 한 남자와 눈이 마주쳤다. 아주 짧은 순간이었다. 남자는 누구를 기다리는지 다시 거리 저쪽으로 고개를 돌렸다. 그리고 손목시계를 들여다보았다. 피로와 권태가 겹겹이 내려앉은 얼굴이었다. 그리고 굉장히 낯이 익었다. 설마? 나는 메뉴를 들여다보는 척하면서 남자의 얼굴을 다시 힐끔거렸다. 남자가 이쪽으로 고개를 조금 돌렸을 때 나는 그가 바로 오래전의 그 사람이라는 것을 알 수 있었다.

남자는 후줄근한 사파리를 걸치고 있었다. 그때도 그는 유행에 맞춰 옷을 입거나 멋을 부리는 사람이 아니었다. 하지만 옷과 상관없이 그는 내 눈에 띄었다. 독특한 분위기 때문이었다. 그는 얼마쯤은 『공포의 외인구단』에 나오는 까치와 닮았고 흑백사진 속 윤동주 시인과도 비슷했다. 반장 같기도 하고 반항아 같기도 한 게 그의 인상이었다.

좀 오래된 이야기다. 그러니까 그는 내 중학교와 고등학교 선배다. 내가 일학년 때 그는 삼학년이었다. 어쩌면 학교에 다니는 동안 나는 그가 썼던 교실이나 그의 손길이 닿았던 책상과 의자, 빗자루, 쓰레받기 같은 것을 한번쯤 썼을지도 모르겠다. 아니면 음악실이나 미술실의 의자 또는 운동장의 철봉을 썼을 수도 있겠다. 지금 생각해보면 아무것도 아니지만 그때는 그런 생각을 하며 혼자 흐뭇해했다.

그러니까 그는 내 학창시절의 짝사랑이었다. 그 시절만 해도 누군가를 좋아한다고 해서, 너 나랑 사귈래? 하며 단도직입적으로 말하고 바로 손을 잡는 일 같은 건 거의 없었다. 물론 연재 같은 경우는 어땠는지 모르겠다. 아무튼 내 짝사랑의 표현은 기껏해야 좋아하는 사람이 썼던 분필을 슬쩍 집어와 남몰래 쥐어보는 식이었다. 그때는 그것만으로도 숨이 넘어갈 정도로 황홀했다. 서른살이 넘고 나니 온몸을 부딪쳐가며 하는 쎅스도 별다른 의미가 없을 때가 있지만 말이다.

그는 시를 썼다. 교지에 실린 그의 시를 외운 기억이 난다. 시를 읽고 참 좋은 시다,라고 느낀 때와 그의 모습을 보고 첫눈에 반한 때는 달랐다. 시는 시대로 좋아했고 그는 그대로 좋아했다. 그런데 알고 보니 그 둘이 같은 사람이었다. 지금 같으면 그냥 그럴 수도 있겠다 싶지만, 그 나이 때는 그런 일이 거의 완벽한 운명처럼 받아들여졌다. 온몸에는 백만 볼트의 전기가 흘렀고 나는 거의 광분할 지경이었다. 나의 모든 포커스는 당연하다는 듯 그에게 맞춰졌다.

다행인지 불행인지 모르겠지만 그는 여학생들에게 인기있는 타입은 아니었다. 운동장에서 농구하는 모습을 보고 친구에게 저 사람이야, 하고 가르쳐줬더니, 친구가 "괜찮긴 한데, 아마 전교에서 너 혼자 좋아할걸" 하고 말했다.

경쟁률이 낮다고 해서 쉬운 것은 아니었다. 함께 학교에 다니는 이년 동안 나는 그와 말 한마디 나누어보지 못했다. 중일 때는 방법도 몰랐고, 고일때는 방법을 알아도 자신이 없었다. 연재처럼 미모가 출중한 것도 아니고 먼저 말을 걸 만큼 성격이 활달하지도 못해서 도무지 기회를 포착할 수가 없었다. 매점이나 운동장에서 몇번 마주칠 때마다 나는 발을 헛디뎌 넘어지거나 사례에 걸려 기침이나 해대는 것으로 내 존재를 알릴 뿐이었다. 안하느니만 못한 행동들이었다.

고일때 연재가 자신이 만나는 오빠랑 그가 친하다며 다리를 놓겠다고 한 적이 있지만 극구 사양했다. 왜 그랬는지 모르겠지만 어쩐지 그건 아니라는 생각이 들었다. 내가 원하는 건 그런 게 아니었다. 나름대로 첫사랑인데 삼류소설에 나오는 방법을 쓰고 싶지 않았다. 하지만 제대로 용기를 내어보려 하면 언제나 그가 먼저 졸업해버렸다. 지금도 숙맥이지만 그때는 정말 먼저 말을 걸기 위해 일년씩이나 용기를 내어야 했다. 불쑥 가서 말을 걸면 미친 사람으로 오해하지 않을까, 거절당하지 않을까, 하는 걱정 때문이었다.

결국 말을 건네보지는 못했지만 딱 한번 편지를 써서 보낸 적이 있었다. 그가 고삼때였다. 대입시험이 한 달쯤 남았고 학교는 어수선했다. 나는 마음이 급해졌다. 그때를 놓치면 언제 다시 그를 볼지 알 수 없었다. 나는 친구를 통해 그와 같은 반인 한 선배에게 편지를 전해주었다. 그 이상의 방법은 떠오르지 않았다. 교지에서 시를 읽었어요. 시험 잘 보세요. 꼭 좋은 대학에 합격하길 기도할게요. 함께 학교에 다니는 동안 정말 행복했습니다. 이런 내용이 담긴 편지였다. 지금 생각해보면 너무 유치해서 치가 떨리지만 그것도 며칠씩이나 밤을 새워서 쓴 편지였다.

나는 멀리 숨어서 선배가 그에게 편지를 건네주는 것을 지켜보았다. 그는 얼굴이 약간 붉어진 채 고개를 갸웃거렸다. 누구인지도 모르는 사람에게서 편지를 받았으니 당황하는 게 당연했다. 어쩌면 나는 그 얼굴을 마지막으로 가까이에서 보기 위해 편지를 썼는지도 몰랐다. 그리고 그걸로 당연히, 완벽하게, 끝이었다. 그러니까 그는 그전에도 그때도 그뒤에도 나를 알지 못한다. 나만이 그를 알고 있는 것이다. 그때도 지금도 앞으로도.

나는 우산 속에 숨은 채 그를 바라보았다. 그가 확실했다. 조금 변했고 빛나던 눈빛은 사라졌지만 그였다. 그는 그때도 흰 편은 아니었지만 이제는 검게 찌든 얼굴을 하고 있었다. 문득 내가 알지 못하는 그의 시간들이 어땠을까 궁금해졌다. 그는 어떤 이십대를 지나서 삼십대에 도달한 걸까. 혹시 원하지 않은 시간을 산 건 아닐까. 나는 문득 그가 시를 잘 쓰면서도 고등학교때 이과를 선택한 것이 떠올랐다. 새삼 그것이 마음 아팠고 이제는 혼탁해진 얼굴빛과 사라진 눈의 총기가 안타까웠다.

그를 보며 우산 속에서 잠시 망설였다. 지금 그에게로 걸어가서 말을 건넨다면 우리 사이에 무슨 일이 일어날까. 그는 혹시 그 이상한 편지를 기억하고 있을까. 당신을 알고 있다고, 당신이 쓴 시를 기억하고 있다고 말하면 그는 어떤 표정을 지을까. 무엇이 깨어지고 무엇을 새롭게 알 수 있을까. 우산 손잡이를 만지작거리고 있는데 신호등 색깔이 바뀌었다. 나는 초록색 막대가 줄어드는 걸 지켜보다가 횡단보도를 건너기 시작했다. 뒤돌아보니 그는 여전히 우산을 쓴 채 거기 서 있었다. 몇미터밖에 안되는 거리가 마치 건널 수 없는 강처럼 멀게 느껴졌다.

그에게서 멀어질수록 내 결정이 옳았다는 확신이 들었다. 말을 걸지 않길 잘했다. 횡단보도를 건너오길 잘했다. 그를 예전의 그로 남겨두기로 한 건 잘한 일이다. 더 가까워지고 더 많이 아는 것만이 좋은 것은 아니다. 나는 시를 쓰던 그의 모습만 기억하기로 했다. 막 따뜻한 계란이 되어 무언가를 꿈꾸고 열망하던 그. 가볍지만 무겁고 둥글지만 뾰족하고 아직 어딘가에 담기지 않았던 그. 이제 다시 그런 그를 만날 수는 없을 것이다. 내가 기억하는 그는 십대의 사람이다.

책을 읽는데 자꾸만 잡생각이 끼어들었다. 세상은 봄 속을 질주하고 있었다. 터질 듯 부풀어오른 꽃봉오리들이 일제히 피어오를 한순간만을 기다리고 있었다. 나도 어쩔 수 없이 봄 기운에 취했다. 그걸 막을 수는 없었다. 내 인생에 어떤 방식으로든 흔적을 남기고 사라져간 남자들이 떠올랐다. 내가 기억하는 그들의 가장 순정한 눈빛과 웃음이 차례대로 지나갔다. 그런 것은 왜 계속 삭제해도 지워지지 않고 언제까지나 리플레이되는 걸까.

도대체 서른살 이후의 사랑은 어떻게 시작하는 것인지 모르겠다. 학교도 졸업했고 직장도 관둔, 한마디로 새로운 사람을 만날 가능성이 별로 없는 삼십대들은 정녕 사랑을 시작할 길이 없는 걸까. 친구들을 닦달해 누군가를 소개받거나 지나간 사람들을 뒤지거나, 그도 안되면 결국 돈을 들여 결혼정보회사의 맞선씨스템에 자신을 맡기는 수밖에 없다. 그런 생각을 하니 조금 쓸쓸해졌다.

구립도서관의 자리경쟁과 학구열은 예상보다 훨씬 뜨거웠다. 하긴 열람실이 한두 개밖에 없는 작은 도서관이 몇만이나 되는 인구를 소화해야 하니 당연한 일이기도 했다. 대학도서관에 다닐 때처럼 열시에 도착해서는 자리를 맡을 수조차 없었다. 어쩔 수 없이 도서관에 오는 시간은 점점 앞당겨졌다. 하지만 어떤 날은 여덟시에 와도 원하는 자리에 앉을 수가 없었다. 졸음을 무릅쓰고 보름쯤 일찍 오다보니 고정 멤버들이 대충 파악되었다. 이곳도 역시 교원임용시험과 공무원시험이 대세다. 나는 그들 사이에 끼여앉아 영화 관련 서적을 읽었다. 어쩌다 책제목을 본 사람들은 내 얼굴을 보며 팔자 편하군, 하는 듯한 눈길을 보냈다.

자리에 앉아 책을 읽고 있는데 누군가 내 쪽을 자꾸 힐끔거리는 듯한 기분이 들었다. 단지 기분 탓인 것 같기도 하고 정말 누군가 보는 것 같기도 했다. 화장도 안하고 이렇게 후지게 하고 다니는데 누가 연정을 품었을 리는 없고…… 아무리 생각해봐도 그건 아닌데. 그때 갑자기 옆에서 웬 남자가 튀어나와 내 어깨를 툭 쳤다. 나는 너무 놀라 손에 든 볼펜을 떨어뜨리고 말았다.

"혹시나 했는데 연수 맞구나."

아까부터 나를 힐끔거리던 문제의 인물은 과 동기인 동남이었다. 갑자기 구립도서관의 풍경이 대학도서관으로 바뀌는 듯했다.

대부분의 동기들이 그렇듯 동남과는 졸업 후 모임에서 몇번 만났고 과 사람들의 결혼식에서나 가끔씩 얼굴을 보는 사이였다. 남자동기들이야 군대가기 전까지나 친하게 지내지, 그뒤에는 얼굴 볼 일이 별로 없다. 그래서인지 세월을 거슬러 일이학년 시절 공강시간에 도서관에서 마주친 것 같은 친숙한 기분이었다.

"야, 상투! 너 여기 웬일이야? 이 동네 사니?"

내 입에서는 이름보다 별명이 먼저 튀어나왔다. 상투라는 말에 동남은 미간을 살짝 찌푸리더니 대답 대신 내가 읽던 책을 힐끔 쳐다보았다. 그리고 굳이 하지 않아도 될 말을 해서 반가움을 살짝 다운시켰다.

"아까부터 봤는데 많이 변해서 긴가민가했다."

솔직한 반응에 조금 실망하긴 했지만, 동남과의 만남은 오랜만에 재회한 동기간의 새로운 사랑의 시작이라거나 하는 것과는 거리가 멀었기에 나도 심드렁하게 받아쳤다.

"시간이 얼만데 그래. 너도 아저씨 다 됐네 뭐. 근데 우리가 마지막으로 본 게 언제였지?"

"영주하고 정배 선배 결혼식때니까 햇수로 이년 됐지."

그러고 보니 동기 클럽 사진첩에 영주와 정배 선배의 결혼식 사진이 왕창 도배되어 있던 게 떠올랐다. 내성적인 둘의 성격에 어울리지 않게 닭살스러운 애정행각이 고스란히 담긴 사진들이었다.

엊그제 일 같은데 그게 벌써 이년 전이다. 문득 영주는 잘 살고 있을까, 궁금해졌다. 우리 과는 여학생이 많고 남학생이 백설기의 건포도처럼 드문드문 끼어 있어서 남자들은 중간만 되어도 괜찮은 여자들과 곧잘 커플이 되곤 했다. 물론 나중에 정신차린 여자들 때문에 깨지는 일이 다반사였지만. 그래도 영주와 정배 선배만한 커플은 없었다. 둘은 흐르는 강물처럼 풍랑이나 폭우에도 동요하지 않고 오래 사귀었다. 정배 선배가 이학년 이학기에 복학해서 사귀다가 졸업 후 결혼에 골인한 대표적인 장수 커플이었다. 언젠가 영주가 진지한 표정으로, 아들을 낳으면 이름을 영배라고 하고, 딸을 낳으면 정주라고 짓겠다고 해서 한바탕 웃은 기억이 난다.

"누가 또 결혼해야 다들 모일 텐데. 누구 결혼하는 사람 없나? 뭐 소식 들은 거 없어?"

"요즘은 뜸한 것 같던데. 갈 사람은 거의 다 갔고 나머지는 몇년 더 걸리지 않겠어? 우리 나이가 좀 애매하잖아. 게다가 요즘 같은 세상에 결혼하기가 어디 쉽냐?"

아무 의미 없이 던진 말인데 동남은 꽤나 심각한 표정으로 대꾸했다. 문득, 애도 최근에 애인과 헤어진 게 아닐까, 하는 의심이 들었다.

　나만 해도 서른살은 조용히 넘겼다 싶어서 안심했더니 서른 셋에서 브레이크가 걸리고 갈림길이 나타나버렸다. 그래서 어떤 사람들은 서른셋에 선택의 기로에 선다. 애인이 있을 경우에는 결혼을 하든가, 아니면 결혼약속을 하든가 둘 중 하나는 해야 한다. 그러지 않으면 헤어지기 쉽다. 사랑은 하지만 결혼은 할 수 없다면, 결혼하기에는 괜찮지만 사랑이라고 하기에는 어쩐지 고개가 갸웃거려진다면, 빨리 결단을 내려야 한다. 더이상 머뭇거릴 수 있는 나이가 아니다. 미적거려서 해결될 일이 아니라면 다른 상대를 찾을 시간을 주는 편이 낫다. 사랑에 관한 일은 어떤 결정을 내려도 후회할 수밖에 없으니 되도록 후회가 적은 쪽을 택하는 수밖에 없는 것이다.

　그런 과정을 거치고 나면 한쌍의 부부가 탄생하거나 두 명의 싱글이 탄생한다. 몇년 만에 싱글이 되고 보니 사랑을 어떻게 다시 시작해야 할지 참 막막하다. 동남도 대충 그래 보인다.

　"너 아직 못 들었구나. 영주하고 정배 형…… 이혼했대. 나도 며칠 전에 들었다."

　동남은 약간 먼 곳을 쳐다봤다. 그 두 사람마저 이혼하는 데에야 결혼이라는 걸 믿을 수 없다는 표정이었다.

　나는 깜짝 놀랐다. 동시에 머릿속에는 거대한 물음표가 떠올랐다. 왜? 뭐 때문에? 누군가 헤어졌다거나 이혼했다는 소식을 들을 때, 왠지 그럴 것 같은 예감이 있었는데 결국 그렇게 됐군, 하는 경우도 있지만 지금처럼 도저히 감을 잡을 수 없을 때도 있다.

"왜? 무슨 일로 그랬대?"

"나도 몰라. 그냥 이혼했다는 말만 들었어."

"정말 쇼킹이다. 잘 살고 있는 줄 알았는데."

"세상에 별일이 다 있지. 그 두 사람이 헤어지고 말이야."

나와 동남은 한동안 빈 종이컵을 든 채 도서관 앞에 서 있었다. 처음에는 놀라웠지만 생각할수록 사랑이나 결혼에 자신감이 없어졌다. 무엇이 영주와 정배 선배를 파경에 이르게 했을까. 그렇게 오랫동안 서로 사랑했는데, 서로에 대해 시시콜콜 다 알고 있을 텐데. 그런데도 그들이 끝내 극복하지 못한 것은 무엇일까.

이 나이쯤 되고 보니 사랑이 모든 것을 다 이기고 해결해주리라 생각하지는 않게 된다. 그래도 사랑이 아무렇지도 않게 추락하고 발에 치이는 꼴을 보고 싶지는 않다. 적어도 사랑은 적당히 높은 곳에서 신비로운 모습으로 있어주었으면 하는 바람이다. 사랑이 밥은 못 먹여줘도 배고픔은 잠시 잊게 해줄 수 있지 않을까.

충격에 휩싸인 나와 달리 동남은 제법 덤덤한 표정이었다.

"하긴 사랑이 뭐 별거냐. 다 사람이 하는 건데. 깨지기도 하고 그러는 거지."

덤덤함의 이유는 바로 거기 있었다. 나는 심적으로 동남의 실연을 거의 확실시했다.

"혹시 너도…… 헤어졌냐?"

내가 약간의 동정의 눈빛을 담아 쳐다보자 동남은 어설프게 발뺌을 했다.

"아니, 주변에 친구들 보니까 오히려 요즘 많이 깨지더라고. 나이는 먹는데 직장문제도 그렇고, 결혼도 그렇고."

동남의 얼굴이 붉어졌다. 그러고 보니 동남은 정곡을 찔리면 얼굴이 빨개지면서 횡설수설하는 버릇이 있었던 것 같다.

"근데 여긴 웬일이야?"

"공무원시험 준비하고 있어. 너는?"

나? 내가 먼저 물어놓고도 막상 그 질문에 대답하려니 좀 망설여졌다. 취직공부를 한다고 말하기도 그렇고 아무튼 지금의 이 상태를 뭐라고 설명하기가 좀 그랬다. 소속이나 목적이 불분명하다는 것은 사람을 참 난처하게 만든다.

"나도 취직공부지 뭐."

내 말에 동남이 피식 웃었다. 이 나이에 취직공부라니, 너나 나나 참 처량하다. 그런 뉘앙스를 담은 웃음이었다.

동남은 작년겨울부터 시험공부를 시작했다. 졸업 후 취직한 회사에서는 월급만 떼이고, 그뒤로 영업직에 잠깐 몸담았다가 그것도 적성에 맞지 않아 그만두었다. 그런대로 공부도 열심히 해서 학점도 좋고 성실한 녀석이었는데 졸업 후에는 암담했던 모양이다. 그러고 보면 내 친구의 친구는 연봉이 얼마래,

신랑 집이 그렇게 잘산다더라, 하는 이야기는 많이 떠돌아다니지만 막상 주변의 친구들은 다 아등바등하며 살아가는 것 같다.

"솔직히 이제는 내가 다닌 데가 이상한 건지, 내가 이상한 건지도 잘 모르겠다."

동남이 한숨을 쉬었다.

"나도 마찬가지야. 헷갈린다. 정말 뭐가 문젠지."

나는 빈 종이컵을 천천히 구겼다. 머릿속으로 사회부적응자,라는 단어가 지나갔다.

두 명의 사회부적응자는 구립도서관 앞에 서서 말없이 하늘을 쳐다보았다. 사회라는 원(圓)이 너무 작아서 원래 이렇게 비집고 들어가기가 힘이 드는지, 원의 크기 같은 건 상관없이 거기에 들어가기는 글러먹은 인간인지에 대해서 생각해봤다. 결론은 잘 모르겠다는 것이다. 얼마 전까지만 해도 빌어먹을 회사, 치졸한 인간들, 그러면서 욕했는데 이제는 정말 모르겠다. 누가 이상한 건지. 그래도 포기하지 말고 부지런히 원 주위를 맴돌며 틈 같은 걸 노려야겠지. 뭐 그러는 수밖에 없다.

"다들 사상 최고의 경쟁률이라고 걱정하는데도 어쩔 수가 없더라. 얼마 전까지는 학교도서관에 다녔는데 학생들 사이에 있으려니까 눈치도 보이고, 아무래도 능률면에서 여기가 더 나을 것 같아서 옮겼어."

"나도 얼마 전까지 학교도서관에 갔는데 출입기계가 작동

해서 관뒀어. 치사하더라."

"등록금으로 굴러가는 거니까 그럴 수밖에 없지. 나는 한 학기 동안 학생증 빌려서 들어갔는데 학교는 분위기가 너무 느슨해."

"그런 건 어디서 빌리는 거야?"

"휴학한 애들 있잖아. 자기는 안 쓰니까 돈 받고 빌려주는 거지."

동남은 학생증을 빌리는 데 한 학기에 얼마, 일년에 얼마, 하며 설명했다. 살짝 구미가 당겼지만 동남의 말대로 분위기는 여기가 치열하다.

"너 점심은 먹었냐?"

"아침을 늦게 먹고 와서. 너는?"

"난 먹었어. 이따가 배고프면 이열람실로 와."

동남은 어깨를 으쓱하고는 열람실 쪽으로 걸어갔다. 걸어가면서 한손은 주머니에 넣고 한손은 선서하듯 들어올리는 포즈를 취했다. 팔십년대 청춘영화에나 나옴직한 구닥다리 포즈였다. 동남이 입은 무릎 나온 남색 트레이닝복과 퍽 잘 어울렸다. 저래가지고 다시 연애나 할 수 있을지 모르겠다. 물론 나도 화장 안한 얼굴에 유행과는 동떨어진 청바지를 입고 있지만 말이다. 그나저나 밥친구가 생겼다는 게 든든했다.

집에 돌아와서 나는 오랜만에 인터넷에 접속해 동기 클럽 사진첩을 둘러보았다. 내가 아날로그적인 삶을 영위하는 동안 온라인에서는 수많은 모임과 생일축하와 안부인사 들이 오가고 있었다. 주인이 자취를 감추었던 내 미니홈피에는 스팸메일 비슷한 게시물만 잔뜩 올라와 있었다. 나는 폐가에 무성하게 자라난 잡초를 뽑듯 그것들을 천천히 삭제했다.

영주와 정배 선배의 사진은 모두 삭제되어 있었다. 당연히 사진 밑에 줄줄이 붙어 있던 축하와 질투를 담은 댓글들도 모두 사라졌다. 영주 아니면 정배 선배가 지웠을 것이다. K와 헤어졌을 때 나 역시 그런 작업을 해야만 했다. 휴대폰에 입력된 전화번호와 문자를 찾아 일일이 지우고 받은 선물을 모아 돌려줄 계획을 세울 만큼 유치한 나이는 아니지만, 신속히 해결해야 할 문제가 있긴 했다. 바로 미니홈피에 올린 상대의 사진과 둘이 함께 찍은 사진을 없애는 것이었다. 드러내기 좋아한 애정일수록 그것이 사라진 뒤에는 처리할 일이 많아지는 법이다.

영주의 미니홈피는 썰렁했다. 내 것과 별로 다르지 않았다. 나는 동남의 홈피에도 들렀다. 동남의 홈피는 사진이라고는 풍경사진뿐이고 다이어리만 빽빽했다. 내용을 읽어보니 문제투성이인 사회와 오류투성이인 인생에 대한 비판과 비관뿐이었다. 이 녀석. 세상 짐 혼자 다 짊어지고 사는구나. 나는 거기다 인사말을 남겼다.

동남아. 밥친구가 생겨서 기뻐. 내일 보자. 그리고 제발 힘내라. 응?

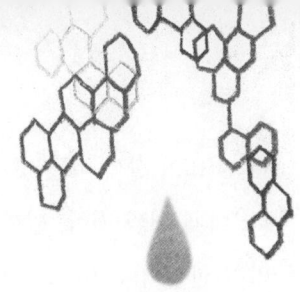

어른들의 인사법

"너 느이 아버지 환갑이 언제인 줄은 알고 사냐?"

도서관에 가려고 가방을 챙기는데 엄마가 느닷없이 방문을 열어젖혔다. 목소리에 노여움이 가득했다. 또 뭐가 꼬여서 아직 오지도 않은 환갑 이야기를 꺼내나 싶어서 나는 시큰둥하게 대꾸했다.

"왜 내년 일까지 끄집어내고 그래. 내가 마냥 놀까봐 그래?"

"내년? 내년 같은 소리 하고 있다. 너는 딸년이 되어가지고 네 아버지 환갑이 언제인지도 모르고 사냐? 올해 아니야. 다음 달 이십오일."

엥? 내년이 아니고 올해라고? 갑자기 다리에 힘이 확 풀렸다. 머리가 살짝 아픈 것 같기도 했다.

"이제 어쩔 거야. 날짜는 성큼성큼 가는데. 그러기에 네 아버지 환갑이나 지나고 나서 회사를 그만두든가 할 것이지. 누가 쫓아와? 그새를 못 참고 회사를 때려치우게."

엄마는 달력을 한장 넘겨서 25라는 숫자를 손가락으로 계속 두들기며 잔소리를 퍼부었다. 저러다 25가 빵꾸나고 말지.

나이가 드니 내 생일도 별로 반갑지 않지만 다른 사람의 생일, 특히 가족의 생일은 정말 반갑지 않다. 돌아오는 게 두려울 지경이다. 나라고 아버지 환갑을 염두에 두지 않은 것은 아니었다. 하지만 내년인 줄 알았고 그때쯤이면 뭔가 새로운 일을 하고 있지 않을까 막연하게 생각하고 있었다. 그리고 환갑이 올해라는 걸 알았다 해도 달라질 것은 별로 없다. 기껏 몇 달 더 버티다 쫓겨나나 두어 달 일찍 때려치우나 그게 그거였다. 벌써 우리 부서가 있던 오층은 다른 회사의 사무실이 되었다. 스리고까지 갔던 김도 얼마 전에 회사를 그만두었다.

"잔치는 안해도 식구들 모여서 조촐하게 밥이라도 먹으면 사람들이 이 집 딸년들은 뭐 하냐고 안 묻겠어? 큰년이라고 있는 게 아직 결혼도 안했지. 언제 할지도 모르지. 게다가 직장도 없이 빈둥거리지. 좋은 날에 네 아버지가 사람들 앞에서 얼굴이나 들겠냐? 아들이 있는 것도 아니고……"

엄마는 갑자기 아들 이야기를 꺼내놓고 말꼬리를 흐렸다.

"그러게 이럴 때 하다못해 사위라도 있으면 좀 좋아? 내가 손자까지는 바라지도 않아. 결혼할 사람이라도 데려다놓으면 그나마 모양새라도 살지. 하여간 자식들이라고 하나같이 내 맘 같지가 않아."

엄마의 입에서 한숨이 한 보따리나 흘러나왔다. 이럴 때는 그냥 잠자코 있는 게 좋다. 예전 같으면 나도 지지 않고, 아들이 뭐 대수야? 허구한 날 아들 타령이나 하고 지겨워죽겠어, 그리고 요즘은 늦게 결혼하는 게 대세야, 하며 대들었을 것이다. 하지만 그것도 분위기 봐가면서 해야 한다. 반항하는 청소년도 아니고 괜히 아무때나 욱해서 말대꾸하면 분위기만 험악해진다. 게다가 자칫 잘못하면 신세한탄을 넘어서 초상난 집마냥 울음바다가 될 가능성도 농후하다. 그래서 나는 입을 꾹 다문 채 고개를 숙였다. 다 내 죄지, 누굴 탓하랴.

언제부턴가 나이가 지긋하신 분들은 이렇게 인사하기 시작했다.

"처음 뵙겠습니다. 어디 사십니까? 혹시 고향이?"라는 말 대신에,

"자식이 몇이십니까? 혹시 자식들 직업이……?"

"저는 아들이 둘인데 큰놈이 교수고, 작은놈이 의사입니다."

"아이고, 자식들 다 번듯하게 키우셨으니 든든하시겠습니다. 얼마나 좋으십니까. 정말 자랑스러우시겠습니다."

"자랑이야 뭐…… 그저 한시름 덜었지요. 제가 뭐 한 게 있

나요. 다 지들 알아서 그렇게 됐습니다. 혹시 자제분들 직업
이……"

"저는 딸만 둘인데 둘 다 아직 출가 전이죠. 잘 키운 딸 하
나 열 아들 부럽지 않다는 심정으로 키웠습니다만, 뭐니 뭐니
해도 한국사회에서는 아들이 필요합디다. 게다가 큰딸은 지금
변변한 직업도 없으니 참 걱정입니다. 자식 농사를 잘못 지었
는지…… 아무래도 제가 인생을 헛살았나봅니다. 참 부끄럽습
니다."

"걱정이 많으시겠습니다. 다 잘되겠지요."

어느 순간부터 이게 나이 먹은 부모들의 인사며 대화의 전
부가 돼버렸다. 자식들의 성공과 지위가 부모의 안녕과 삶의
질을 대변해버리는 것이다. 부모들은 스스로 열심히 살아왔다
고 생각해도 다 큰 자식들이 변변치 못한 상태이면 대외적으
로는 다 꽝이다. 그것도 그냥 '꽝'일 뿐, 다음 기회에…… 같은
것은 찾아오지도 않는다.

누군가 자식에 대해 물을 때 사람들 앞에서 고개를 숙이며
우물쭈물할 아버지를 생각하니 속이 터질 것만 같았다. 자랑
하기 좋아하는 아줌마들 틈에서 이리저리 둘러대며 거짓말을
하거나 벙어리 노릇을 할 엄마도 불쌍했다. 자식 자랑을 할 수
없는 세상의 모든 부모가 불쌍했고 자랑거리가 되지 못하는
머저리 같은 자식들도 불쌍했다.

"엄마, 지금이라도 알았으니까 됐지, 무슨 걱정이야. 내가

어떻게 해볼 테니까 걱정 마. 모아둔 돈도 좀 있고…… 이참에 아버지 가발이나 해드릴까? 자연스럽다고 선전하는 거 있잖아. 좋아하실 거 같은데."

나는 돈깨나 모아둔 것처럼 의기양양하게 말했다.

"장난치지 말고 진지해봐라, 좀."

다행히 엄마는 살짝 안심하는 눈치다.

"내가 요즘 아주 사는 게 사는 게 아니다. 지수 자리잡으니까 네가 또 이 모양이지. 어째 다 키워봐도 산 넘어 산이냐."

지수가 아파서 결근한 뒤로 아버지는 아침마다 지수를 회사에 데려다준다고 야단이다. 가는 길에 나까지 태워주겠다고 해서 둘러대느라 아주 진땀을 뺐다.

그런데 며칠 뒤 내 방에 들어온 엄마가 또 한숨을 쉬었다. 아버지가 친척, 친구분 들과의 식사는 물론이고 부부동반 여행까지 계획하고 있다는 것이다. 마침 나는 책상에 앉아서 통장에 있는 돈이 얼마, 쉬는 동안 쓴 돈이 얼마, 하며 계산을 하고 있었다. 그러지 않아도 입금내역은 없고 출금내역만 빽빽한 통장 때문에 충격을 받은 상태였다. 식사와 여행의 앙상블에 놀라 나는 가볍게 손을 떨었다. 통장에 있는 돈으로는 어림도 없을 것 같았다.

"그럼 전부 얼마나 들까?"

의기양양함 같은 건 다 사라지고 내 입에서는 그런 질문이 먼저 튀어나왔다. 뱉고 나서 보니 상당히 불효막심한 뉘앙스를 풍기는 질문이었다.

"그러니까 내 말은 대충 예산이 어느 정도 될까 해서. 그걸 알아야 대책도 세우고 그러지."

"돈도 안 버는 애가 무슨 대책을 세운다고 그래. 괜히 적금 같은 거 깨지 말고 그냥 형편껏 해. 그것도 없으면 관두고. 괜히 이상한 대출 같은 거 받아서 복잡하게 만들지 말고."

"엄마 나 돈 있어. 걱정하지 말라니까."

"걱정을 안하게 해야 안하지. 그러게 왜 진득하게 붙어 있질 못하고 애인이고 직장이고 다 때려치우냐, 때려치우길."

"그 얘긴 이제 그만 좀 해. 다 그럴 만하니까 그런 거라고."

나는 애써 참으며 말했다. 엄마도 엄마 뜻대로 되지 않는 자식 때문에 속이 상하겠지만 나도 이런 나 자신 때문에 속상하고 갑갑하다.

누군들 이러고 싶어서 이러는 줄 아나. 그래도 뭔가 잘못된 채로 사는 것보다 다시 시작하는 게 나을 듯해서 기껏 저지른 일들이다. 물론 예전보다 더 나아질 거라고 장담할 수만은 없다. 다만 그렇게 만들기 위해서 애쓸 뿐이다. 언제나 돌다리만 두드려보면서 살 수는 없지 않나. 지금은 불효자식이지만 나중에 효도할게, 조금만 기다려줘,라고 마음속으로 중얼거리면서 낯선 길로 발걸음을 옮기는 것이다. 어쩌면 잘된 다음에 뒤늦게 울며불며 이렇게 말하게 될지도 모른다. 엄마 아버지, 조금만 더 오래 사셨으면 좋았을 텐데. 역시 살아 계실 때 효도

해야 했어. 부모님은 우리를 기다려주지 않아. 생각만으로도 슬퍼지는 상상이지만 그것도 다 잘됐을 때의 이야기다.

조용하다 싶어서 슬쩍 옆을 보니 엄마는 좀 샐쭉한 표정이다. 요즘 참 잘 삐친다. 예전 같으면 내가 그만 좀 해,라고 말하면 엄마는 기선제압을 하기 위해 소리를 빽 지르거나 내 뒤통수를 한대 후려쳤을 텐데, 요즘은 말없이 그냥 삐친다. 그걸 보면 엄마도 늙는구나, 싶어서 마음이 짠해지기도 하고 가끔은 귀엽게 느껴지기도 한다.

"엄마, 사람이야 또 만나면 되고 회사야 또 구하면 되지. 내가 싫은 사람 억지로 만나고 다니기 싫은 회사 죽지 못해 나갔으면 좋겠어?"

"누가 그렇대? 하여간 입만 살아가지고는."

"식사는 몇분 안될 거고 여행은 어디로 가고 싶으시대?"

"글쎄 내가 그냥 제주도나 다녀오자고 그랬는데 이럴 때 아니면 언제 가느냐고 자꾸 해외 쪽을 알아보시네. 요즘 여행사에 전화해서 경비 알아보고 그러는 게 아주 낙이야. 네 아버지가 니들 돈 받아서 여행 갈 사람은 아니지만 그래도 환갑인데 어느정도 기대도 안하고 있겠냐? 내가 아주 중간에 딱 끼어서 이러지도 저러지도 못하고 죽을 노릇이다."

엄마는 울상이었다. 나를 생각하면 아버지한테 연수가 요즘 회사를 그만두고 쉬고 있다고 말하고 싶을 테고, 환갑을 맞는 아버지를 생각하면 걱정거리 같은 건 다 숨겨두고 싶을 것이다.

엄마가 나간 뒤 나는 적금통장을 뚫어져라 보았다. 재테크니 주식이니 하는 것은 전혀 모르고 살았고 그럴 만한 여력도 없던 내게 그 적금은 회사에 다니며 월급을 받았다는 유일한 증거이자 마지막 보루인 셈이다. 게다가 두 번만 더 부으면 만기다. 회사를 그만두면서도 만기때 타는 이자 때문에 그것만큼은 어떻게든 다 부으리라 마음먹었다.

"야, 고모다. 받아."

"왜? 그냥 나 없다 그러지."

"얼른 받아. 고모 몰라? 받을 때까지 전화할 사람이야."

뭐 때문에 전화했는지 대충 짐작이 갔다. 나서기 좋아하는 고모가 아버지 환갑 같은 일에 가만있을 리 없다.

"네, 고모."

"연수야, 다른 게 아니고 네 아버지 환갑 말이다. 섭섭지 않게 해드려야 한다. 요즘은 오래 살아서 누가 환갑 해먹느냐고 그러지만 그러는 게 아니야. 잔치는 칠순에 해도 여행은 좋은 데 보내드려야 해. 알았냐? 네가 지금 놀아서 돈이 없겠지만 이런 건 딸라 빚을 얻어서라도 해야 하는 거야."

나는 네, 네, 했다. 딸라 빚이라도 얻으라니, 참 고모다운 발상이다 싶었다. 그나저나 아버지는 내가 빚을 얻어서라도 뭔가 해주길 바랄까, 궁금해졌다.

"그러게 이럴 때 결혼이라도 했으면 좀 좋냐. 어여 취직하고 남자도 알아봐. 그게 효도다. 호강은 못 시킬망정 부모 창피하게는 만들지 말아야지. 어? 고모 말 알아들었지?"

고모는 꼭 잘 나가다가 삼천포로 빠진다. 일절만 하면 좋을 텐데. 언제나 이렇게 잔소리가 길고 집요하다.

"고모가 뭐래?"

"뭐 뻔한 얘기지. 아버지 환갑, 여행 좋은 데 보내드리라고."

"고모가 하는 말 마음에 담아두지 마. 원래 말을 좀 밉게 하잖아."

아무리 고모라도 자식이 다른 사람한테 싫은 소리 듣는 게 마음에 걸리는지 엄마도 표정이 뚱했다.

앞에 앉은 사십대의 여자는 삼십분째 대출상담을 받고 있다. 가끔씩, 어떻게 가능하겠어요?라고 묻는 목소리가 들려왔다. 은행에서 번호표를 받아들고 순서를 기다리자니 이런저런 생각이 머릿속에서 들끓었다. 평생에 한번뿐인 환갑인데, 자식 잘못 둔 죄로 아버지는 호강도 못하는구나. 죄송하고 속상하기도 하고, 한편으로는 남들 말대로 싱글에 백수라서 돈이라도 좀 있어야 하는데 이걸 부스러뜨리는구나, 불안하기도 했다.

창구직원은 당연히 해지하지 않고 만기때까지 부을 것을 권유했다.

"두 번만 더 부으시면 만기시네요. 지금 해지하시면 오히려 손해보시는데 그래도 해지하시겠어요?"

"제가 좀 급한 일이 있어서……"

나는 기어들어가는 목소리로 말했다. 내 돈을 내가 찾는데 왜 이리도 비굴하고 쪽팔리는지 알 수가 없었다. 역시 은행이란 돈 없는 사람들을 주눅들게 만드는 탁월한 능력이 있는 곳이다. 생각해보면 그 돈은 나한테나 믿음직스러운 마지막 보루지 누가 보면 얼마 되지도 않는 푼돈에 불과하다. 누가 뭐라고 한 것도 아닌데 나는 허우적거리며 그런 생각 속으로 빠져들어갔다.

"그러면 해지하시는 것보다 대출을 받으시는 게 더 나으실 거예요."

대출? 결국 딸라 빚인가? 대출이라는 말에 갑자기 심장박동이 불규칙해졌다. 직장도 없고 내 소유의 집이나 땅은 더욱 없는데 대출이라니. 내가 아무 말 없이 당황한 얼굴로 서 있자, 직원은 상황을 알겠다는 듯 설명을 시작했다.

"이 적금을 담보로 대출이 가능하세요. 지금 부으신 금액의 팔십 퍼센트까지 대출하실 수 있으시거든요. 얼마나 필요하신가요?"

"그러니까 그게…… 적금을 깨지 않아도 된다는 얘기죠?"

"네."

주민등록증과 통장을 돌려준 직원은 대답 끝에 분명히, 웃

156

었다. 집으로 돌아가는 동안에도 얼굴이 계속 화끈거렸다. 자책감에 머리를 몇대 후려쳤다. 그래도 쪽팔림을 무릅쓴 덕에 알아낸 게 있어서 다행이었다. 스물세살의 경제관념을 가진 서른세살은 그냥 그렇게 생각해버리기로 했다.

아버지의 환갑에 맞춰 막내이모가 집에 왔다. 마지막으로 얼굴을 본 게 언제인지 정확히 기억나지도 않을 정도로 오랜만이었다. 엄마는 아침부터 이모를 기다리더니 벨이 울리자마자 현관까지 맨발로 뛰어나갔다. 엄마에게도 그렇지만 나에게도 막내이모는 반가운 손님이다. 양가 친척을 통틀어서 나는 막내이모와 가장 친하다. 사는 곳도 멀고 사는 게 바빠서 얼굴 볼 일이 없던 이모와 나는 오랜만에 만난 여고동창처럼 손을 맞잡고 호들갑을 떨었다.

내가 초등학교 삼학년이던 때부터 오학년까지 이모는 우리 집에서 같이 살았다. 이모는 한창 꽃다운 나이였고, 나는 한창 공부 안하고 호기심 많은 나이였다. 열세살의 나이 차이에도 불구하고 이모와는 친구처럼 지냈다. 물론 지금 생각해보면 순전히 나만의 생각인 게 분명하지만, 그래도 이모는 친구나 애인 만나느라 밖으로 돌아다니기보다 나와 많은 시간을 보내주어 그런 착각을 지켜주었다. 떡볶이나 카스텔라도 자주 만들어주었고 월급날에는 내 옷이며 머리방울을 사오기도 했다.

하지만 나는 이모가 사다주는 선물보다 이모와 함께 방바닥에 엎드려서 『TV가이드』를 읽고 라디오에서 나오는 노래를 같이 따라 부르고 이모가 애인과 데이트한 이야기를 듣는 게 더 즐거웠다. 이모와 동급이 되고 싶어서 안달이 났던 것이다. 한마디로 시건방이 하늘을 찌르던 시기였다. 그래서 가끔은 떼를 써서 이모가 친구를 만나는 자리에까지 따라나가기도 했다. 지금 생각해보면 꽤나 골치아픈 조카였다.

이모의 세계로 편입되고 싶어 안달이 날수록 이모가 훌쩍 시집을 가버리면 어떡하나, 하는 두려움에 자주 사로잡혔다. 이모는 평생 함께 살겠다는 말로 나를 위로하곤 했지만 그런 말에 속을 만큼 멍청하지는 않았기 때문에 이모의 결혼이 임박했음을 짐작할 수 있었다. 그래서 이모가 이모부 될 사람을 집에 데리고 왔을 때 속이 상해 상당히 뻐딱하게 굴었다. 단짝 친구가 전학가는 것 같았다고나 할까. 방문을 걸어잠근 채 혼자서 펑펑 울고 괜히 이모에게 쌀쌀맞게 굴었다.

물론 내가 이십대가 된 뒤에는 상황이 역전되어 이모가 집에 놀러 와도 내가 친구 만나러 나가느라 이모를 서운하게 만들었지만 말이다. 그런데 이제는 이모 말마따나 같이 늙어가는 처지가 돼버렸다.

"네가 올해 몇이니? 서른인가?"

"지수가 서른이고 얘는 서른셋."

"벌써 서른셋이야? 세월 진짜 빠르다."

이모는 흐르는 세월이 기가 막힌다는 듯 고개를 절레절레 흔들었다.

"그러게 말이야. 언제 이모처럼 되나 목빼고 기다렸는데."

중학생이 된 이모의 딸 하나는 별로 오고 싶지 않은데 억지로 따라왔다는 듯 표정이 떨떠름했다.

"하나야, 네가 벌써 중학생이니? 시간 정말 잘 가네. 너 꼬마때 음악 틀어주면 춤도 잘 췄는데 진짜 많이 컸다."

나는 엄마랑 이모가 있는데 그런 말을 잘도 했다. 훌쩍 커버린 하나를 보고 있자니 자연스럽게 그런 말이 흘러나왔다. 어른들의 화법이란 누가 가르쳐주지 않아도 저절로 터득되는 모양이다. 엄마가 옆에서 듣더니 얼씨구, 하며 웃었다.

그러자 하나는 인상을 구기며 "아, 짜증나. 나 피씨방 갈래. 돈 줘" 하고는 벌떡 일어섰다. 이모와 엄마는 과일을 입에 문 채 그대로 멈추었고, 나는 뭘 잘못 말했나 싶어 얼굴이 달아올랐다. 하기는 나도 예전에는 저런 말을 해서 어른들을 꽤나 민망하게 했겠지, 싶었다.

"딴데 가지 말고 여기 아파트 앞으로 가. 알았지? 늦지 말고, 응? 저녁 먹기 전에 와야 돼."

이모가 돈을 쥐여주자 하나는 대답도 없이 신발을 신으며 현관문을 쾅 닫았다.

"내가 뭐 어린앤 줄 알아?"

엘리베이터 열리는 소리가 난 뒤에 엄마가 조심스럽게 과일을 씹었다.

"쟤가 왜 저러냐?"

"요즘 사춘기야."

"야, 무섭다. 말도 못 붙이겠네."

"오늘 오기 싫다는 거 억지로 데려왔더니 저래."

"아니 왜 오기 싫어, 큰이모집에. 옛날에는 여기서 살겠다고 울고불고 난리를 치더니만."

"엄마, 사춘기라잖아."

"그게 아주 벼슬이구먼."

엄마는 못마땅하다는 듯 혀를 찼고 이모는 웃었다.

"아주 자식이 상전이다. 여기도 벼슬 하나 있어. 백수 벼슬."

엄마는 턱짓으로 나를 가리켰다.

"내가 왜? 얌전하게 도서관만 잘 다니는데."

"너는 그 나이에 놀고 있다는 거 자체가 벼슬이야. 부모 잘 만나서 호강하는 줄이나 알아. 네가 놀면서 뭘 하나. 도서관 다닌답시고 설거지를 해, 청소를 해? 그저 몸만 쏙쏙 빠져나가기 바쁘지. 가서 공부는 하겠어? 뭐 하고 돌아다니는지 모르겠어. 빨리 결혼이나 하지."

엄마는 또 혀를 찼고 이모는 또 웃었다. 틀린 말은 아니었다. 게다가 저렇게 계속 놀 건가, 저러다 결혼은 언제 하려나, 하는 불안감까지 조성하니 신종 불효를 저지르는 셈이다. 하나는 사춘기니까 저런다지만 나는 뾰족이 내세울 것도 없으니

입이 열 개라도 할말이 없다.

"하여간 요즘 하나 때문에 걱정이야."

이모가 한숨을 푹푹 쉬며 털어놓은 하나의 증상은 세상의 모든 사춘기와 다르지 않았다. 불가사의한 것은 그 사춘기가 어른들도 이미 겪은 일인데도 다른 세대의 사춘기에 대해서는 속수무책이라는 점이다. 이미 그 불속을 지나와서 영혼에 상처와 교훈이 고스란히 남아 있는데도 변주된 사춘기에 대해서는 이해할 수 없는 것투성이다.

"네가 피씨방에 한번 가볼래?"

"나? 내가 가면 또 짜증내지 않을까?"

나는 정말이지 가고 싶지 않았다. 그냥 여기 앉아서 엄마와 이모의 수다나 듣고 싶었다. 아줌마들의 수다라는 게 얼마나 광범위하고 스펙터클한지 들어본 사람은 알 것이다. 그 재미있는 걸 놓치고 싶지 않았다.

"그래도 예전에는 하나가 너 잘 따랐잖아. 가서 말도 좀 시켜보고, 요즘 고민이 뭔지도 물어봐. 나한테 통 말을 해야 말이지. 뭐 먹고 싶은 거 있다면 저녁도 사먹여라. 비쩍 마른 게 잘 먹지도 않아."

이모가 내 손을 꼭 잡았다. 다들 왜 이러실까. 지수는 아버지가 이상하다고 제보하고, 고모는 줄기차게 전화를 걸어서 연재에게 가보라고 하더니 이제는 이모가 하나를 데리고 와서 부탁한다. 너랑 친했잖아. 이유는 그뿐이다. 게다가 시간이 남아도는 백수가 됐으니 부탁하는 쪽에서도 부담이 없다. 나만 부담스러울 뿐이다. 나라는 사람은 문제적 인간들과 궁합이 잘 맞는 것처럼 보이는 걸까?

이모의 애절한 눈빛과 엄마의 꼬챙이 같은 눈치를 보니 가지 않는다고 하면 정말 아무짝에도 쓸모없는 인간이 될 것 같아서 내키지는 않지만 일어섰다.

피씨방에 들어가니 하나는 의자에 푹 파묻힌 채 오락을 하고 있었다. 그래도 어디 다른 데로 새지 않고 피씨방에 앉아 있는 걸 보니 마음이 놓였다. 만약 피씨방에 없었더라면 내 입장이 참 난처할 뻔했다.

"하나야, 그 오락은 뭐야?"

무슨 자동차경주 같은데 처음 보는 오락이었다.

"언니, 왜 왔어? 엄마가 가보래?"

하나는 내가 온 게 못마땅하다는 듯 인상을 잔뜩 구겼다.

"그게 아니라 나이 든 사람들하고 앉아 있으려니 영 답답해서 와봤지."

하나의 의심을 피하기 위해서 나는 가증스러운 발언도 서슴지 않았다. 나는 아직 너랑 얘기가 더 잘 통하는 젊은 언니란다. 그런 의미를 담아서 씩 웃어주기까지 했다. 그런데 애는 믿어주는 척도 안한다. 퍼져앉아서 같이 늙어가는 처지들끼리 수다나 실컷 떨었으면 하는 간절한 마음을 누르고 왔건만 눈길도 주지 않고 묵묵히 오락에만 전념한다. 독한 것!

"그거 재미있니?"

"뭐, 그냥."

"배고프면 언니가 뭐 사줄까? 나가서 뭐 먹을래?"

"배 안 고파."

매사에 심드렁, 떨떠름하게 반응하는 바람에 맥이 쭉 빠졌다. 이것도 반항의 일종이겠지만 차라리 화끈한 반항이 좀더 사춘기답겠다 싶은 생각마저 들었다. 나는 일보후퇴하는 심정으로 일단은 하나가 오락하는 걸 지켜보기로 했다. 하지만 마냥 멀뚱히 있기도 뭣해서 옆에서 메일을 확인하고, 미니홈피에 접속해 몇개 되지 않는 안부인사에 댓글을 달고 친구들의 홈피를 돌아보았다.

희주의 홈피에는 저번 모임 때 찍은 사진이 잔뜩 올라와 있었다. 요즘은 만나기만 하면 사진을 찍어대니 나갈 때마다 옷차림에 상당히 신경이 쓰인다. 그래서 나름대로 골라입고 나간 것으로 기억하는데도 사진 속의 내 모습은 상당히 빈(貧)해 보였다. 한 치수 작은 옷을 입은 것처럼 영 태가 나질 않았다. 그래도 회사 다닐 때 거금 주고 산 옷인데 이제 보니 완전히 돼지목에 진주목걸이 같다. 입맛이 썼다. 요새 몸도 무거운 게 확실히 살이 쪘다. 빼야 한다. 저건 절대로 서른셋의 싱글이 가져야 할 몸매가 아니다.

"언니도 미니홈피 있어?"

내가 조용히 있자 그제야 하나가 관심을 보였다. 그래, 밥투정하는 애는 굶겨야 한다. 근데 애가 나를 너무 구닥다리 취급하네.

"그럼. 너도 이거 하지?"

"요즘은 싫증나서 안해."

모처럼 통하는가 싶더니 도로 원점이다.

"근데 이거 언니야? 왜 이런 옷을 입었어? 되게 뚱뚱해 보인다."

민망해서 나는 다음 페이지를 클릭했다. 하지만 다음 장도 그 '되게 뚱뚱해 보이는' 사진의 연속일 뿐이다.

"날씬하게 보이고 싶다고 작은 옷 입으면 더 뚱뚱해 보이더라."

하나는 아예 사진첩에 눈을 박고 있었다.

"이 사람이 제일 낫네. 언니도 이렇게 입지 그랬어."

하나가 가리킨 건 민경이었다. 민경이야 워낙 스타일리시하니까,라고 생각하며 사진을 보는데 민경은 그냥 카디건에 청바지 차림이었다. 다만 색상이 어울리고 날씬할 뿐이다.

"언니랑 같이 옷 사러 갈래?"

내 입에서는 갑자기 그런 말이 튀어나왔다.

"옷?"

하나는 잠시 생각하는 표정을 짓더니, 그래 좋아, 하고 대답했다.

무슨 뜻으로 좋다고 했는지는 모르겠지만, 어쩌면 사진을 보고 나서 이 구제불능 언니에게 옷을 골라줘야 한다는 의무감 같은 게 생겼는지도 모르지만 아무튼 그날 하나에게서 들은 말 중 가장 경쾌한 말이었다.

가까운 번화가에 있는 쇼핑몰에 들어서자 하나의 얼굴에 반짝 불이 켜졌다. 하나는 도토리를 찾는 다람쥐마냥 이 가게 저 가게로 정신없이 나를 끌고 다녔다. 쇼핑이라면 나도 한 쇼핑 한다고 생각했는데 한 시간쯤 끌려다니다보니 몸이 지치고 멀미까지 났다. 십대와 삼십대, 체력 자체가 다른 거다.

하나가 가슴에 만화캐릭터나 동물그림이 프린트된 면티셔츠를 좋아해서 둘이 똑같은 옷을 하나씩 사는 바람에 졸지에 연애할 때도 입지 않던 커플티를 입게 되었다. 하나가 마음에 들어하는 운동화도 사주었는데, 이것도 같이 사자고 조르는 걸 겨우 뿌리쳤다.

마무리로 햄버거 세트를 앞에 놓고 앉아서 이만하면 언니 노릇을 충분히 했다고 뿌듯해하고 있는데, 하나의 얼굴을 보니 내가 아니라 그애가 나이 든 언니랑 쇼핑해주느라 욕본 표정이다.

"빨리 어른 됐으면 좋겠지? 교복도 안 입고 화장도 맘대로 하고."

나는 아까 화장품 코너에서 립글로스를 발라보던 하나의 모습이 떠올라서 물었다.

"별로. 어른들도 힘들잖아. 차라리 지금이 나아."

하나의 표정은 다시 심드렁해졌다.

"그래? 그런데 전혀 좋다는 표정이 아닌데?"

"맞아. 안 좋아. 좋지는 않은데 그래도 더이상 자라지 않았으면 좋겠어. 어른들이 다 그러잖아. 학생때가 제일 좋다고. 지금도 이렇게 구린데 나중에 더 재미없을 거라면 별로 어른이 되고 싶지 않아. 차라리 여기서 멈췄으면 좋겠어."

그렇게 말해놓고 하나는 콜라를 마셨다. 나이에 비해 너무 조숙한 게 아닐까 싶어서 걱정이 되었다.

"세상이 너무 이상한 것 같아. 어른들은 다 미친 것 같고 뉴스는 범죄투성이고…… 별로 친하게 지내고 싶은 애도 없고, 그냥 다 우르르 몰려다니는 기분이고…… 정말 재미없어. 다 쓰레기 같아. 어른이 되면 더 심해지겠지? 주도적인 쓰레기가 되는 거잖아."

하나는 빨대로 얼음을 툭툭 치다가 입에 털어넣고 와삭와삭 씹었다. 사실 희망을 주는 사회, 나라, 세상이라고 말하기는 좀 그렇다. 그래도 살 만한 구석이 있으니까 살아보는 거다.

"그래도 그런 생각이 들다가 어떨 때는 또 모든 게 다 아름답게 보이고 그러지 않니? 왜 이상하게 하루종일 기분좋을 때 있잖아. 다 사랑스럽게 느껴지고 괜히 막 들뜨고. 안 그래?"

어차피 이런 상황에서의 내 역할이란 한쪽으로 치우쳐 있는 시소의 반대편에 살짝 무게를 얹어주는 것뿐이다. 그 이상의 것은 해서도 안되고 할 능력도 없다.

"그럴 때도 있지만 오래 못 가. 자세히 들여다보면 다 구려. 어른들은 지금이 가장 순수한 때라고 하는데 애들 보면 진짜 추하거든. 나도 마찬가지고. 그런데 어른이 되면 얼마나 끔찍하겠어. 생각하기도 싫어."

하나의 말을 듣다보니 떠오르는 인물이 있었다. 『양철북』의 오스카. 추악한 진실에 대해 알고 난 후 어른이 되지 않기 위해 성장을 멈춘 아이. 하지만 그 바람과 달리 시간이 지날수록 오스카의 몸을 채워가는 것은 어른의 영혼이다. 물론 성장을 멈춘 이면에는 태어나지 않았으면 더 좋았을 거라는 후회가 담겨 있지만, 이미 태어났다면 삶에 순응하며 충실하게 살 필요도 있다. 균형이 맞지 않는다는 건 더 큰 비극일 뿐이다. 오스카도 결국 계단에서 다시 굴러떨어지지 않는가.

"하나야, 너도 가끔 어렸을 때가 더 좋았다는 생각이 들지? 그때 재미있었는데 그러면서. 어른들도 그래. 학생때가 좋았다고 말하는 건 그게 다 지난 일이기 때문이야. 사실 어른도 살 만해."

"그러면 사람들은 모두 지난 일만 좋았다고 생각하면서 사는 거야?"

하나의 날카로운 질문은 청문회를 방불케 했다.

"꼭 그렇지는 않아. 후회하는 사람들도 많아. 그때 더 열심히 할걸, 그건 이렇게 할걸, 하면서. 옛날이 좋았다는 생각만

한다면 누가 회사 다니고 결혼하고 저축하고 그러겠니. 사람들은 과거를 그리워하고 미래를 준비하면서 현재를 사는 거야."

하나는 조용히 내 말을 들었다. 뭔가 수긍하는 듯한 눈치였다. 이왕 먹히는 김에 쐐기를 박아두기로 했다.

"그러니까 나중에 후회하지 않고 그때가 좋았다,라고 추억하려면 지금 친구도 많이 사귀고 뭐든 주어진 일을 열심히 해야 돼. 알았니?"

하나는 잠시 생각하는 표정을 짓더니 고개를 천천히 끄덕였다. 교과서스럽긴 하지만 그런대로 들어줄 만하다고 평가하고 있는지도 모른다. 사실 하나에게 하는 말이었지만 그 말에 더 깊이 고개를 끄덕인 건 바로 나였다. 결과가 어떻게 될지 모르지만, 한때 내게도 자발적 학구열에 시달리던 고매한 시기가 있었노라,는 추억은 남을 테니 현재를 열심히 살아보자고.

입을 오물거리며 햄버거를 먹는 모습을 보니 하나도 영락없는 어린애였다. 어떻게 저런 아이의 머릿속에서 그렇게 수많은 생각들이 피어나는 걸까. 어떻게 저런 아이가 자라서 지금의 내 나이가 되고 늙어가는 걸까. 아무튼 이모의 딸은 정말 건강하다. 최초의 지각변동 때문에 진통을 겪고 있기는 하지만 그 덕에 껍질 속의 자아가 세상을 향해 고개를 내밀고 있다. 게다가 조숙하고 영리하기까지 하니 사춘기를 잘 보내면 멋진 어른이 될 거라는 예감이 든다. 한술 더 떠서 이런 말도 할 줄 아니 예의도 참 바르다고 해줘야겠다.

"언니 돈도 안 버는데 오늘 괜히 미안하네."

집에 들어가니 엄마와 이모는 앉아 있기도 힘든지 비스듬히 누운 채 수다를 떨고 있었다.

"아이고, 시간이 벌써 이렇게 됐냐. 밥 먹어야지."

엄마는 끙끙거리며 일어나서 부엌으로 갔다.

"큰이모, 우린 먹고 들어왔어요. 엄마, 언니가 맛있는 거 사 줬어. 이것 봐. 우리 같이 옷도 샀어."

하나의 밝아진 얼굴에 이모는 덩달아 신이 난 표정이었다.

그래봤자 하루치 감기약밖에 안된다는 걸 다들 알고 있다. 하기는 약 한번 먹고 뚝 떨어질 것 같으면 아무것도 걱정할 게 없다. 조금만 추워도, 몸이 피곤해도, 계절이 바뀌어도 어느새 또 걸려버리니 세상에는 그렇게 많은 감기약이 있고 사람들은 평생 감기에 걸렸다 나았다,를 반복하며 사는 것이다.

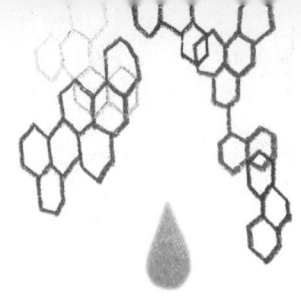

웬디들의 세상

내가 아버지의 환갑 비용을 마련하느라 대출을 받는 동안 선영의 결혼준비도 일사천리로 진행되었다. 몇번의 전화통화 때마다 선영은 물건을 고르느라 분주한 목소리였다. 아무래도 혼수를 골라본 적 있는 은미나 민경과 함께일 때가 많았다. 새로운 길을 찾아보겠다고 도서관으로 출퇴근하는 내게 혼수용품을 보러 가자고 말하기도 뭣했을 테지만, 빈말이라도 물어봐주지 않으니 좀 섭섭했다.

고백하건대 요즘 나는 작은 일에도 자주 섭섭해진다. 배려일 가능성이 더 큰 상황에서도 이상하게 마음이 샐쭉해졌다. 특별히 무슨 사건이 있었다든가 한 것은 아니지만 순전히 나만 느끼는 어떤 기미, 사소한 눈빛과 말투와 분위기 같은 것에 속을 끓였다. 무능한 남편이 술만 마시면 세간살이 때려부수고 마누라 두들겨패고 의처증에 시달린다더니 요즘 내 상황이 딱 그랬다.

섭섭함을 느낀 대표적인 인물로는 퇴사 뒤 연락이 두절되다시피 한 김(메쎈저에 접속을 안한 내 잘못이 더 크지만)과 갑작스러운 결혼과 변화에 대해 뭔가 해명해주지 않는 선영을 꼽을 수 있다. 다른 친구들은 선영에 대해 어, 달라졌네, 변했네, 하며 그냥 쿨하게 받아들이는데 이상하게 나는 그럴 수가 없다. 다른 친구들보다 선영과 더 친하기 때문에 이런다고 하면 적절한 변명이 될까? 아니면 역시 내가 문제일까.

일요일에 있은 선영의 웨딩촬영에 가면서도 내 마음은 어수선했다. 웨딩촬영을 처음 보는 것도 아니고 결혼에 환장한 것도 아닌데 그랬다. 물론 그렇게 좋은 스튜디오는 처음이고 드레스는 입이 쩍 벌어지도록 예뻤지만, 뭐랄까, 제일 친한 친구가 다른 사람이 돼서 다른 세상으로 가버린다는, 말도 안되는 생각이 나를 괴롭혔다.

왜 의사 하면 아직도 키 작고 배 나온 사람이 떠오르는지 모르겠지만, 예비신랑은 마흔살 같지 않게 멀쩡한 편이었다. 물론 선영의 예전 남자들과 비교해보면 결코 출중하다고 할 수는 없었다. 굳이 비교하자면 겨우 사람 꼴만 갖춘 정도였다. 그동안 그애는 줄곧 리버 피닉스 유의 마르고 앳된 느낌의 남자들하고만 연애를 했다. 그래도 굳이 찾아보자면 정확한 나이를 짐작할 수 없다는 게 이 남자의 가장 큰 장점이었다. 과묵하게 있을 때는 마흔을 훌쩍 넘겨 보이고 웃음과 행동이 가미되면 삼십대 중반으로 보이기도 했다. 그리고 뭐랄까, 당연한 이야기지만 매사에 선영이보다 의젓하고 어른스러워 보였다.

남자는 일곱살 연하의 예비신부를 토라지기 쉬운, 그러니까 어르고 달래야 할 아기로 인식하고 있는 것 같았다. 거기에 응대하는 선영의 반응도 흥미로웠다. 줄곧 동갑이나 연하의 남자를 사귀어온 그애는 이제야 보호받고 귀여움받는 여성캐릭터의 매력을 인지한 듯 코맹맹이에, 혀짧은 소리를 아주 노련하게 구사했다. 아, 사랑은 참으로 위대하여라. 우리의 야유와 태클은 그 견고한 성벽에 작은 흠집조차 낼 수 없었다.

예전 회사의 동료 중에는 연하의 남자친구를 오빠,라고 부르는 특이한 버릇의 소유자도 있었다. 자기는 늘 오빠만 만나왔고 연하는 처음이라서 어쩔 수 없다고 했다. 물론 연하의 남자친구는 그 호칭에 대만족이란다. 도대체 오빠,라는 말 어디에 남자들을 무너뜨리는 주문이 걸려 있는지 알다가도 모르겠다. 어쨌거나 그게 그녀의 사랑방식이니 누가 돌을 던지겠는가. 사랑하는 사람들 사이에는 자기들에게만 통용되는 법칙이 존재한다. 새로운 법칙이 마구 만들어질 때 그 사랑은 더욱 불타오르는 법이다. 오지랖 넓게 남의 연애에 신경쓸 것 없이 자기 연애에만 신경쓰면 된다. 신경쓸 연애가 존재하지 않는 게 문제라면 문제일까.

선영이 촬영용 드레스를 입고 나오자 여기저기서 환호성이 터졌다. 선영은 원래도 몸매가 좋았는데 무슨 살을 그리 뺐는지 어깨선과 쇄골뼈가 앙상했다. 거기에다가 예비신랑이 건네준 상자 속의 보석세트를 했더니 공주가 따로 없었다.

"벌써 함 받은 건 아닐 테고. 뭐니? 이 현란한 보석세트는?"

민경이 눈을 반짝였다.

"프러포즈하면서 주더라고. 이런 거 할 일이 없을 줄 알았는데 하니까 괜찮네. 예쁘지?"

친구들은 보석세트 한번 보고 멀찍이 떨어져서 드레스 입은 신부가 나오길 기다리는 예비신랑을 한번 봤다. 어쩐지 신랑이 좀 다르게 보인다는 표정들이다.

"요새는 풀세트 내밀면서 청혼하는 게 유행이니? 이럴 줄 알았으면 나도 더 늦게 하는 건데."

은미가 입을 삐쭉 내밀었다.

유행 같은 소리 한다. 김중배의 다이아몬드가 그렇게 좋더란 말이냐. 하마터면 내 입에서는 그런 말이 튀어나올 뻔했다. 이상하게도 내 마음은 질 나쁜 털실뭉치처럼 자꾸만 엉켜갔다. 제일 친한 친구잖아. 도대체 왜 이래? 맹세컨대 선영의 행복이 사라지길 바라거나 그걸 뺏고 싶은 것은 아니다. 친구가 구질구질하게 돼서 툭하면 눈물바람으로 찾아오고 내가 원조해줘야 하는 상황이 아니라서 참으로 다행이었다. 그런데 백수에 싱글인 나에게 선영은 점점 더 가까이하기엔 너무 먼 당신이 되어가고 있는 것 같았다. 프러포즈로 반지 하나가 아닌 풀세트를 받다니, 벌써 이것만 해도 너무 멀지 않은가.

배배 꼬여 자신을 들볶는 나와 달리 남편과 애인이 있는 친구들은 그런 대접을 해주지 않는 자신의 남자들을 씹기 시작했다.

"벌써 이렇게 받으면 함은 진짜 대단하겠다. 난 뭐 하나 제대로 받은 게 없는데. 결혼하면 다 사준다더니 말뿐이야."

"나는 몇년 전에 맞춘 커플링을 아직도 끼고 있는데 지겨워 죽겠어. 요즘 이상하게 액쎄서리에 눈이 간다. 봄이라서 그런가? 나이 들어서 그런가? 남자친구는 반지 있는데 뭘 또 사냐고, 나보고 사치스럽다고 그러는데, 기가 막혀서 정말. 난 아무래도 결혼하면 결혼반지 하나 가지고 평생 껴야 할 거 같아. 생각만 해도 벌써 지루해진다."

뿔테안경과 트레이닝복을 벗어던지고 가볍게 차려입은 명희도 보석세트 앞에서는 여지없이 허물어졌다.

"여자치고 보석 좋아하지 않는 사람이 어디 있니? 「물랭루즈」에서 그러잖아. 다이아몬드는 여자의 친구라고."

민경이 명쾌하게 결론을 내렸다.

맞선보느라 심신이 피곤한 희주가 화장실에 가는 바람에 이 꼴을 보지 않은 게 그나마 다행이었다. 결혼반지, 풀세트, 커플링은커녕 자비(自費)로 아무 의미도 없는 반지를 사서 껴야 하는 싱글을 대변하다 희주는 열받을 게 분명하다.

사실 요새 희주는 안타깝게도 가끔씩 히스테리 증상을 보인다. 누구나 알아차릴 정도로 심각하지는 않지만 우리는 이따금씩 예상하지 못한 곳에서 희주의 감정이 폭주하는 것을 알고 있다. 하긴 남의 일이라고만 할 수도 없다. 지금 내 꼴을 보니 다음 코스는 끔찍한 히스테리가 될 가능성이 높다.

시간이 오래 걸리기는 했지만 촬영은 순조롭게 끝났다. 두 사람 다 미리 연습이라도 하고 온 것처럼 포즈를 잘 취했다. 뺨을 맞대라고 하면 다정하게 얼굴을 붙였고 뽀뽀, 포옹, 주문하는 대로 척척이었다. 사진사가 거듭 칭찬할 정도였다. 쑥스러워하다가도 카메라만 들이대면 바로 그림이 나왔다. 아직 애인도 없는 내가 웨딩촬영하고 싶다는 욕구에 잠시 시달렸을 정도니까 성황리에 막을 내렸다고 할 수 있다.

촬영이 모두 끝난 뒤에는 다같이 뒤풀이 겸 식사를 하러 갔다. 처음에는 예비신랑에게 이런저런 질문을 했지만 나중에는 그냥 우리끼리 떠들었다. 선영과 예비신랑은 조용히 우리 이야기를 듣거나 가끔씩 둘이 속닥거렸다.

음식점에서 나와 헤어지려는데 예비신랑이 자신의 병원 로고가 찍힌 명함을 꺼내어 우리에게 한장씩 건넸다.

"혹시 라식수술 하실 일 있으면 오세요. 싸게 잘해드릴게요."

그러자 누가 커플 아니랄까봐 선영이 거들고 나섰다.

"우리 오빠 그쪽에서는 아주 유명한가봐. 예약도 엄청 많아."

아마도 예전의 선영이라면, 명함 한장씩 받고 입구에서 웨이터 '돼지엄마' 찾는 거 잊지 마, 이런 식의 농담을 했을 것이다. 뭔가 있는 척한다든가, 명함을 건네는 일 같은 거 선영은 별로 좋아하지 않았다. 그런데 지금은 명함을 건네는 '우리 오빠'의 팔짱을 꼭 끼고 있다.

정말 내가 알고 있던 선영이 맞는지 의심스러웠다. 매사에 씨니컬한 우리의 여성해방주의자가 언제부터 저렇게 된 거지? 사랑이 사람을 변화시킨 건가. 아니면 숨겨진 면이 드러난 건가. 고등학교때부터 친했는데도 내가 알고 있는 부분은 빙산의 일각에 지나지 않는다는 생각이 들었다. 명함을 든 채 멍하니 서 있는데 희주가 돌아서며 퉁명스럽게 한마디 던졌다.

"라식수술? 그런데 자기는 왜 안경 쓰고 있어? 속지 마. 안과의사들은 죄다 안경 썼더라고."

혹시나 신랑 쪽에서 들었을까봐 조마조마하면서도 웃음이 나왔다.

결국 아버지와 엄마는 부부동반으로 일본 여행을 갔다. 대출을 받아 보태긴 했지만 그 바람에 아버지는 내가 애인과 헤어지고 통장잔고도 얼마 없는 백수가 됐다는 걸 알아버렸다. 아버지가 얼마 되지도 않는 돈을 받지 않겠다고 고집을 부려서 한참 실랑이를 벌였다.

"연수야, 너 결혼할 때 아버지가 이거 열 배로 갚아줄게."

아버지는 그러고 나서야 돈봉투를 챙겼다.

선영의 결혼식은 최고급 호텔은 아니지만 꽤 멋진 호텔에서 열린다는 소식이었다. 그 덕분에 나는 결혼식날 입고 갈 옷을 고르다가 홧김에 백화점으로 달려가버리고 말았다. 그리고 원피스가 유행이라는 직원의 꾐에 홀딱 넘어가 원피스 한벌과 거기에 어울리는 핸드백을 구입해버렸다. 예상하지 못한 대형 사고였다. 누구한테 잘 보이겠다는 생각보다 백수라서 초라한 하객이 되기 싫다는 마음에 저지른 짓이다. 미쳤구나. 커피 한 잔에 벌벌 떨면서 카드나 왕창 긁고. 사온 옷과 핸드백은 눈에 들어오지 않고 카드명세서의 숫자만 마음에 콕 박혔다.

죄책감에 빠져서 자학하고 있는데 휴대폰이 울렸다. 화면에 '베스트 프렌드'라는 글자가 뜨자 이상하게 마음이 조마조마 해졌다. 선영의 전화를 기다리고 있었던 것 같기도 하고 전화 걸 타이밍을 노리고 있었던 것 같기도 했다.

"내일 결혼할 신부가 이 시간에 웬일이야? 마싸지 안 받아? 전화해도 괜찮아?"

"막상 오늘은 할일도 별로 없어."

선영의 목소리는 굉장히 차분했다.

"기분이 어때?"

"그냥 시험 전날처럼 떨리기도 하고 소풍 전날처럼 좋기도 하고. 좀 싱숭생숭해."

"그렇구나."

어색한 침묵이 흘렀다. 나는 옷장 앞에 걸어둔 원피스를 쳐다보았다. 네 결혼식을 앞두고 뜻하지 않게 지름신이 다녀가서 덜컥 옷을 샀다고 말할까, 결혼을 축하한다고 할까, 섭섭하다고 할까. 무슨 말을 꺼내야 할지 알 수가 없었다.

"연수야, 너 그동안 나한테 배신감 느꼈지?"

선영이 불쑥 말을 꺼냈다. 느닷없는 말에 놀라서 나는 아무 소리도 못했다.

"솔직하게 말해. 안 그러면 내가 더 배신감 느낄 것 같아."

장난스럽게 다그쳤지만 선영의 목소리는 착 가라앉아 있었다.

"배신감이라기보다는…… 좀 섭섭했지. 네가 갑자기 다른 사람이 된 것 같아서."

"네가 그렇게 봤다면 성공한 거네. 나 정말 다른 사람이 되고 싶었는데."

왜 그런 생각을 했는지 모르겠지만 그럴 작정이었다면 정말 성공했다.

"도대체 이유가 뭐야?"

"철들어서 그랬다고 하면 너 웃을 거지? 그냥 내 삶이 좀 지겨워졌어. 아니 한심해 보였다는 게 정확해. 그동안은 나이에 맞지 않게 반항하면서 살았던 것 같아. 좀 제대로 살아야겠다는 생각이 들었어. 꼬부랑 할머니가 되어도 내 맘대로 하면서 살 거라고 큰소리쳤는데 그게 똥고집이더라고. 예전에 나 어땠는지 너 잘 알잖아. 술 좋아하고 음악 듣는 게 인생의 낙이고, 하기 싫은 건 절대로 안하고 내 멋대로만 살았잖아. 세상에 길들지 않겠다고 버티면서 말이야. 그런데 내 꼴을 보니까 나이 먹기 싫어서 발악하는 거더라고. 회사 안 다닌다고 영혼이 자유로워지는 것도 아니고 나이 어린 남자 만난다고 내 나이가 진짜 어려지는 것도 아닌데 말이야. 피터 팬 콤플렉스였나봐."

선영은 꽉 잠긴 목소리로 자아비판을 했다.

"그 남자 만나기 전에, 엄마가 갑자기 눈이 안 보인다고 그러는 거야. 오빠는 사업이 휘청거려서 거의 도망다니다시피 하는데 모아둔 돈은 하나도 없지, 어디서 빌릴 데도 없지. 내가 번듯한 직장이 있니, 신용이 있니. 갑자기 이 나이 되도록 뭐 하고 살았나 싶은 생각이 드니까 걷잡을 수가 없는 거야. 아버지 돌아가셨을 때는 오빠나 엄마가 방어막이 돼줘서 잘 몰랐는데 이제 내가 보호자가 돼야 한다고 생각하니까 겁나더라. 완전히 밑바닥까지 무너지니까 죽고 싶은 생각밖에 안 들더라."

수화기 너머에서 코를 훌쩍이는 소리가 들려왔다. 내일 결혼할 신부인데 눈이라도 부으면 어쩌나 걱정됐지만 선영은 아랑곳하지 않았다.

"이렇게 살아서는 안되겠다는 생각이 들었어. 이만하면 염색도 색깔별로 다 해봤고 술도 마실 만큼 마셨고 담배도 종류

별로 다 피워봤고 남자도 원없이 사귀어봤고 놀 만큼 놀았으니까 좀 다르게 살아야겠다는 생각이 들었어. 그때 그 사람을 만난 거야. 엄마가 다니던 병원 의사야. 그동안 나는 의사 변호사 정치인, 이런 사람들 정말 경멸했거든. 그런데 나름대로 열심히 사는 사람들도 많더라. 내가 쓰레기지.”

이건 차라리 고해성사였다. 철없고 치기 부리던 날들에 대한. 선영은 이 통화를 마지막으로 과거청산에 마침표를 찍으려는 것 같았다.

“그런데 왜 아무 말도 안했어. 나 제일 친한 친구 맞아?”

“내 문제잖아. 내가 이렇게 만든 건데. 너도 회사 그만뒀는데 얘기해봤자 괜히 마음만 무겁지 뭐. 다 잘된 다음에 짠, 하고 좋은 모습 보여주고 싶었어.”

“뭐든 미리 말해줬으면 좋았잖아.”

선영이 미리 말해줬더라면 속물이라고 욕하면서도 결국 이해했을 거다. 친구니까. 내가 서운한 건 변한 것보다 아무 말도 해주지 않아서다.

“미안해. 그런데 네가 막 위로하고 도와주고 그랬으면 나 약해졌을 거야.”

그래, 네 똥 굵다. 네가 진정한 실속파다. 실컷 놀다가 고삼 되니까 친구 딱 끊고 공부해서 대학 가겠다는 데에야 말릴 수도 없는 노릇이다.

“난 가끔 너처럼 잘난 애가 왜 내 친구 하는지 모르겠더라.”

"미안해. 맘 풀어. 내가 어떻게 할까? 석고대죄라도 할까?"

선영은 큰 소리로 웃었다. 나는 그냥 예전의 선영이 좋다. 약간 엉성하고 때론 민첩하고 철이 없는 듯하면서 똑똑하고 생각이 깊은 만년소녀. 어른이라는 자각이 좀 부족하면 어때. 쉰살쯤 되면 아무리 거부하려 해도 어차피 어른이 될 텐데. 그러니 정신 조금만 차리고 약간만 변신하면 안될까?

선영은 나에게만 말하는 거라며 결혼에 관한 비하인드 스토리를 털어놨다. 누누이 말하지만 하나도 새로울 게 없는 스토리인데 본인만 모르는 것 같다. 그래도 이야기를 요약하자면 이렇다. 그 남자는 선영에게 호감을 품고 다가왔지만 자신과 어울리지 않는 사람이라는 생각에 처음에는 피했다. 변변한 직업도 없는 자신을 무시할 거라는 생각도 있었고 진심이 아닐지도 모른다는 의심도 있었다. 그래서 매몰차게 대하고 마음을 열지 않았다. 그런데도 남자는 한결같았다. 그리고 누구보다 엄마에게 잘했다. 이 대목에서는 약간 선수라는 생각이 들었다. 엄마도 그 남자를 좋아했다. 엄마들이야 싫어할 이유가 없지 않나. 시간이 지날수록 그 남자를 좋아하지 않는 것이 아니라 두려워하고 있다는 생각이 들었다. 자기 밑바닥이 다 드러나고 결국에는 항복하게 될까봐.

"결혼 결심하기까지 쉽지 않았지만 그 사람은 정말 존경할 수 있는 사람이야. 그동안은 그냥 좋으면 사귀는 거고 그다음은 알아서 되겠지, 그랬는데 이젠 정말 열심히 살아보려고."

선영은 마약을 끊은 갱생 청소년처럼 말했다.

사실 선영은 그렇게 형편없지 않았다. 살다보면 학교 다닐 때 머리 좋고 공부 잘하다가 사회에 나와서는 살짝 겉도는 사람들을 만나게 된다. 만나지 못하면 그런 이야기라도 전해듣게 된다. 선영이 바로 그런 케이스에 해당했다. 고등학교를 졸업할 때까지 선영은 초특급 우등생에 모범생이었다. 명문대에 진학해서도 장학금을 받으면서 공부했다. 졸업과 동시에 백수의 길이 예정돼 있는 우리와 달리 선영은 대기업 입사가 확정되어 있을 정도로 촉망받는 인재였다.

그런 선영이 달라지기 시작한 건 대학을 졸업할 무렵인 사학년 때였다. 선영은 생애 첫 연애를 시작하면서 새로운 세상에 눈떴다. 술 먹고 뻗고 수업 땡땡이치고 요란하게 염색하고 화장하는 일에 재미를 붙였다. 그러면서 자신이 그동안 틀에 갇혀 살았다는 걸 굉장히 원통해했다. 모두가 비장해지는 졸업씨즌에 선영은 혼자서 화려하게 불타올랐다. 그러고 보니 선영이 변한 건 이번이 처음이 아니다. 원래 변하는 데 소질이 있는 모양이다. 우리 모두는 소리를 꽥꽥 지르면서 어엿한 사회인이 되는 선영을 부러워했지만, 막상 선영은 비싼 돈 들여서 잿빛으로 물들인 머리를 다시 까맣게 염색해야 한다며 사회생활에 대한 적개심부터 드러냈다.

그래도 입사 뒤 선영은 대기업에 충성했다. 검은 정장만 입고 다녔고 문자로 안부를 전할 뿐 모임에도 거의 나오지 않았다. 심지어 애인과의 관계도 흐지부지 끝나버렸다고 했다. 선영이 모임에 다시 나온 건 입사한 지 일년이 되는 날이었다. 선영은 놀랍게도 쇼트커트 머리에 찢어진 청바지를 입고 있었다. 일년 동안 회사에서 무슨 일이 있었는지는 모르겠지만 우리 모두가 취직에 목말라 있는 IMF 구제금융사태의 한복판에서 선영은 대기업의 문을 박차고 나와버렸다.

"얘들아, 나 회사 때려치웠어!"

술집에서 느닷없이 두 팔을 들고 '프리덤'을 외치는 바람에 옆에 있던 우리는 쪽팔려 죽는 줄 알았다.

"왜 그만뒀어? 이유나 알자."

"특별한 이유 없어. 내 인생을 해방시켜주고 싶었어. 대기업이야 나 같은 사람 없어도 잘만 굴러가니까. 괜히 내 인생까지 바칠 필요 없잖아."

백수들로서는 잘 이해가 되지 않는 상황이었다. 남아도는 시간을 갖다바치고 월급 좀 받아봤으면 하는 게 소박한 꿈이었으니까 선영이 회의를 느끼는 게 별로 와닿지 않았다.

"배부른 년."

민경이 입을 삐쭉거렸다.

"이런 식으로 배부르다가 배터질까봐 관둔 거야."

선영은 진짜 퇴사 이유를 털어놨다.

"나랑 친하게 지내던 입사동기가 있었거든. 정말 의욕도 넘치고 밤낮없이 일하는 애였어. 승진하고 싶고 살아남고 싶다는 의지로 똘똘 뭉쳐 있었는데…… 그 부서에서 사고가 나는 바람에 잘렸어. 걔는 관계자도 아니고 책임자도 아닌데 상사들이 교묘하게 책임회피하고 뒤집어씌우더라."

입사동기는 기회가 되면 복직시켜주겠다는 애매한 약속만 받고 회사를 그만뒀다. 하지만 회사에서는 아무 연락도 없어서 며칠 전부터 회사 앞에서 일인시위를 벌이고 있다는 것이다.

"걔 얼굴을 똑바로 못 보겠어. 게다가 그 상사들은 승진까지 했다니까. 나랑 관련된 건 아니지만 회사에 완전히 정 떨어졌어."

대기업은 둘째치고 코딱지만한 회사의 씨스템 같은 것도 모르는 백수들은 눈만 깜박거렸다. 있는 것들이 더 무서워. 우리는 입을 모아 대기업이라는 신포도를 욕했다.

그뒤로 선영은 취직을 하지 않는 대신 돈이 필요하면 아르바이트를 했다. 번역일을 한 적도 있고 옷가게를 인수해서 운영한 적도 있다. 한때는 액쎄서리 만드는 일에 푹 빠져서 직접 만든 액쎄서리를 길에서 팔기도 했다. 클럽 디제이, 학원 강사, 포토그래퍼 어씨스트, 대필 등 다양한 일을 거쳤다. 그럴 때도 자신이 하고 싶은 일만 골라서 했다. 취직만 안했지 온갖 책을 섭렵했고 웬만한 일에는 경력자 수준이었다. 천재의 본성과 날라리의 습성이 공존하는 보기 드문 인간형이었다. 때로는 위태롭고 아슬아슬해 보였지만 선영은 진심으로 그런 인생을 즐기는 것 같았다.

옆에서 그런 선영을 지켜보는 동안 나는 어떤 대리만족을 느꼈다. 퇴근하면 선영이 일하는 클럽에 들렀고 옷가게에 갔다. 그게 어떤 일탈처럼 느껴졌다. 나는 쳇바퀴에 매여 있지만 선영은 그렇지 않다는 것이 내 숨을 틔워주었다. 그래서 선영이 보통 사람들의 궤도로 회귀하려는 기미를 보이자 섭섭해지기 시작한 것 같다.

"연수야, 나 아직 베스트 프렌드 맞지?"

"아직은. 하지만 앞으로 또 이런 일이 있으면 그땐 어떻게 될지 몰라."

선영은 흐흐흐, 하고 웃었다.

"너도 일 그만두는 거 쉽지 않았지? 그래도 정말 잘한 거야. 그 말 해주고 싶었어. 꼭 하고 싶은 일 찾아. 너라면 잘할 수 있을 거야."

"아무튼 미안하다. 사정도 모르고 오해만 해서."

"아니야. 예전의 나를 너만큼 좋아해준 사람도 없었어. 그렇게 형편없었는데도 말이야."

친구라면 이럴 때 난 네가 그냥 거기 있는 게 좋아,라고 하지 않고 너 좋은 대로 하고 싶은 대로 하라고 해야겠지. 선영은 이제 웬디로 성숙해갈 것이다. 사실 알고 보면 세상은 웬디들의 것이다. 네버랜드가 피터 팬의 것이듯이. 이곳에 살면서 언제까지나 네버랜드를 그리워할 수는 없다. 피터 팬과 네버랜드에 갔던 소중한 추억을 간직한 채 얼마나 더 멋진 웬디로 성숙해가느냐가 관건일 뿐이다. 나는 멋진 웬디의 탄생을 축복해주기로 했다.

결혼식날 선영은 떨지도 않고 침착했다. 새출발을 선언한 신부답게 씩씩하고 멋졌다. 그런데 나는 주책없이 눈물이 나오려고 해서 결혼식 내내 입을 꾹 다물고 있어야만 했다.

이런저런 일 때문에 도서관에 며칠 가지 못했더니 몸과 마음이 모두 가라앉은 것 같았다. 읽어야 할 책의 목록도 잔뜩 밀려 있었다. 커다란 사건들이 지나가고 나니 머릿속 생각이 엉켰다. 선영이라고 쉽지는 않았을 텐데 나의 행보는 너무 더딘 게 아닐까. 빨리 뭔가 결정해서 돈도 벌고 사람들 앞에서 떳떳해지고 싶다는 생각에 조바심이 났다. 괜히 인생의 의미를 찾는답시고 부모에게 불효하고 사람구실 제대로 못하고 세상과 모든 관계맺은 자들과 불화하고 있는 것은 아닌가. 불면 속에서 나의 변변치 못함과 이 질시와 반목의 시간에 대해 고민했다.

물론 이렇게 살아보기로 결정한 것은 바로 나였다. 등 떠민 사람은커녕 나한테 바람 넣은 사람도 없다. 걱정하며 말리는 사람들 앞에서 잔뜩 호기를 부린 것도 나였다. 그러니까 나를 불행으로 몰아넣고 있는 것은 바로 '조급하고 기대에 찬 나'이다. 가혹할 것은 없다. 나는 내가 무엇을 원하는지 무엇이 되기 위해 살아가는지 제대로 알지도 못하면서 기대만 잔뜩 하고 있었다. 좀더 치열하게 살 필요가 있다는 생각에 특별한 약속이 없는 한 주말에도 도서관에 가기로 결정했다.

주말에, 특히 화창한 토요일 오후에 도서관 열람실에 앉아 있다보면 두 가지 마음이 든다. 밖에 햇살이 쏟아지든 바람이 살랑거리든 꽃들이 봉오리를 터뜨리든 묵묵히 자리를 지키고 앉아서 공부하는 이십대의 청춘들을 보고 있으면 마음이 겸허해진다. 같이 앉아 있는 나도 뭔가 대단한 일을 해내는 듯한 착각에 빠진다. 휴대폰을 들여다보며 딴전을 피우다가도 다시 책에 집중하게 된다. 다른 한편으로는 자기 인생을 개척하며 살아가는 일이 이렇게 어려운가, 하는 생각이 든다. 다들 간지러움이나 재채기를 겨우 참고 있는 것 같다. 어쩌면 인간은 미래의 안락을 위해서 너무 많은 시간을 투자하며 살고 있는지도 모른다. 그래서 가끔은 누런 파일로 칸막이를 만들고 거기에 고개를 처박고 있는 청춘들이 안타깝다. 시간과 본능과 감상을 유보한 채 직장과 돈과 명예를 구하는 여기가 바로 청춘의 전당포다. 그래도 주말이면 더 많은 사람들이 도서관으로 몰려오고 대기자 수는 늘어만 간다.

동남은 다른 구립도서관에서 개최하는 좌담회에 다녀왔다. 구립도서관에서 공부해서 공무원시험에 합격한 선배들과 시험준비생들이 만나서 성공담도 듣고 질문도 하는 자리였다. 나도 따라갈까 했지만 귀도 얇은 처지에 거기 갔다가 당장 공무원시험을 준비하게 될까봐 참았다.

"어떻게 하면 된대?"

"열심히 하면 다 붙게 돼 있대."

"아…… 그런 비법이 있는 걸 몰랐네. 그게 다야?"

"뻔한 얘기야. 고삼때도 대학에 붙은 선배들이 하드 사가지고 와서 애들 모아놓고 점수 올리는 비법 같은 거 전수한답시고 자랑만 잔뜩 하고 갔었는데 그때 생각 나더라."

동남은 괜히 시간만 낭비했다는 표정이었다.

"우린 뭐 이렇게 다 힘드냐. 대학도 그렇게 들어가기 힘들더니, 이건 취직도 재수 삼수 해야 하고. 아, 불쌍해. 칠십년대생 구십년대 학번들."

"좋게 생각해. 인생이 다이내믹한 거지."

다이내믹한 인생의 승자가 되기 위해 나는 굳은 결심과 의지로 몇주 동안 여덟시 입실, 일곱시 퇴실을 잘 지켰다. 그리고 유치원생이 착한 일을 할 때마다 스티커를 붙이듯 다이어리에 동그라미를 그려넣었다.

영화공부는 진도가 잘 나갔다. 사실 영화 쪽은 읽을 책도 많고 할일도 많은 분야다. 하지만 요즘 젊은이들 중에는 영화 쪽에 관심을 갖지 않은 사람이 없다고 해도 과언이 아니기 때문에 잠재된 구직자는 어마어마하다고 할 수 있다. 부산국제영화제 현장 같은 곳을 떠올려보라. 싸우나에서 한두 시간 새우잠 자고 굶기를 밥 먹듯 하며 발품 팔아가며 영화를 보려고 하는 이십대들이 널려 있다. 그들의 체력과 열정을 생각하면 나는 좀 두려워지기까지 한다. 나에게 없는 것이 그들에게는 있기 때문이다. 불도저에 에너자이저 같은 것들. 내게 그렇게 불덩이 같은 시대는 존재하지도 않았지만 새삼 도래할 것 같지도 않다.

영화용어를 정리하고, 감독별, 영화별, 시대별, 장르별로 책 내용을 분류했다. 씨나리오와 비평서도 찾아서 읽었다. 책을 읽으면 읽을수록 영화라는 대상에 매료되어갔다. 특히 좀더 여유있는 글쓰기와 전문성이 요구되는 영화평론에 관심이 생겼다. 단순한 감상과 비평 사이의 간극을 뛰어넘으려면 어떻게 해야 할까, 고민이 됐다. 잡지에 실린 영화평론가들의 이름에 질투심이 발동했다.

시간은 그렇게 흘러가고 있었다. 책을 읽다가 세 시간에 한 번 정도 도서관 밖으로 나가서 바람을 쐬었다. 가끔은 동남이 커피 한잔 하자고 올라오고 가끔은 내가 일층으로 내려가서 같이 커피를 마셨다. 동남이 오지 않을 때면 하루종일 입을 다물고 지냈다. 하루는 금세 지나갔다.

회사에 다닐 때는 시간이 흘러가기만 기다리며 지냈다. 출근하면 점심시간을 점심을 먹고 나면 퇴근시간을 그리고 다시 주말을 새해가 되면 설연휴와 여름휴가를…… 시간을 흘려보내며 사는 일은 매우 자연스러웠다. 그 시간에 무슨 일을 해냈는가는 중요하지 않았다. 아니 그런 생각을 하면 머리가 아파지니까, 가뜩이나 퍽퍽한 인생 더 힘들어지니까 되도록 묻어

두고 설렁설렁 물흐르는 대로 시간을 허비하며 살았다. 그런데 회사를 그만두고 나니 시간이 복수라도 하듯 매몰차게 달아난다. 아무리 잡아두려고 애써도 어, 하는 사이에 해가 중천에 떠 있고 정신을 차리고 보면 일주일이 후딱 지나가 있다. 내 시간표의 주인이 돼서 관리감독하는 일이 얼마나 어려운지 비로소 알 것 같다.

그러다보니 최대한 쪼이면서 살아간다. 웬만한 건 생략하고 모든 포커스를 절약에 맞춘다. 시간, 돈, 감정이 새지 않게 꼭꼭 싸맨다. 부작용이라면 가끔 뭔가를 허비해버리고 싶은 유혹에 시달린다는 거다. 확 그냥, 아무 소용이나 의미없이 퍼져서 시간이든 돈이든 탕진해버릴까보다, 스스로 협박하고 있는 자신을 발견하게 된다. 그럴 때는 늘어지게 잔다. 실컷 자고 나서도 여전히 뭔가를 저지르고 싶으면 뜨거운 캐러멜라떼를 한잔 마시며 길거리를 쏘다닌다. 그러다가 한두 번 하고 처박아둘 만한 싸구려 액쎄서리를 몇개 산다. 독특한 색깔의 립글로스나 아이섀도우를 사는 것도 기분전환에 도움이 된다. 버릇으로 굳어지면 곤란하지만 아주 가끔은 이런 무용한 쇼핑이 스트레스를 해소시킨다. 그러고 나서 도서관을 가득 메운 취업준비생들을 떠올린다. 이제 그만 정신차리시지. 넌 스물셋이 아니고 서른셋이라고. 도대체 언제까지 도태될 셈이냐. 그렇게 다시 한번 자신을 협박하고 일상으로 복귀한다.

단조로운 일상이 계속됐다. 굳이 특기할 만한 사항을 꼽자면 책이 읽기 싫어지거나 꾀가 날 때마다 책상 두 개 건너편에 앉아 있는 남자를 쳐다본다는 것 정도이다. 그 남자는 매일 그 자리에 앉았는데 공부하는 모습이 감동을 주는 사람이었다.

이십대 후반쯤 됐을까. 시대에 뒤떨어지는 스포츠머리에 말표나 기차표로 보이는 싸구려 운동화를 신고, 낡은 옷을 입고 다니는데 절대로 지저분해 보이지는 않는다. 그 남자는 언제나 혼자 앉아서 공부를 했는데 전화를 받으러 나가는 일도 없고(어쩌면 휴대폰이 없을지도 모르고) 굉장히 조용했다. 손톱을 물어뜯지도 않고 다리를 떨지도 않고 가래 끓는 소리를 내지도 않았다. 사실 도서관에서 가래 끓는 소리를 내는 남자들이 은근히 많은데 굉장히 비위에 거슬린다. 그는 앉아 있는 자세도 반듯하고 게다가 방석을 썼다. 가끔 친구가 자리로 오면 손으로 수저 뜨는 제스처로 친구가 밥을 먹었는지 확인하곤 했는데 이때 유일하게 웃었다. 못생겼는데 천사 같은 얼굴이랄까. 길거리에서 할머니들 짐 같은 거 다 들어주게 생겼다. 보는 사람의 마음을 착하게 만드는 얼굴이라는 표현이 딱 어울리겠다.

동남의 말로는 주말이나 공휴일에도 꼬박꼬박 도서관에 나온다고 했다. 그가 단정하게 앉아서 열심히 공부하는 모습은 내게 도전이 되기도 하고 위안이 되기도 했다. 좀 이상할지 모르지만 내 마음속에서는 생면부지의 그를 응원하고 싶은 마음이 생겼다. 원하는 곳에 꼭 취직할 수 있기를. 힘든 세상에 좌절하지 않기를. 누군가 그 착함을 이용하지 않기를. 정수리를 보이며 공부하는 남자를 보면서 나는 마음속으로 그렇게 빌었다. 내가 이런 이야기를 했더니 동남은 적잖이 놀라는 눈치였다.

"그거 좋아하는 거 아냐?"

"굳이 사랑으로 치자면 인류애라고 할 수 있겠지."

"이성적으로 좋아하는 거 같은데? 내가 다리 한번 놔줘?"

간만에 재미있는 이야깃거리를 만났다는 듯 동남은 싱글거렸다.

"측은지심이라니까 그러네."

"걔가 아무리 착해 보여도 너는 싫다고 할지 모르는데, 그때도 인류애가 남아 있을까?"

"그런 거 아니라니까. 자꾸 저질로 나올래?"

"알았어. 알았어."

알았다고 하면서도 동남은 바보처럼 계속 실실거렸다.

하루종일 도서관에서 지내다보면 정말 아침에 볼일을 시원하게 봤다거나 식당의 반찬이 좋다거나 공부가 잘된다는 것 말고는 별다른 이슈나 즐거움이 없다. 그래서 연애는 나중에, 라고 생각하면서도 마음 한구석에서는 무슨 연애사건이라도 터져주기를 은연중에 기대하고 있다.

"너야말로 누구 맘속으로 찍어두고 있는 거 아냐? 아무래도 나보다는 네 쪽이 가능성이 많지 않겠니? 연정을 품을 가능성."

그러자 동남은 쳇, 하고 코웃음을 쳤다.

"내가 지금 그럴 때냐? 쓸데없는 소리 하지 말고 들어가서 인류애나 계속 실천하셔."

"혹시라도 내 도움이 필요하면 언제든 얘기해. 내가 있는 힘껏 다리 놔줄게, 응? 친구 좋다는 게 뭐냐?"

내가 얼굴을 들이밀자 동남은 "야, 흉측하다. 가까이 오지 마" 하면서 뒷걸음질을 쳤다. 내가 계속 웃으면서 쫓아가자 도망을 치던 동남은 그만 스텝이 엉켜서 뒤로 넘어지고 말았다. 동남은 넘어진 그대로, 나는 배를 움켜쥔 채로 한참 동안 숨이 넘어갈 듯이 웃었다. 바닥에 주저앉아 웃고 있는 동남의 얼굴이 벌겠다. 나는 동남을 향해서도 응원을 보냈다. 열심히 공부해서 꼭 합격해라. 그리고 늘 그렇게 웃고 행복해라. 우리 꼭 그러자.

도서관에 가려고 가방을 챙기는데 동남에게서 문자가 왔다.

오늘 임시휴관이라는데 어쩔래? 나는 다른 데로 가려고.

한창 공부에 물이 올랐는데 아쉬웠다. 하지만 한편으로는 대놓고 쉴 수 있다는 생각에 쓱 웃음이 났다. 이 시간에 딱히 갈 곳도, 만날 사람도 없지만 집에 있기에는 봄날이 꽤나 화창해서 나는 간만에 좀 챙겨입고 집을 나섰다. 땡땡이라고 하기는 좀 그렇고 충전이나 야외수업 정도라고 해두기로 했다.

나 오늘 충전하러 갈래. 혼자 밥 먹게 해서 미안. 나도 혼자

먹을 거니까 빈정 상하지 마. 내일 보자. 배터리 만땅 채워서 돌아갈게.

나는 영화잡지 두 권을 사서 옆구리에 끼고 버스를 탔다. 창문으로 쏟아져 들어오는 햇살이 따뜻했다. 이런 날 지하철을 타고 멀티플렉스 같은 곳에 가서 갇혀 있는 건 바보짓이다. 이왕이면 창이 넓은 까페에 자리잡고 앉아서 시간을 보내고 싶었다. 간만에 커피와 치즈케이크, 영화잡지가 만드는 환상의 궁합에 빠져볼 생각이었다. 뭐 대단한 것도 아닌데 설레었다.

평일 오전이라 그런지 까페의 이층 창가 로얄석은 텅 비어 있었다. 나는 자리를 잡고 앉아서 천천히 잡지를 읽기 시작했다. 예전에는 출퇴근길에 시간 때우기로 읽었지만 지금은 영화 관련 서적을 읽는 중이라 글자 하나도 건성건성 넘길 수 없었다.

제5회 영화비평공모. 영화를 사랑하는 당신을 찾습니다.

내 눈은 거기에서 덜컥 멈추었다. 그걸 보는 순간, 내내 켜지지 않고 속썩이던 라이터에서 탁 하고 불꽃이 피어오르는 것 같았다. 심장이 뛰는 소리가 귓속에 선명하게 울렸다. 사실 아무에게도 말하지 않았지만, 그동안 나는 영화잡지를 볼 때마다 끄트머리에 등장하는 구인란 페이지를 유심히 살피곤 했다. 그래도 양심적으로 배우 쪽에는 관심을 가지지 않았다. 그건 대학졸업 후 굳어진 버릇이다. 영화잡지 기자를 포기하고 다른 일을 전전하긴 했지만 영화는 나의 로망이었으니까. 물론 이십대 후반으로 접어든 뒤에는 영화 홍보사나 기획사, 잡지사 어디에도 이력서를 낼 수 없어 쓸쓸한 마음으로 잡지를 덮어야 했지만 그래도 탐색은 멈추지 않았다.

일단 구직활동을 멈춘 상태라 구인란에 대한 열망은 숨이 죽어 있었지만 영화 관련 서적을 탐독하는 동안 내 속에서는 다시 한번 영화 쪽 일에 덤벼보고 싶다,는 생각이 꿈틀거리기 시작했다. 뒤늦게 감히 영화의 그늘에 몸을 뉘어볼까 하는 꿈이 생긴 것이다.

물론 나도 알고 있다. 영화는 꿈의 산업이고, 이건 누구나 그 일을 꿈꾼다는 의미이기도 하고, 많은 사람들의 욕망과 재능과 불면과 치기를 먹고 자라는 존재라는 것. 한번 그 집에 들어가서 하인 노릇을 시작하면 웬만한 구박과 중노동, 박봉에도 불구하고 다른 집에 가서 일하기가 싫어질 정도로 중독된다는 것도. 게다가 내게는 영화에 바칠 만한 재능이나 제물(祭物)도 없다. 그런데도 어떻게 설거지하는 하인 노릇이라도 안될까, 하는 욕심이 생겼다.

잡지에 실린 영화비평공모는 뭘 해야 할지, 뭘 하고 싶은지 몰라 우왕좌왕하던 나에게 새로운 이정표로 다가왔다. 내 구미를 제대로 당겼다. 대학때 영화비평 과목 리포트를 쓰기 위해 비디오를 열 번쯤 반복해서 보며 장면분석을 하고 관련서적을 뒤지며 밤을 새우던 기억도 떠올랐다. 대학시절을 통틀어 공부 때문에 밤을 새운 건 그때가 유일했다. A를 받았음은 물론이고 교수에게 개인적인 칭찬도 받았다. 도전해보고 싶다는 의지로 머릿속이 꽉찼다. 공모까지는 한 달 정도의 시간이 남아 있었다. 짧다면 터무니없이 짧고 잘 쪼개서 쓴다면 한번 해볼 만한 시간이었다. 열심히 해보고 안되면 또 그때 가서 생각하면 된다. 오랜만에 심장이 놀랄 만큼 발랄하게 뛰기 시작했다.

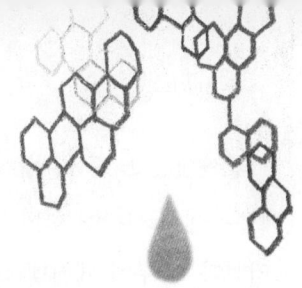

우리에겐 마법이 필요해

인간은 망각의 동물이라더니 그건 바로 나 같은 사람을 두고 하는 말이다. 내가 바로 울트라 대마왕 망각형 인간이다.

회사를 그만둔 지 석 달쯤 지나고 나니 좀 늦더라도 척하니 입금되던 월급이 슬슬 그리워지기 시작했다. 두 달만 더 버텨볼걸, 하는 후회도 들고 퇴직할 때 좀 구차해 보이더라도 실업급여를 받게 해달라고 부탁할 걸 그랬다는 생각도 들었다. 돈이 궁하니 나쁜 기억 같은 건 가물가물해졌다.

한 달 동안 시달린 나를 위로한답시고 월급날 백화점에 가서 뭔가를 사들이던 황홀한 기억도 그립긴 마찬가지였다. 선영의 결혼식 때문에 원피스와 핸드백을 구입하긴 했지만 그건 비상사태였고 도서관에 입고 다닐 수가 없으니 무용지물이었다. 사실 도서관에 한번 입고 갔다가 동남에게 욕만 잔뜩 얻어먹었다. 하루에 캐러멜라떼 한잔도 못 마시는 신세도 새삼 처량하게 느껴졌다.

월급을 떠올리자 직장생활도 나름대로 좋은 면이 있었다는 생각이 들었다. 그러고 보면 직장이라는 곳은 다닐 때는 지겨워 죽을 것만 같고 거기 매여 있는 자신이 세상에서 가장 빡빡하게 살아가는 가련한 존재처럼 여겨지지만 자의든 타의든 거기서 벗어나고 나면 헐렁함을 견디기도 쉽지 않다는 걸 알게 된다. 마치 고등학교처럼 말이다. 물론 심정적으로는 고등학교가 훨씬 더 그립지만. 게다가 직장은 돈도 준다. 대체 돈이란 왜 이렇게 많은 것을 용서한단 말인가. 이놈의 돈, 악마의 금전.

돈이 궁해 싸구려 화장품만 썼더니 얼굴도 부쩍 상해가는 기분이 들었다. 하루하루 늙어가니까 당연한 결과이겠지만 가꾸느냐 방치하느냐의 문제도 무시할 수만은 없다. 누구 봐주는 사람 없다고 대충 입고 다니니까 길거리나 도서관에서도 제대로 튀는 것 같았다. 가끔은 쇼윈도우에 비친 모습을 보고 나조차도 깜짝 놀라기도 했다. 이건 아니다. 이 정도는 아니었는데. 딱 봐도 서른다섯 이상으로 보여. 몇달 사이에 인간이 이렇게 후져지나. 뭔가 특단의 조치가 필요했다.

이런 것 말고도 회사를 그만두면서 계산에 넣지 못한 것이

또하나 있는데 바로 술에 관한 문제였다. K와 헤어지면서 술을 멀리하기로 작정했지만, 퇴근길에 맥주 한잔 생각나는 그 기분마저 사라진 것은 아니어서 저녁때 도서관에서 나와 집으로 돌아갈 때면 가끔 발작처럼 술이 당겼다. 그런데 같이 술마실 애인도 없고 퇴근길이 아니다보니 그 욕구를 어떻게 해소해야 할지 알 수가 없었다.

밤이면 텔레비전에서 그놈의 맥주광고가 왜 그리 자주 나오는지. 잔 가득 부어지는 황금빛 맥주와 부드러운 거품, 그 황홀한 음료를 꿀꺽꿀꺽 들이켜는 목젖을 볼 때마다 환장할 지경이었다. 영화를 보다가도 주인공들이 술을 마시는 장면이 나오기만 하면 내용이고 뭐고 술생각만 간절해졌다.

사람들은 대개 대학때 음주문화의 절정을 경험하게 마련이다. 툭하면 술 마시며 밤을 새우고 낮술 마시느라 수업 빼먹고 연애사건에 연루되고 필름이 끊긴다. 그러다 누가 학사경고를 맞거나 어디가 부러지거나 위장에 구멍이라도 나서 혼쭐이 나면 좀 자제하게 된다. 하지만 음주를 향해 타오르는 열망은 완전히 꺼지지 않은 불씨처럼 방심하는 사이에 되살아나버린다. 시간이 조금만 지나면 언제 그런 일이 있었느냐는 듯 또 부어라 마셔라 해대는 것이다. 대학때 나도 이런 음주문화를 즐기기는 했지만 그때는 사람들에 휩쓸려 그 문화에 취했을 뿐 사실 진정한 음주의 맛에 매료된 건 아니었다. 그러니까 그는 아직, 다만 하나의 몸짓에 지나지 않았다.

대학을 졸업하고 나서 취직을 못해 방황하는 동안, 겨우 취직한 회사에서 받은 스트레스를 어떻게 풀어야 할지 막막하던 무렵 나는 그만 술의 진가를 알게 되었다. 잠재되어 있던 음주의 욕구가 모습을 드러냈다고나 할까. 맛도 모르면서 사람들이 마시니까 분위기에 취해 같이 마시는 게 아니라 정말 술이 마시고 싶어서 마시게 된 것이다. 그렇게 드디어, 그는 나에게로 와서 꽃이 되었다.

아무튼 내게는 옮긴 회사마다 술친구가 있었는데 가끔은 퇴근 후 신세한탄하며 마시는 술 때문에 회사에 다니는 게 아닐까, 하는 생각마저 들었다. 내가 만난 남자들도 죄다 술을 좋아해서 연애하는 동안 근사한 까페에 가서 차를 마신 기억이 별로 없다. 이 돈이면 차라리 술을 마시자. 언제나 그런 화끈한 합의가 이루어졌던 것이다.

그런데 애인도 없고 회사도 그만두니 그만 술친구가 사라져버렸다. 그렇다고 혼자서 바에 앉아 홀짝거리는 건 내 취향이 아니다. 게다가 밥친구 동남은 학교때부터 주량이 맥주 오백 씨씨인 애였다. 생긴 건 술고래에 주사깨나 부리게 생겨가지고 맥주 오백 씨씨를 다 못 마시니 술친구로서는 영 꽝인 셈이다.

도서관에서 나오는 길에 동남과 두어 번 맥주를 마시러 갔지만 이 녀석은 흐른 세월이 얼만데 아직도 오백 씨씨 잔을 붙잡고 세 시간이나 버텼다. 게다가 한다는 소리가, "끊기로 했으면 확실히 끊어. 너는 그만한 결단력도 없이 이 험한 세상을 어떻게 살아가려고 그러냐. 그리고 술 잘 마시는 여자들, 남자들이 별로 안 좋아해" 이런 식이니 영 흥이 나지 않았다.

물론 옛 회사의 술친구들과 만나 한잔 할 수도 있었다. 그리고 실제로 그런 적도 있었다. 그런데 퇴근 후의 피로와 서로 익히 아는 인간들에 대한 부글부글한 증오라는 안주가 없는 술자리란 소주병에 담긴 맹물처럼 밍밍할 뿐이었다. 도무지 예전의 그 맛이 나지 않았다. 게다가 친한 친구들은 이제 우아하게 밥 먹고 차 마시는 쏘프트한 코스를 좋아한다. 그래서 나도 K와 끝난 마당에 손 딱 씻고 무알코올의 삶을 살아가려고 했으나 어쩌다보니 '나 홀로 음주'의 세계에 입문해버렸다. 그렇게밖에는 술에 대한 그리움을 달랠 길이 없었다. 결국 방에서 즐기는 각종 퇴행성 취미에 음주가 추가된 것이다.

가뿐하게 샤워를 한 뒤 좋아하는 음악을 틀어놓고서 침대에 파묻혀 앉는다. 그다음에는 만화책을 읽으면서 감자칩을 와삭와삭 씹어먹는다. 그럴 때 마시는 맥주란…… 단, 방이 너무 지저분하거나 구질구질한 차림새면 절대 안된다. 그러면 알코올중독자가 된 것 같거나 인생 막장에 들어선 듯해 서글퍼진다. 혼자 마시다가 울어도 안된다. 그럼 끝이다. 딱 기분좋을 때까지만 마셔야 한다. 그런 철칙을 정해둔 뒤 나는 기분에 따라, 어떤 날은 캔맥주를 따서 벌컥벌컥 마셨고 정말 꿀꿀할 때는 소주를 마시다가 침대 밑에 키핑해두었다. 혼자서 마시니 금세 취한다는 게 좋다면 좋고 나쁘다면 나빴다.

그런데 옷을 빌려가려고 들어온 동생이 내가 방에서 몰래, 혼자 술을 마신다는 사실을 알아버렸다. 그다지 좋은 일도 아니지만 그렇게 큰일도 아닌데 동생은 무슨 난리나 난 것처럼 호들갑을 떨었다.

"이러다 들키면 어쩌려고 그래?"

"혼자 마실 수도 있는 거지, 그게 뭐 어떻다고 그래? 내가 뭐 마약이라도 했냐?"

동생은 내가 회사 그만둔 것을 알았을 때 엄마가 그랬던 것처럼, 처음에는 닦달을 하다가 나중에는 측은하다는 듯 바라보았다.

"요즘 많이 힘들어? 그래서 그래?"

동생은 마치 내가 살기 힘들어서 갑자기 술을 마시게 된 것처럼 말했다. 하긴 자매라고 서로에 대해 다 알 수는 없다.

"이봐, 나 원래 술 좋아했어. 끊으려고 노력중이지만."

동생은 그랬나? 하며 잠시 생각하는 표정을 짓더니, 뭔가 떠올랐다는 듯 고개를 끄덕였다. 아마 술에 취해 비틀거리던 내 모습과 잃어버린 지갑, 바람직하지 않은 술주정 같은 게 기억난 모양이었다.

"그래도 그땐 집에서는 안 마셨잖아."

"이제는 밖에서 안 마신다."

"하여간 추해."

"너도 한잔 줄까?"

"됐어."

동생은 이런 청승맞은 짓에는 동참할 수 없다는 듯 손까지 세차게 휘저었다.

"저번에 샀다는 원피스나 좀 빌려줘. 이번 주말에 우리 회사 사람 결혼하거든."

"옷장에 있으니까 가져가."

원피스를 꺼내든 동생은 방문을 열다 말고 다시 침대 쪽으로 왔다.

"근데 언니, 잠깐만. 머리 이쪽으로 대봐. 아니 그쪽 말고 이쪽. 방금 흰머리 본 거 같아."

흰머리라는 말에 놀라서 나는 머리를 동생에게 마구 디밀었다.

"어디야. 빨리 뽑아. 빨리."

"이거 하나가 아니네. 잠깐 여기도 있다. 가만있어봐. 움직이지 말고."

동생은 몇가닥의 검은 머리카락을 뽑다가 결국 세 가닥의 흰 머리카락을 뽑아서 내게 보여주었다. 그걸 보자 별로 오르지도 않은 술기운이 싹 달아났다. 흰머리라니…… 납량특집이 따로 없다.

"하나 더 있는데 그건 너무 짧아서 안 뽑혀."

"왜 벌써 흰머리가 나지? 심란하게."

"우리 회사에는 탈모가 왕창 진행된 여자도 있어. 위에서 보면 머릿속이 훤해. 서른두살밖에 안됐는데."

그 말을 위로라고 하는 건지, 웃자고 하는 건지 알 수가 없다. 서른살이 됐는데도 동생은 강 건너 불구경하듯 천진한 표정이다.

"요즘 도서관 다닌다며. 공부는 잘돼?"

제 방으로 갈 듯하더니 동생은 원피스를 내려놓고 침대에 걸터앉았다.

그러고 보니 동생과 이렇게 마주앉아 이야기하는 것도 참 오랜만이다. 둘 다 직장에 다니면서 연애까지 할 때는 정말 얼굴 보기도 힘들었다. 어쩌다 마주치면 옷을 빌려달라거나 오늘 늦게 들어올 거라는 말이나 하는 정도였다. 내가 K와 헤어진 뒤에도 동생은 집에 들어오면 씻고 자기 바빴다. 입을 열면 피곤하다는 말뿐이었다.

"아직은 공부랄 것도 없어. 앞으로 뭘 해야 할지 찾는 중이니까."

"갈길이 멀구나."

살짝 입이 간지럽긴 했지만 나는 영화비평공모에 대해서 말하지 않았다. 괜히 말했다가 탈락이라도 하는 꼴을 보이고 싶지 않았다. 동생한테는 여러모로 미안하고 쪽팔렸다. 뭐 돈을 벌 때라고 언니 노릇을 제대로 한 건 아니지만 그래도 그때는 체면이라도 섰지, 이렇게 뭔가 심적으로 한수 접고 들어가는

204

기분은 아니었다. 그러니 열심히 해서 잘된 모습을 보여주고
싶었다.

"정말 심란하겠다. 내가 언니라도 술 안 마시고는 못 배길
것 같다."

"그래서 마시는 거 아니라니까."

"알았어. 그런 뜻으로 말한 거 아니니까 화내지 마."

동생은 웃으면서 팔을 저었지만 나는 슬쩍 기분이 상했다.
왜 요즘은 아무렇지도 않은 말들이 이렇게 가시처럼 꽂힐까.
그리고 왜 자꾸 화낸다는 오해를 받을까. 설마 히스테리 같은
게 시작되는가.

하기는 지금 저렇게 멀쩡한 얼굴을 하고 있지만 동생도 대
학을 졸업한 뒤 일년 정도 백수생활을 할 때 그 스트레스를 이
기지 못하고 굉장한 히스테리를 부렸다. 오죽하면 엄마가 우
리끼리 있을 때는 정신병자라고 불렀다. 서류전형에서 떨어지
거나 면접에서 미끄러지기만 해도 동생은 방문을 잠가놓고 평
평 울었다. 매사에 뾰족하게 굴었고 조금이라도 잘된 친구 소
식을 들으면 밥도 먹지 않고 끙끙 앓아누웠다.

이십몇년을 살아오는 동안 그애에게는 실패라는 게 별로 없
었다. 매사에 주제파악을 잘하는 편이라 원하는 건 대체로 이
루면서 살아온 편이었다. 원하는 대학에도 단번에 붙고 마음
에 드는 상대와도 반드시 사귀었다. 그런데 난공불락의 상대
를 만난 것이다. 나도 겪어봤지만 직장이라는 게 정말 만만한

놈이 아니다. 원래 그놈이 바위만한가 싶어서 쳐다보면 금세 집채만해지고, 그래서 거기에 맞춰 준비하면 다시 아파트단지만해지는 놈이다.

동생도 처음에는 이름만 대면 다들 아는 대기업의 문만 두드렸다. 그러다가 이내 그게 문이 아님을 알게 되었다. 밖에서 안으로 들어갈 때 여는 손잡이는 없고 안에서 밖으로 나올 때 돌리는 손잡이만 있으니 벽이나 마찬가지였다. 주먹으로 두드리고 손톱으로 할퀴고 발로 차다보면 벽이 무너지는 게 아니라 둘 중 약한 상대가 먼저 깨지게 돼 있다. 동생은 당연히 왕창 깨져서 그때마다 눈물 콧물을 한 바가지나 짜냈다.

"세상에 잘난 사람이 왜 이렇게 많은 거야."

그다음에는 아는 사람은 알고 모르는 사람은 모르는 회사에 지원했다. 면접까지 갔지만 거기서 끝이었다. 인턴으로 선발돼서 삼개월 동안 죽자 사자 일해주고 최종선발에서 탈락한 적도 있었다.

"나 인상 더러워? 나 정도면 괜찮지 않아? 일 잘한다고 칭찬은 많이 하더라고. 그런데 떨어뜨린 걸 보면 나 무슨 문제 있는 거 아닐까? 내가 말하는 게 이상한가? 얼굴 확 뜯어고칠까? 도대체 뭐가 문제야. 그걸 알아야 고칠 거 아냐."

지수는 인사불성이 돼서 세상 탓하기, 울며불며 자학하기, 이불 뒤집어쓰고 누워 있기의 반복 모드로 며칠을 보냈다. 그러다가 정신이 들면 다시 취업싸이트를 돌아다니며 정보를 수

집했다. 그사이 이상한 버릇이 하나 더 추가되었는데 바로 컴퓨터 모니터를 쳐다보면서 혼자 중얼거리는 것이었다. 사람을 앞에다 놓고 하는 신세한탄과는 질적으로 달랐다. 보고 있으면 으스스해진다고나 할까. 뭔가 일이 터질 것만 같은 아슬아슬한 분위기를 조장했다. 그래서 동생이 컴퓨터 앞에 앉으면 엄마는 혼자서 초긴장 비상태세에 들어갔다.

"어쭈, 너희들이 나 떨어뜨리고 잘될 줄 알았나?"

"여기 사람 또 뽑네. 또 뽑으면 뭐 해. 이상한 사람만 뽑을 거면서. 면접관들은 눈이 도대체 어디에 달린 거야."

"야, 연봉 이만큼 주면서 경력자를 구하냐. 이 도둑놈들아. 에라이 홀딱 망해버려라."

"이 회사 이거 이상해. 분명히 다단계거나 월급 떼어먹을 회사야. 이건 엑스!"

"나 이지수 안 죽었다고. 내가 본때를 보여주겠어. 다들 기다려."

그런 말에 절대로 동조하거나 대꾸하면 안된다. 그냥 못 들은 척 내버려두는 게 상책이다. 엄마는 걱정한답시고 몇번 대꾸했다가 동생과 싸움이 붙어서 가족의 연까지 끊을 뻔한 적도 있었다.

"저 노릇을 어쩌냐. 저거 내버려두면 일 치르겠다. 진짜 병원에라도 데려가야 하는 거 아니야?"

엄마는 발만 동동 굴렀다. 신문과 뉴스에는 취업관련 소식이 하루도 빠지지 않고 등장했다. 취업 비관자살과 범죄소식도 줄을 이었다. 대학문이 넓어져서 한동안 대학입시 비관자살이 뜸하다 싶었더니 이제 좁아진 취업문이 또 말썽이었다. 엄마와 아버지는 뉴스를 볼 때마다 가슴을 쓸어내렸고, 동생이 면접을 보고 돌아오면 청심환을 삼켰다. 이건 완전히 전쟁터에 자식 내보낸 부모의 자세였다.

"너는 저 정도는 아니었는데."

엄마는 당시 회사에 다니고 있던 나를 새삼 대견하다는 눈빛으로 쳐다보았다. 나도 그런 눈빛을 받던 때가 있었다.

"왜, 나도 얼마나 속끓였는데. 우리 과가 취업이 잘 안되잖아. 나는 애당초 욕심을 안 부렸지. 대기업은 무슨. 그때는 그냥 백만원만 밀리지 않고 주면 무조건 일한다, 주의였다고. 월급만 안 떼먹으면 땡큐 베리 감사였어."

"지수도 욕심을 좀 버려야 할 텐데. 꼭 이름있는 데 아니면 어떠냐. 요즘 같아선 정말 아무데나 처넣고 싶다."

나도 졸업 당시를 생각하면 눈물이 앞을 가린다. 학교 다닐 때는 개뿔도 없으면서 대학생이 무슨 벼슬이고 진짜 지성인인 줄 알고 의기양양했다. 뒤돌아보면 착각에 빠져 있던 그때가 인생의 황금기였다. 그런데 사학년 이학기가 되면서부터 슬슬 불안해지더니 졸업을 하고 나니까 비로소 내가 아무짝에도 쓸모없는 인간이라는 것을 알게 되었다. 세상에는 잘난 인간들이 정말 많았다. 똑똑한데다 얼굴도 괜찮고 집안도 좋고 성격까지 원만한 사람들이 수두룩했다.

엄마에게는 말하지 않았지만 한 달 일하고 월급 떼먹힌 적도 두 번이나 있었다. 지수야 집에서 난리를 부렸지만 나는 주로 밖에서 풀었다. 그러다보니 술 마실 일밖에 없었다. 누가 취직했다고 하면 모여서 축하하느라 퍼마시고, 누가 계속 놀면 위로하느라 마시고, 월급 떼이면 모여서 욕하느라 마셨다. 술 마시고 신세한탄한 기억밖에 없다. 하지만 그때는 IMF 구제금융사태가 터진 직후라서인지, 청년실업문제 말고도 워낙 중대한 사안들이 많았다. 사람들은 나라가 망해서 없어지는 줄 알고 집 안에 꽁꽁 숨겨둔 금붙이까지 들고 나왔다. 나는 그렇게 많은 금을 그때 처음 보았다. 대기업이 망해 자빠지는데 개인의 취업 같은 게 중대한 사안일 리 없었다. 취업은 순전히 개인의 문제였고 워낙 자살하는 사람이 많아서 누가 죽어도 뭐 그러려니 하는 불감증이 만연했다. 그렇다고 백수가 사회적인 이슈나 트렌드로 떠오른 지금의 분위기가 더 낫다는 것은 아니지만 아무튼 그때는 창피해서 쉬쉬하는 편이었다.

"언니, 나 말이야, 그냥 어디라도 일단 다니는 게 낫겠지? 그러다가 나중에 경력직으로 옮기더라도…… 그게 더 낫겠지?"

한참 동안 끙끙 앓더니 지수는 백기를 팔랑팔랑 흔들었다. 이런 말을 하는 건 슬슬 다음 단계로 넘어갈 마음의 준비가 되었다는 뜻이다. 그래도 역시 이름도 들어본 적 없는 회사에 이력서를 보내기가 껄끄러운지 내게 동조를 구했다.

"그래, 어디라도 다녀. 회사 이름이 뭐 밥 먹여주는 줄 아냐? 눈 좀 낮춘다고 큰일 안 나. 네 말대로 경력 쌓은 다음에 옮기면 되는 거고."

"그렇지?"

엄마는 그동안 끼어들고 간섭하고 싶은 걸 참느라 병이 날 지경이었다는 듯 목소리를 높였다.

"너 이번에 안되면 어디 슈퍼 가서 계산이라도 해. 계속 그러고 있다가 미쳐, 이것아. 너 벌써 왔다갔다해."

순간 동생의 눈에서 스파크가 일었다.

"엄마, 나 진짜 미치는 꼴 보고 싶어서 그래? 슈퍼 같은 데 나가서 일할 거 같으면 내가 왜 이 수모를 당해? 좀 번듯하게 살아보려고 발악인데 도와주지는 못할망정 한다는 소리가."

동생의 입에서는 침방울이, 눈에서는 눈물방울이 마구 튀어나왔다.

결국 동생은 이름을 말하면 대부분의 사람들이 모르는 회사에 이력서를 냈다. 거기라고 한번에 덜컥, 어서 옵쇼, 한 것은 아니었고, 이차 삼차 최종면접까지 간 끝에 출근하라는 통보를 받았다.

"웃겨 진짜. 게딱지만한 회사에서 무슨 면접을 이렇게 오래 봐? 지금은 내가 급하니까 그냥 다녀준다."

애써 좋은 기색을 감추고 동생은 비비 틀어 말했다.

결국 그때 취직한 회사에 일년 정도 다닌 뒤 지금은 벌써 세 번째 회사에 다니고 있다. 그리고 시간이 약이라고 이제는 회사원 티가 줄줄 난다. 게다가 지금은 내 걱정까지 해주고 있으니 시간이 정말 큰일 하셨다.

"너야말로 요즘 회사 다니는 건 어때?"

"회사가 다 똑같지, 뭐 별거 있어? 또라이 아니면 치사한 인간들 우글거리고. 그런 인간들이야 어디 가나 있는 거니까 신경 안 써. 취직 못했을 때는 얼마나 대단한 인간들이 회사에 다니길래 이렇게 들어가기가 힘든가 싶었는데 다녀보니까 또라이 같은 인간들도 잘만 다녀. 아니 그런 사람들이 더 잘 다녀. 일이라는 게 특별히 보람있는 것도 아니고 그냥 월급 주니까 다니는 거지."

"야, 너 말하는 게 완전히 십년차다. 때도 꽤 묻었는데."

"때 많이 묻었지. 이제는 이것 좀 벗겨내고 싶은데 말이야."

동생은 한숨을 쉬었다.

"놀 때는 취직만 시켜주면 뭔 짓이라도 할 것 같았는데 요즘은 정말 회사 다니기 싫어. 일에 염증도 나고 사람들도 싫고. 정말 일 안하고 살 수는 없나? 그냥 다 때려치우고 어디 여행이나 갔으면 좋겠다니까."

"한창 그럴 때가 있어. 그 시기만 넘기면 좀 괜찮은데 그걸 못 견뎌서 때려치우고 고생하면서 또 구하고 그렇게 반복하는 사람들이 꽤 많아."

"인간이 간사한 게 놀았을 때를 생각하면서 버티자 하면서도 그게 잘 안돼. 요즘 내가 자주 들어가는 까페가 있거든. 백사라고, 백수를 꿈꾸는 사람들의 모임인데, 거기서도 그러더라. 일하기 싫어서 죽을 것 같을 때 삼개월만 놀아보라고. 다시 취직하고 싶어서 안달날 거라고."

"그 말이 정답이네. 나도 벌써 월급이 그리워지는데. 너도 잘 알잖아."

"잘 알지. 그래서 내가 간사하다는 거야."

사실 간사할 거 하나도 없다. 인간이 원래 그렇게 생겨먹은 존재 아닌가. 배고프면 배고파죽겠고 배부르면 배불러죽겠고. 그것 자체가 문제가 아니라 참고 견뎌야 할 때와 뭔가 결단을 내려야 할 때를 구별할 수 있어야 한다.

"회사 다니는 동안 다른 생각 말고 돈이나 부지런히 모아. 지나고 나니까 그게 최고다."

동생은 피식 웃었다. 왜 늙은이 같은 말을 하고 그래? 그러는 표정이었다.

학생때는 지금 공부 열심히 해야 한다, 안 그러면 나중에 후회한다는 말을 가장 많이 들었다. 취직하고 난 뒤에는 벌 때 부지런히 모아라, 모을 때 모아야지 안 그러면 못 모은다,는 말을 자주 들었다. 들을 때는 잔소리 같았는데 지나고 나니까 그 말이 뼈에 사무친다. 언제나 처해 있는 상황에서 최선을 다하는 게 가장 중요하다. 결단도 돈이 있어야 내릴 수 있다. 그러니 나도 동생에게 그런 말을 할 수밖에 없다. 아무래도 그애보다는 좀 늙었으니까.

"그런데 요즘 엄마 좀 이상한 것 같지 않아?"

"엄마? 어디가?"

"며칠 전에 텔레비전 보면서 고등학교 동창이 어쩌고 하더니 갑자기 대학에 가야겠대."

"대학?"

"그래. 유니버씨티."

난 또 비 콘써트에 가겠다는 말인 줄 알았다. 얼마 전에 텔레비전을 보다가 엄마가 비 콘써트에 가고 싶다고 하자 아버지가 나는 이효리 콘써트에 가고 싶다고 응수해서 한바탕 웃었다. 다들 웃고 있는데 동생만 표정이 떨떠름했다. 왜 그러냐고 묻자 내 팔을 끌고 제 방으로 들어갔다.

"지금 웃을 일이 아니야. 아빠 컴퓨터 모니터에 이효리 깔아 놨어. 배꼽 보이는 걸로."

"그래?"

"엄마도 비가 나와서 춤만 추면 텔레비전 속으로 들어가려고 그래."

"그게 뭐 어때서. 그냥 그러려니 해. 이제 늙으셨잖아."

"그러니까 좀 곱게 늙으면 어디가 덧나느냐고. 창피하게 정말."

동생은 누가 듣기라도 할까 걱정이라는 듯 목소리를 낮췄다.

동생의 기분을 이해 못하는 건 아니지만 내 생각은 좀 다르다. 이제 우리에게도 가족들 개개인의 특성을 새롭게 인정할 때가 온 것 같다. 아버지가 이효리를 좋아하고, 엄마가 비를 아낀다면, 새로운 취향으로 인정해주면 된다. 부모님이 젊은 연예인에 열광하는 걸 받아주어야 할 때가 온 것이다. 바야흐로 역할바꾸기의 시대가 도래했다. 가수를 좋아하면 노래를 찾아서 들려드리고 텔레비전에 나오면 재깍 알려드리고 배우를 좋아하면 영화 구경을 시켜드려야 한다. 그래도 욘사마 보겠다고 비행기 타는 일본 아줌마들 생각하면 황송할 따름이다.

그런데 대학 이야기는 또 뭔지 모르겠다. 비가 다니는 대학에 구경이라도 가겠다는 건가?

"어제 목동 아줌마랑 통화하면서 그러던데? 지금이라도 대학 가야지 안되겠다고. 무슨 교수가 텔레비전에 나왔는데 고등학교 동창이었나봐. 공부도 나보다 못하던 애가 교수 돼서 텔레비전에 나왔다고, 하나도 안 늙었다고 막 펄펄 뛰면서 흥분하던데?"

"그거야 속상하니까 하는 소리겠지."

"그냥 하는 소리가 아니었다니까. 죽기 전에 꼭 대학 가고 싶다고 그러면서, 이대로는 한이 돼서 못 죽는다고 막…… 하여간 살벌했어."

"그럼 네가 들었으니까 이번에는 네가 좀 알아봐."

나는 동생의 옆구리를 쿡 찌르면서 선수를 쳤다. 그러자 동생은 슬그머니 자리에서 일어섰다.

"언니가 나보다 시간 많잖아."

시간이 많다니, 백수는 무슨 하루가 서른 시간이라도 되는 줄 아나?

"야, 나도 요즘 바빠. 준비하는 것도 있고⋯⋯"

하지만 동생은 내 말이 끝나기도 전에 원피스와 핸드백을 가지고 자기 방으로 도망쳤다. 방에는 엄마의 대학진학에 대한 아리송한 제보만 남아 있었다. 다들 무슨 연락병처럼 긴박하게 밀서를 전달하고는 자기 자리로 돌아간다. 연재가 이상하다, 하나가 이상하다, 아버지가 이상하다. 이번에는 또 엄마란다. 어쩌면 동생은 누군가에게 가서 우리 언니가 요즘 이상하다고 할지도 모른다. 애인하고 헤어지고 직장도 관두더니 방에서 혼자 술 마시고 있더라고. 무슨 공부를 한다고 그러는데 뭔지도 모르겠고, 저러다 알코올중독자 되는 건 아닌지 몰라. 목소리를 낮추고 혀를 끌끌 차면서 말이다. 그럴 가능성은 충분하다.

문제적 사회에서 살려다보니 다들 어딘가 좀 이상한 채로 살아간다. 때로는 그게 문제를 타개하는 방법이 되기도 한다. 그렇게 거기 빠져서 열심히 허우적거리다가 제자리로 돌아오면 누군가에게 재빨리 바통 터치를 한다. 그리고 뒤에 모여서 수군거린다. 걔 요즘 이상하지 않니? 신경 좀 써야겠더라. 그게 복귀한 사람에게 주어진 특권이다.

아버지에 비하면 엄마는 놀러 다니느라 바쁘다. 가끔 이모도 만나고 정기적으로 여고동창들도 만났다. 반상회에도 참석하고 계모임도 있었다. 백화점이 바겐쎄일에 들어가면 동네 아줌마들과 거기에도 몰려갔다. 자식들이 둘 다 서른이 넘었으니 뒤치다꺼리할 게 없어서 외출이 잦았다.

엄마는 멤버들과 찜질방에도 자주 갔다. 언제부터인지는 모르겠지만 엄마는 찜질방의 매력에 완전히 빠져버렸다. 일주일에 두 번은 꼭 갔는데 한번 갔다 하면 집에 올 줄을 모른다. 갈 때마다 과일이며 빵을 챙겨가서 땀 빼고 나서 먹고, 수다 떨면서 먹고, 먹었으니까 다시 땀 빼고, 그렇게 시간을 보냈다. 아무튼 엄마는 바쁘다.

그동안 아버지는 집에서 이력서를 쓰고 염색을 하고 영어공부를 한다. 두 사람의 삶의 무대와 시간표가 완전히 바뀐 셈이다. 예전에는 아버지가 늦게 들어온다고 엄마가 성화를 부렸는데, 이제는 밖으로 싸돌아다니는 건 엄마고 집에서 시간을 보내는 게 아버지다.

엄마는 엄마대로 아버지가 하루종일 집에 붙어 있는 게 불편하고, 아버지는 아버지대로 엄마가 빨빨거리며(아버지의 표현이 그렇다) 돌아다니는 게 영 마뜩지 않다. 두 분이 같이 다니면 딱 좋으련만 그건 또 싫으시단다. 주변의 이야기를 들어봐도 그렇고 우리 부모 연세 정도의 어른들은 왜 그런지 따로 플레이가 많다. 그래서 나이 든 남녀가 끈끈하게 붙어다니거나 애정표현을 하는 걸 보면 자동적으로 불륜이 아닐까, 의심하게 되는 것 같다. 따로 플레이하는 부모님은 가끔씩 내게 이런 질문도 던졌다. 세상에서 가장 대답하기 어렵다는 바로 그 질문 말이다.

"너 아빠랑 엄마 중에 누가 더 좋아?"

엄마와 아버지는 틈만 나면 나한테 그런 뉘앙스의 질문을 던졌다. 내가 머뭇거리며 대답을 회피하면 상대방을 헐뜯으며 자기 편이 돼달라고 하소연을 했다.

"너네 아버지는 일 못해서 죽은 귀신이 붙었냐? 어차피 쓸거 여기저기 놀러 다니면 좀 좋아. 아니 자기가 안 놀면 안 노는 거지, 왜 나 노는 것까지 갖고 걸고넘어져."

"너네 엄마가 바람이 들어도 단단히 들었다. 여자들끼리 몰려다니면서 하는 얘기가 뻔하지. 눈밑 주름제거수술을 해달라. 알반지를 사달라. 누구네 집은 베란다를 텄는데 어떻더라. 뭐 해달라는 게 그렇게 많은지 입 열까봐 무섭다."

이럴 때마다 나는 어느 한쪽 편을 들기가 뭣해서 대충 얼버무리고 말지만 말하는 사람은 좀더 적극적인 동조를 원한다. 어느 쪽인지 소속을 확실히 밝히라고 재촉한다. 그렇게 안하면 당장에 마음이 틀어져서 섭섭함을 드러낸다. 결국 나는 시원찮은 박쥐 노릇을 하다가 엄마 아버지 모두에게, 자식 키워봐야 소용없다는 말만 듣고 말았다.

하지만 아버지의 우는 모습을 본 후 나는 노선을 살짝 변경했다. 당분간 아버지 편을 들기로 마음먹은 것이다. 그래서 나는 아버지 대신 엄마에게 일찍 들어오라고 잔소리를 하고 찜질방은 일주일에 한번만 가라고 못을 박았다. 물론 엄마는 들은 척도 하지 않는다.

사실 만나는 사람도 많고 듣는 말도 많다보니, 엄마에게서는 온갖 비교 멘트가 쏟아져나온다. 감당하기가 좀 벅차다. 엄마는 청첩장을 받아오거나 누구누구가 그렇게 시집을 잘 갔다더라,라는 말을 들으면 자동적으로 신세한탄에 들어갔다. 걔는 참 복도 많다. 걔네 부모는 얼마나 좋을까. 밥 안 먹어도 배부르겠다. 엄마 입에서는 그런 레퍼토리가 줄줄 쏟아져나왔다. 그런 것도 못해주는 주제라서 입을 다물고 있지만 도대체 어느 집 자식들이 그렇게 결혼으로 수직신분상승을 하는 건지, 누가 그렇게 해외여행을 척척 보내주는 건지 가끔은 뒤라도 캐보고 싶은 심정이다.

그런데 엄마한테도 슬슬 이상한 기운이 감지되기 시작했다. 한동안은 내 얼굴만 보면 준비도 없이 덜컥 회사를 그만두었다고 줄기차게 볶아대더니 언제부터인가 아무 말도 하지 않았다. 모임에도 잘 나가지 않는 것 같고 전투적이던 신세한탄도 슬슬 타령조로 변해갔다. 평생 끔찍하게 추위를 타던 사람이 온몸에서 열이 받친다며 창문을 홱홱 열어젖히기 시작했고 덥다고 문을 열었다가는 다시 춥다며 스웨터를 꺼내 입었다. 찜질방에 갔다 오지 않은 날에도 싸우나에서 방금 나온 것처럼 얼굴이 붉었다. 게다가 변덕도 죽 끓듯 했다. 어떤 날은 하루 종일 수다스럽다가 어떤 날은 철저히 입을 봉해 궁금증을 자아냈다.

엄마는 확실히 달라졌다. 무슨 생각을 하는지 입가에 긴 주름을 만든 채 에휴, 하며 한숨을 내쉬는 일이 잦아졌고 뜬금없이 눈초리를 문지르며 눈물을 닦아내기도 했다.

"엄마, 혹시 울어?"

"울긴 누가 운다 그래. 그냥 눈물이 질질 새서 그런다."

"왜 그런데?"

"낸들 아냐. 늙어서 그러지."

대수롭지 않게 대꾸해서 나는 그냥 그런가보다 했다. 동생에게 들은 뒤로 특별히 대학 이야기를 꺼낸 적도 없었다. 며칠 저러다가 또 열심히 돌아다니겠지, 싶어서 별로 신경쓰지도 않았다. 그런데 별일이 아닌 게 아닌 모양이었다.

하루는 저녁을 먹고 아버지와 엄마, 나 이렇게 셋이서 연속극을 보는데 엄마가 갑자기 아무것도 아닌 내용에 심취해서 노발대발하기 시작했다. 우아하게 나이 든 여교수가 친구들 앞에서 교양 운운하는 내용에서였다. 엄마는 드라마작가와 방송사, 세상만사에 대해 잔뜩 신경질을 부린 뒤 열이 뻗친다며 그 밤에 창문을 모두 열었다.

"오늘은 바람이 찬데 닫지그래?"

아버지가 한소리 하자 엄마는 아까의 그 기세는 다 어디로 갔는지 금세 울적한 표정을 지으며 소파에서 일어났다.

"그래, 내가 이 집에서 맘대로 할 수 있는 게 뭐가 있겠냐. 창문 하나도 내 맘대로 못 여는데. 불덩이가 치받아서 못살겠다. 가슴이 벌렁거려서 못살겠다고. 그래, 이씨들끼리 잘해봐. 박씨는 들어갈 테니까."

이씨인 아버지와 나는 서로의 얼굴을 마주보며 영문을 모르겠다는 표정을 지었다.

"그리고 연수 아빠, 그러는 거 아니야. 애들 다 키워놓으면 내 맘대로 살라며? 주름살 제거수술도 해주고 대학도 보내주고 팍팍 밀어준다며? 그랬수, 안 그랬수? 그런데 뭐야 당신! 지금 내 나이가 몇인 줄이나 알아?"

나는 놀라서 엄마와 아버지를 번갈아 쳐다보았다. 아버지는 뒷머리만 긁적거렸고 엄마는 쾅 하고 안방문을 닫아버렸다.

"다 해준다고 했어요?"

"거참 대학 보내준다니까 자꾸 그러네. 친구 누가 유명한 교수라나봐. 그거 보고 나서 계속 인생 헛살았다고 저러잖아. 그때부터 뭐 그렇게 해달라는 게 많은지."

"해주기로 하셨으면 해주세요."

"해줘야지. 안 그랬다가 무슨 구박을 받으려고. 니 엄마가 아무래도 갱년기인 거 같다. 친구 마누라들도 다 저 모양이래. 다들 눈치보고 살기 힘들다고 난리다."

과부 심정은 홀아비가 안다고 아버지가 바로 진단을 내렸다.

나는 인터넷으로 갱년기 증상에 대해 검색해봤다.

갱년기는 폐경 즈음에 찾아오는 것으로 더웠다 추웠다를 반복하며 얼굴 화끈거림, 가슴 두근거림을 동반하고 식은땀이 자주 난다. 우울증에 시달리기도 하는데 모든 증상은 개인차가 있어 기간이 길거나 짧을 수 있으며 삼십 퍼센트 정도는 일상생활에 지장을 줄 정도로 고통스러워한다. 이는 노년기에 접어드는 신호로……

부모님이 아직 짱짱하다고 생각한 건 아니지만 그래도 적나라하게 적혀 있는 노년기,라는 글자를 보자 기분이 이상해졌다. 갖다붙이려고만 든다면 인간은 평생이 ○○기가 분명하다. 젊을 때는 무언가 차오르는 걸 발산하지 못해 안달이 나고, 나이가 들면 무언가 급격히 빠져나가는 박탈감 때문에 병이 난다.

나는 선영이에게 전화를 걸었다. 선영이 엄마는 연세가 많으시니 뭔가 도움을 받을 수 있을 것 같았다.

"우리 엄마 갱년기인가봐."

"그러실 때 됐지."

"그러게. 그럴 때 돼서 그러는 건데 왜 이렇게 기분이 이상한지 모르겠어."

"원래 그런 일은 알고 있어도 막상 닥치면 힘들더라."

경험자답게 선영은 덤덤하게 말했다.

"요실금 같은 건 없으시대? 우리 엄마는 그것 땜에 고생했어. 결국 수술하긴 했는데, 크게 웃거나 놀라기만 해도 찔끔하고 나온다고 밖에도 잘 안 나갔어. 그게 그렇게 스트레스였나봐."

"요실금은 잘 모르겠고 우리 엄마는 갑자기 대학 타령이야. 대학 못 간 게 한이 되나봐."

"우리 엄마는 여행. 여기저기 다니고 싶어하시더라고. 힘들어서 많이 다니지도 못했지만. 그게 마음만으로 되는 게 아니더라. 나이 드니까 체력이 안 받쳐줘."

갑자기 엄마의 눈초리에 매달려 있던 눈물, 가만있어도 질질 새고 웃기만 해도 나온다던 눈물이 떠올랐다. 나이가 들수록 온몸 구석구석은 스스로 통제할 수 없을 만큼 늘어지는가보다. 하기는 이제 겨우 서른셋인데 나도 벌써 그 늘어지는 기분을 체험할 때가 많다. 체력도 이십대와는 다르고 기억력이나 감각도 영 신통치가 않다. 벌써 이러니 나이가 더 들면 오죽할까.

"끔찍하다. 늙는 것도 서러운데 온몸이 이렇게 반응해야 되니?"

"그럼 몸이 늙는 건데. 그냥 자연스럽게 받아들여야 해. 그래야 정신이 건강해."

"아무튼 요즘 우리집 말이야, 다들 좀 이상해."

"문제없는 집이 어디 있겠어. 파고들어가면 사람 사는 게 다

문제투성이지. 너는 좀 어때? 뭐 정했니? 저번부터 묻고 싶었는데."

하긴 내가 지금 다른 사람 이상하다고 말할 처지가 아니다.

"나…… 영화비평공모에 도전해보려고. 그래서 준비중인데 너무 어렵네."

"잘됐다. 너 영화 좋아하잖아. 영화평론가 좋지. 기대되는데?"

"좋아한다고 잘하는 게 아니라서 걱정이다. 일단 이번에 공모하고 나서 그쪽으로 공부를 하든지 아니면 다시 일자리를 구하든지 하려고."

"잘했어. 아무튼 축하해. 잘됐으면 좋겠다."

"근데 갱년기 말이야, 옆에 있는 사람들이 어떻게 해야 해?"

"글쎄, 그냥 속 안 썩이는 게 최고 아닐까?"

아버지의 우는 모습, 엄마의 갱년기. 과연 어떻게 하는 것이 늙어가는 부모를 위로하고 기쁘게 하는 것일까. 성공? 물론 잘된 모습을 보여드리면 한시름 덜고 좋아하겠지만 그게 부모님의 남은 인생을 온전히 기쁘게 만들 수 있을까. 용돈을 넉넉히 드리면 몰래 눈물을 흘리거나 울적한 기분에 빠지는 것을 막을 수 있을까. 팔십대 노모 앞에서 탬버린을 치고 재롱을 부리는 육십대 아들처럼 역시 옆에서 같이 놀아드리는 게 나을까. 어려운 문제였다.

말이라도 붙여볼까 싶어서 안방문을 조심스럽게 열고 들어가니 엄마는 벌써 불도 끄고 이불을 덮은 채 누워 있었다. 옆으로 누운 엄마의 어깨가 천천히 들썩거렸다. 분명히 울고 있었다. 나는 조용히 문을 닫고 나왔다. 엄마 울지 마. 주름살 제거수술, 대학, 까짓 거 다 해버리면 되잖아.

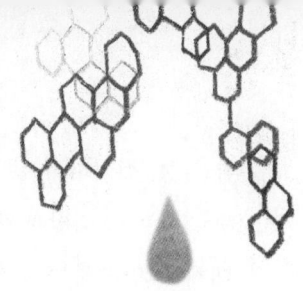

따뜻하고 달콤한 캐러멜라떼

식당에 내려온 동남은 가장 비싼 메뉴를 주문한다. 구립도서관 지정 가난한 놈이 어디서 눈먼 돈을 주웠는지 내 밥값까지 내겠단다. 웬일이야?라고 묻자, 배고프면 뭐 하나 더 시키든지,라는 대답이 돌아온다. 그렇게 해서 제육덮밥과 돈까스, 모듬세트 1에 해당하는 음식이 탁자에 차려졌다. 만오천원 상당의 음식을 앞에 두고 동남과 나는 감개무량해서 잠시 말을 잇지 못했다. 아주 잠깐, 상다리가 휘어질 것 같다는 생각도 했다.

평소에 도서관에서 먹는 점심메뉴는 김밥 아니면 비빔밥이다. 하루에 지출하는 돈은 오천원을 넘기지 말 것, 되도록 밥을 먹을 것, 편식하지 말 것, 이 세 가지 조건을 모두 충족시키는 메뉴가 바로 김밥과 비빔밥이다. 쉽게 질리지 않고 든든해서 대체로 만족하는 편이지만 가끔은 순대와 라볶이, 돈까스…… 그러니까 김밥과 비빔밥을 제외한 메뉴판의 모든 음식이 당겼다. 사실 몽땅 주문해도 얼마 되지 않는 금액인데 도서관에만 오면 쪼이는 기분이 들어서 선뜻 메뉴를 바꾸거나 추가하지 못했다.

나는 돈까스 한 조각을, 동남은 제육덮밥부터 먹기 시작했다.

"돈까스 되게 맛있어 보였는데 막상 먹어보니까 별로다. 너무 질겨."

"제육덮밥은 고기가 별로 없어. 양파뿐이야."

"그런데 진짜 무슨 일이야? 알고나 먹자."

"저번에 면접 본 거, 내일 최종면접 보러 간다."

"잘됐네. 안될 것 같다고 그러더니."

"최종이 오히려 쉬울 것 같아. 세 명 중에 두 명 뽑는다는데 느낌이 아주 좋아."

동남은 잔뜩 우쭐해 있다. 구립도서관에서 만난 뒤로 이렇게 기고만장한 모습은 처음 본다. 더 잘난 척해도 좋으니 좀 붙었으면 좋겠다. 얼마 전에 조건이 괜찮은 회사에 이력서를 넣고 서류전형에 합격했다고 했을 때만 해도 최종까지 갈 거라고 예상도 못했다. 게다가 면접 전날 어찌나 떨던지 나한테까지 전염이 돼서 결국 우황청심환을 사서 나눠먹기까지 했다. 그런데 이차까지 통과했다니 정말 예감이 좋다.

동남은 그동안 면접에서 탈락한 경험이 많아서 면접 노이로제에 시달리고 있었다. 나름대로 기대하던 회사의 면접에서 떨어진 뒤에는 못 먹는 술까지 마시며 괴로워했다. 물론 고작 맥주 오백 씨씨를 마시고 만취해서 횡설수설했지만.

"그러니까 말이야, 나는 요즘 이런 생각이 든단 말이야. 어딘가에 결함이 있는 게 아닐까. 얼핏 보면 정상 같고 멀쩡해 보이지만 사실은 엉망진창인 거야. 아니 엉망진창보다 더 나빠. 문제투성이. 씨스템오류. 처음 설계될 때부터 뭔가 잘못된 거지. 아주 잘못됐어."

"야, 솔직히 그 정도까지는 아니다. 왜 자학을 하고 그러냐. 기분 꿀꿀하게."

"자학이 아니라 사실이 그래. 생각해보면 우리 아버지 말이 다 맞아. 나는 버러지만도 못한 놈이야."

동남이 아버지 이야기를 꺼내자 얼마 전에 있었던 전화 사건이 떠올랐다. 동남은 점심을 먹거나 커피를 마시다 말고 아예 도서관 밖으로 나가서 전화를 받을 때가 있다. 그럴 때는 화면에 뜬 발신자를 확인하는 순간부터 안색이 달라지고 주변에 심상치 않은 기류가 떠돈다. 그 전화를 끊고 나면 동남은 하루종일 우울해했다. 처음에 나는 헤어진 애인의 전화가 아닐까 생각했다. 그게 아니란 걸 안 뒤에는 카드빚이 있어서 독촉전화에 시달리는 줄 알았다.

"우리 아버지 전화야. 술 먹고 나면 이렇게 한번씩 전화하셔."

"공부 열심히 하라고 그러시는 거야? 좀 부담되겠다."

"응원이라기보다는 술주정이라고 하는 게 맞지."

동남은 쓴웃음을 지었다.

한번은 동남이 휴대폰을 식당 탁자에 두고 화장실에 간 사이 하도 벨이 울려서 내가 전화를 받았다.

"이놈아, 뼈빠지게 돈 벌어서 대학까지 졸업시켰더니 효도는 못할망정 이게 뭐냐? 내 친구들은 다 아들 덕 보고 사는데 난 뭐냐고. 아주 친구들 만나면 창피해서 고개를 못 들겠다. 어디 나한테 돈 한푼 갖다주는 자식이 있어, 생활비 내놓는 자식이 있어. 이럴라면 자식을 뭐 하러 키워. 개새끼를 키워도 이것보다는 보람이 있겠다. 심청이는 아버지 눈뜨게 하려고 인당수에 몸을 던졌다는데…… 너는 진짜 자식도 아니다, 이놈아."

대낮부터 술에 취한 동남의 아버지 목소리가 쩌렁쩌렁 울렸다. 동남이 화장실에 갔다고 말하기도 뭣하고 그냥 끊을 수도 없어서 난처해하고 있는데 동남이 와서 잽싸게 휴대폰을 빼앗아갔다.

"미안. 하도 울려대서."

"됐어. 미안할 거 없어."

동남은 애써 태연한 척했지만 동남이 아버지의 말은 나까지 힘들게 했다. 어느 부모에게도 서른살 넘어 직장도 없고 결혼도 하지 않은 자식이 자랑스러울 리는 없다. 하지만 그 말들은 너무 뾰족해서 찔린 상처가 오랫동안 욱신거렸다.

"전화에 대고 아무 말 안했지? 돈도 못 버는 주제에 여자까지 만나는 줄 알고 난리를 피울 거야."

그래도 동남은 자신을 인정하지 않는 아버지, 마음에 짐처럼 얹혀 있는 아버지에 대해서 꽤 덤덤하게 말했다.

"솔직히 그때 전화 받고 좀 놀랐어. 아버지 요즘도 그러시니?"

"하루이틀 그런 것도 아니고 이젠 포기했어. 더이상 인정받으려고 노력하고 싶지도 않고…… 아버지한테는 인정받을 수도 없어. 그냥 되는대로 살래."

"아버지 너무하신다. 꼭 네 잘못만도 아닌데."

"처음에는 나도 그렇게 생각했는데 그게 아닌 것 같아. 요즘은 내가 모자라고 못나서 그렇다는 생각이 들어."

이미 내면 깊숙이 질책과 자학이 자리잡은 동남이 가여워서 나도 엄청나게 마셨다.

"야야, 살다보니까 정신적 성숙 같은 거 다 필요없더라. 문제의식? 사회적 고찰? 생각이 많아야 머리만 아프지. 교수나 학자 아닌 다음에야 어디다 써먹을 거냐고. 그러니까 고상한 척 잘난 척해봐야 아무 소용 없다는 거야. 누가 내 손을 들어주겠냐. 다 연재 편을 들지. 걔는 남편 자식 아파트 미모 다 가지고 있는데. 안 그래?"

둘 다 잔뜩 취해서 새벽이 되도록 동문서답만 주고받았다. 다음날 아침에 일어나니 얼마나 소리를 질러댔는지 목이 잔뜩 쉬어서 괴물소리만 나왔다.

그랬던 게 엊그제 같은데 일차 면접을 통과하고 이차 면접을 보러 간다니 정말 잘됐다. 공무원시험도 좋지만 아버지를 생각하면 동남은 빨리 취직하는 편이 더 낫다. 이참에 불효자식 딱지도 떼버리고 자랑스러운 아들이 됐으면 좋겠다.

"그렇게 안 봤는데 은근히 능력있네. 이제 합격이 코앞이잖아. 축하한다."

"역시 진주는 진흙 속에 묻혀 있어도 빛이 나는 건가?"

"그런 말은 합격한 다음에 하시지."

"근데 넌 밥 먹는 게 왜 그러냐?"

동남은 밥을 한쪽으로 몰아서 씹느라 영 속도를 내지 못하는 나를 보고 한마디 했다. 얼른 대꾸하고 싶었지만 한쪽 볼만 가득 차서 빨리 말하기가 쉽지 않았다.

"아무래도 사랑니가 나는 것 같아. 요즘 계속 아프네."

"야, 서른셋인데도 사랑니가 나냐? 신기하다."

동남의 목소리가 너무 커서 나는 주위를 둘러보았다. 특히 서른셋, 소리는 아주 메아리치듯이 식당에 쩌렁쩌렁 울려대는 것 같았다.

나도 처음에는 충치겠거니 했다. 하지만 이상하게 턱끝이

붓고 아팠다. 거울 앞에서 입을 벌리자 안쪽 잇몸이 동그랗게 부풀어 있는 게 보였다. 설마 이 나이에 사랑니가? 말도 안돼, 라고 생각했지만 부은 잇몸을 뚫고 올라온 것은 분명히 사랑니였다.

"언제 뽑으려고?"

"몰라. 좀 버텨볼까 생각중인데."

"미련떨지 말고 빨리 뽑아. 나 뽑아봤는데 마취해서 하나도 안 아파."

"그래도 무서운데."

"버티면 그게 더 고생이야. ……그리고 이거 받아라."

동남은 주머니에서 볼펜을 꺼냈다. 늘 손에 들고 다니거나 앞주머니에 꽂고 다니던 거다.

"이거 네 거잖아."

"그동안 나 이 볼펜으로 공부하고 시험 봤거든. 너도 이걸로 평론 써봐. 잘될 거야."

수능시험 전날 방석 훔쳐다주는 것도 아니고 기분이 묘했다.

"야, 됐어. 나도 볼펜 많아. 너한테 행운을 준 거면 네가 써."

"이제 난 필요없어. 이번에 아주 느낌이 좋다니까."

"그러면 이건 내가 갖고 너 하나 사줄게. 그러면 되겠네."

"그 돈으로 커피나 사 마셔."

"그러면 내가 술을 한잔 살까?"

"괜히 그 핑계 대고 술 마실 생각 말고 공모준비나 열심히 해라. 얼마 안 남았다면서."

동남의 장점은 바로 이것이다. 잘해주고서도 티를 내지 않는 것. 믿음직스럽긴 하지만 귀염성은 약간 떨어진다.

밥을 다 먹은 동남은 우두커니 앉아서 내가 밥을 다 먹을 때까지 기다려줬다. 나는 사랑니가 나지 않은 쪽으로만 씹느라 볼이 미어질 지경이었다. 그래도 기분은 좋았다. 한손에는 볼펜이 있었고 무엇보다 마음이 든든했다. 누가 그랬던가. 동기사랑은 나라사랑이라고. 전혀 예상하지 못한 상황이기도 했다. 이 나이에 동기 남자애와 동네 도서관을 들락거리고 마주앉아서 밥을 먹게 되다니. 드라마나 영화에서라면 분명히 새로운 사랑의 시작이니 어쩌니 하면서 과년한 두 남녀를 어떻게든 엮으려고 들겠지만, 현실의 이연수와 김동남은 친한 밥친구가 되어 서로를 격려하고 있다.

대학때는 동남과 전혀 친하지 않았다. 그냥 같은 과 동기니까 마주치면 인사나 하는 정도였다. 그런데 나이가 들수록 맘에 맞는 사람을 골라 친구가 되기보다 자주 만나는 사람, 가까이 있는 사람에게서 나와 맞는 면을 찾게 되는 것 같다.

한 반에 쉰명, 한 학년에 몇백명씩 있던 학생때와는 정말 다르다. 그때는 마치 옥석을 가리듯 나와 뭔가가 통하는 친구를 찾았다. 친하게 지내다가도 아니다 싶으면 다른 친구로 금세 바꿨다. 후보는 얼마든지 있었다. 학년이 올라가 반이 바뀌면

대부분 붙어다니는 친구가 달라졌다. 사람이 없어서 친구가 없는 게 아니다. 마음이 맞지 않는다고 생각되는 친구와 함께 다니면 불편하고 힘들었다. 차라리 혼자인 게 편했다.

대학에 와서도 마찬가지였다. 같은 과라고 중고등학교때처럼 하루종일 붙어 있는 것은 아니지만 마음만 먹는다면 같은 과 동기, 선후배부터 동아리까지 널린 게 사람이라고 해도 과언이 아니었다. 하지만 사람이 많을 때는 언제나 조바심이 생기지 않았다. 마음만 먹으면 친구는 언제든 만들 수 있는 거지,라는 생각이 들었다. 그때는 확실히 사람의 좋은 점보다 나쁜 점을 먼저 봤다.

나이가 조금 드니까 내가 사람들과 소통하는 법을 잘 몰랐다는 생각이 든다. 친구라는 존재에 대해서도 너무 기대가 많았고 자만심에 빠져 있었다. 그래서 사실은 친하게 지낼 수 있었던 사람들을 그냥 지나쳐오고 지나쳐가게 한 것 같다. 사람에 대한 소중함을 조금 알게 되니까 이제는 사람 만날 기회가 별로 없다. 원래 기회라는 게 정신을 차리고 나면 잘 오지 않지만.

학교때 동남은 좀 답답한 애였다. 지금이라고 시원시원하고 화통한 건 아니지만, 스무살 무렵에는 그 답답함이라는 게 좀 참기 힘든 면이 있었다. 언제나 있는 듯 없는 듯 말도 별로 없고 표정이 대체로 뚱했다. 어쩌다 입을 열면 애늙은이 같은 소리를 하거나 썰렁한 농담을 늘어놓았다. 거기다 보수적이기까지 해서 별명이 상투였다. 동남이 머릿속 좀 뒤져봐라. 걔 분명히 상투 틀고 있을 거야. 동기들은 그런 농담을 주고받았다. 아무튼 친구로도 그저 그랬고, 남자로는 더더욱 호감이 가지 않는 애였다. 그런데 지금은 그 답답함이 진중하고 착해서 그렇다는 생각이 든다. 착한 놈. 이번에 꼭 취직했으면 좋겠는데. 물론 나도 열심히 해서 이 은혜를 꼭 갚고 싶다.

백수가 된 뒤로 엄마와 나 둘이, 혹은 아버지와 나 둘이, 그리고 가끔은 셋이 함께 밥 먹는 일이 많아졌다. 나에게는 그냥 아침이고 엄마에게는 늦은 아침이고 아버지한테는 이른 점심이다. 나름대로 신(新)풍경이다. 회사에 다닐 때는 아침밥을 거르기 일쑤였지만 이제는 입맛이 별로 없어도 억지로 먹어야만 한다. 지금은 먹고 싶지 않아도 밖에 나가서 도서관 책상에 몸을 대기만 하면 사정없이 허기가 밀려오기 때문이다.

사추기인 아버지와 갱년기인 엄마, 두번째 사춘기인 나까지 세 사람이 함께 앉아 밥을 먹는 풍경은 참으로 을씨년스럽다. 다들 쿨럭쿨럭 요동치는 자신만의 지각변동을 들키지 않으려고 애써 침묵을 지켰다. 그렇지만 사실 나는 그 두 사람을, 아버지는 엄마를, 엄마는 아버지를, 그리고 아마도 둘이서 나를, 그렇게 서로의 대지에 미묘한 변화가 일어나고 있음을 눈치챘을 것이다. 대개 이 침묵을 깨는 것은 텔레비전 소리지만 오늘은 뜻밖에도 아버지가 말문을 열었다.

"국이 참 시원하네."

아버지는 엄마의 눈물사건을 알고 있는 걸까. 퉁퉁 부은 눈을 봤으니 짐작은 할 것이다. 게다가 갱년기 같다고 언질을 준 것도 아버지니까. 혹시 폐경이라는 것도 알까. 그거야 내가 신경쓸 문제가 아니긴 하지만. 아무튼 평소에 밥 먹는 자리에서 별로 말하는 법이 없는 아버지가 애써 칭찬했는데도 엄마의 표정은 떨떠름했다.

엄마는 아버지의 눈물사건을 알고 있을까. 누가 나와 같이 함께 울어줄 사람 있나요,를 따라 부르다가 그만 넘쳐나는 눈물샘을 주체하지 못해 베란다에서 울어버린 아버지에 대해 알까. 요새 평소보다 베란다에 오래 있다며 힐끔거렸으니 아마도.

"시원하면 많이 드셔. 아주 한솥 끓여놨으니까."

엄마가 턱짓으로 부엌 쪽을 가리켰다.

"연수야, 니네 엄마 이제 대학생 된다. 주름 수술인가 뭔가 그것도 하기로 했다. 아주 로또 당첨됐어."

갑자기 무슨 소린지 알 수가 없었다. 나는 콩나물국을 뜨다 말고 엄마를 쳐다봤다. 엄마는 애써 정색하고 있었지만 좋아 죽겠는 얼굴이었다.

"생색 그만 내고 빨리 해주기나 하셔."

"그럼 엄마 수능시험 치고 그러는 거야?"

"그런 걸 귀찮게 왜 쳐. 주부대학 다니면 되지. 아니, 이제

노인대학인가?"

아버지가 웃자 엄마는 주름 제거수술이 먼저라고 못을 박았다. 두 사람 사이에 무슨 거래가 오갔는지 분위기가 상당히 화기애애했다.

"진짜 복권 됐어요?"

"니 아버지 소원하던 취직됐잖아."

엄마의 말에 아버지는 어깨를 쫙 펴고 반찬을 집어먹었다. 자신감 때문인지 서너 살은 젊어 보였다.

아버지가 취직을 했다고? 그럼 이제 이력서를 쓰고 자기소개서를 고치고 또 고치고 초조하게 연락을 기다릴 필요가 없어진다는 이야기다. 와우! 동남의 최종면접 소식만큼이나 기뻤다.

"잘됐다. 무슨 일 하는 거예요?"

"건물관리직. 운좋게 낮에 일한다."

관리를 어떻게 하느냐고 물으니까 청소도 하고 경비도 보는 거란다.

"그런 일…… 괜찮아요?"

사실은, 그런 데 취직하고 그렇게 좋아하는 거예요?라고 묻고 싶었다.

"괜찮지. 아주 괜찮아. 책상에 앉아 있는 일이 아니라서 더 좋아."

아버지는 진짜 로또에 당첨된 것처럼 싱글벙글했다.

"이제 월급 타면 네 엄마 주름살 수술도 해주고 그래야지. 좋잖아."

아버지가 건물의 계단이나 화장실 따위를 청소하는 모습을 상상하면 짠해지긴 했지만 집에 우두커니 앉아서 어둠침침한 인간으로 변해가는 것보다는 낫다는 생각이 들었다.

"너 공부한다는 건 잘되고 있냐?"

"그거요? 뭐 그냥…… 그래요."

아버지는 내가 우연치 않게 눈물의 현장을 목격했다는 걸 알고 있을까. 그 눈물 때문에 나까지 펑펑 운 것도? 영화 쪽에 관심이 있어서 평론을 한번 써보려고 해요,라고 말하기가 뭣해서 우물쭈물하자, 아버지는 음, 하며 숨을 고르더니 말했다.

"뭘 하든 인생에 후회를 남기지 않으면 된다. 어차피 한번 사는 인생이야. 네 인생이니까 네가 알아서 하겠지만…… 인생이 생각보다 길지 않다."

아버지의 목소리는 흐물흐물했다. 그동안 별로 들어본 적 없는 목소리였다. 뭐랄까. 우리 아버지가 아니라 외국영화에 나오는 자상한 아버지 같았다.

이래가지고서야 밥을 제대로 먹을 수가 없다. 나는 아버지가 시원하다고 한 국물을 연방 떠먹으며 괜히 콧물만 훌쩍거렸다. 숨이라도 한번 잘못 쉬면 픽 하고 터져버릴 것 같아서 숨도 조심조심 쉬었다. 누가 나와 같이 함께 따뜻한 동행이 될까. 이래서 사람들이 가정을 꾸리는 모양이다. 피붙이들이란 참으로 위대한 동행인이다.

이제는 도서관의 휴관일이 개인적인 휴일이 되었다. 그래서 휴관일 전날에는 작정하고 새벽까지 영화를 본다. 하지만 어제는 휴관일이 아닌데도 사랑니 때문에 잠을 잘 수가 없어서 다운받아놓은 영화를 몽땅 봐버렸다.

엄마는 부스스한 몰골로 앉아 있는 내 앞에 김이 모락모락 오르는 밥 한 공기를 놓아주었다. 먹어야 하는데 도저히 밥 먹을 기분이 아니었다. 사랑니 때문에 한쪽 턱이 빠질 것처럼 아팠다. 사랑니가 새싹처럼 생살을 비집고 올라올 때마다 입 안에 지진이 나는 것 같았다. 진통제를 먹으며 버티긴 하지만 약 기운이 떨어지면 고통은 배(倍)가 되었다. 그래도 엄마가 눈치챌까봐 대충 먹는 척을 했다.

엄마는 뻔한 스토리의 아침드라마를 보며 밥을 먹었다. 입맛이 없는지 엄마도 먹는 품이 영 그랬다. 게다가 무슨 돌을 씹는 것처럼 이를 딱딱 부딪쳐가며 밥을 먹었다.

"엄마, 이 아파?"

"갑자기 이는 왜?"

"밥 먹는 품이 영 그래서."

"이 나이에 이가 좋은 게 이상하지. 요즘 안 아픈 데가 없다."

엄마는 다시 드라마로 눈을 돌렸다. 나는 드라마가 끝나갈 즈음에야 엄마가 이를 딱딱 부딪치는 이유를 알아냈다. 엄마의 밥공기에서는 김이 오르지 않았다. 엄마는 언젯적 밥인지 알 수 없는 콩밥 한덩이와 잡곡밥 한덩이를 그릇에 담아서 먹고 있었다. 그런데 나는, 나만 더운밥을 먹고 있었다. 덜 떨어지고 미련하고 뻗대기만 하는데도 자식이라고 더운밥을 먹이고 있었다. 마음이 뻐근해져서 도저히 밥이 넘어가지 않았다. 왜 하필이면 밥 먹을 때마다 사람을 교대로 감동시키는지. 남기지 않으려고 김이 오르는 밥을 입에 잔뜩 밀어넣었다. 나는 더운밥을 먹는 자로서 밥값을 제대로 하고 있는 걸까. 밥알을 씹는 내내 그 생각만 했다.

몰래 진통제를 삼키고 있는데 엄마가 등뒤에서 쓱 나타났다.

"너 뭐 먹냐?"

나는 놀라서 대답도 못하고 물만 계속 마셨다.

"이거 볼따구 보니까 정상이 아니네. 빨리 치과 가."

아니라고 부인할 생각이었는데 엄마의 영험함에 놀라 그만 어떻게 알았어?라고 묻고 말았다. 엄마는 대답하지 않고 척 보면 앱니다,의 부채도사 같은 표정을 지었다. 모든 더듬이가 자식을 향해 있는 부모에게 내 질문은 정녕 우문이었다.

"미룰 거 없이 말 난 김에 빨리 가자. 얼른 따라나서."

"지금?"

치과에 간다는 게 무섭기도 하고 이 나이에 사랑니가 난다는 게 쪽팔리기도 해서 이런저런 핑계를 대며 버텼지만, 엄마가 다짜고짜 잡아끌고 가는 데에야 이길 방법이 없었다. 결국 나는 끔찍하게 아픈 마취주사를 맞고 사랑니를 뽑기 위해 입을 쩍 벌리는 수밖에 없었다.

삼십분이 넘는 대공사 끝에 의사가 수고하셨습니다,라고 말했다. 나는 목울대로 침을 넘기며 방금 전까지 내 잇몸에 뿌리를 내리고 있다가 뽑혀나온 사랑니를 보았다. 잇몸 안에 숨겨져 있던 약간 안으로 휜 두 개의 뿌리가 생소해 보였다. 그러고 보면 뿌리는 그대로인 채 젖니만 툭 빠지는 이갈이란 얼마나 위대한 섭리 속에 이뤄지는 일인가 하는 생각이 들었다.

마취가 풀리자 이를 뽑은 부위에 누가 원자폭탄이라도 투하한 듯 입 안에서 불기둥 구름기둥이 앞다투어 솟아올랐다. 불필요하기는 하지만 엄연하게 돋아 있는 생니를 뽑아냈으니 아플 거라고 예상은 했다. 하지만 정말 이 정도일 줄은 몰랐다. 마취주사의 아픔은 비교도 되지 않았다. 동남이 녀석, 하나도 아프지 않다더니 만나면 가만두지 않겠다. 복수를 다짐했지만 솜을 문 어금니에서는 점점 힘이 빠졌고 울지 않으려고 해도 눈물이 저 혼자서 줄줄 흘러내렸다.

결국 나는 한손으로 턱을 감싸고, 한손으로는 방문을 잠그고 이불을 끌어와 머리에 뒤집어썼다. 그리고 세상이 끝장날 것처럼 처절하게 울었다. 울다보니 무엇 때문에 울기 시작했는지는 잊어버리고 감정의 서랍들을 열어 그것을 부지런히 비우느라 울었다. 그렇게 오래 운 건 몇년 만에 처음이었다. 바이러스는 결국 내게도 옮겨온 걸까. 그렇다면 할 수 없다. 그걸 누가 거부하나. 그냥 우는 수밖에. 실컷 울고 나니 비록 눈은 통통 부었지만 지저분한 서랍은 깨끗하게 비었고 마음은 모처럼 바싹 마른 수건처럼 보송보송해졌다. 역시 울 수 있다는 건 다행이다.

영주에게서 전화가 온 건 울다가 지쳐서 잠이 든 뒤였다. 잠이 폭포처럼 쏟아져서 전화벨이 울리는데도 눈이 떠지질 않았다. 전화를 건 사람이 영주라는 걸 안 다음에는 잠이 덜 깬 상태에서도 걱정이 됐다. 이혼했다는 걸 아는 척해야 하나, 모르는 척해야 하나, 어떻게 해야 할지 판단이 서질 않았다. 그냥 솔직히 동남에게 들었다고 할까.

"연수야, 나 영주. 지금 통화하기 괜찮니?"

영주의 목소리는 약간 울먹이는 것 같았다. 어쩐지 그렇게 들렸다.

"어, 괜찮아. 오랜만이다. 영주야, 웬일이야?"

"그래, 오랜만이야. 너 혹시 소식 들었니?"

"무슨 소식?"

"아직 못 들었구나. 저기 동남이가 죽었어. 자살했대."

말도 안돼,라고 말하는 순간 입에서 피묻은 솜뭉치가 뚝 떨어졌다. 연락병들은 내게 점점 이상한 소식만 전해준다. 이십 대에는 기껏해야 애인과 헤어지고 시험에 떨어지고 취직이 안되고 친척이 죽고 아버지 사업이 망하는 것이더니, 이제는 자살이란다. 엊그제까지 같이 점심 먹고 커피 마신 애가 자살했단다. 불행의 포위망이 점점 좁혀오는 기분이었다.

동남은 치사량의 수면제를 복용하고 깨어나지 않았다고 한다. 머리맡에는 편지 한장이 놓여 있었다지만 마지막 인사 외에는 아무 말도 없어서 어떤 심정으로 그런 일을 벌였는지는 알 수 없다고 했다.

동남은 이틀 동안 도서관에 나오지 않았다. 나는 이차 면접을 본 다음이라 피곤해서 그런 줄 알았다. 평소에도 가끔 그런 적이 있었기 때문에 별로 궁금해하지도 않았다. 며칠 지나면 당연히 보게 될 거라고 생각했다. 다만 아무 말 없이 나오지 않아서 혼자 밥을 먹느라 조금 난감하긴 했다. 휴대폰으로 전화를 걸었더니 전원이 꺼져 있다는 음성안내가 나오기에, 도서관 나오면 뭐라고 해줘야지,라는 생각만 했을 뿐이다.

아마도 면접 결과가 좋지 않았을 거고, 아버지의 심한 질타가 있었을 거다. 이유가 그것만은 아니겠지만, 그래도, 그래도 이건 너무했다.

육개장을 먹으면서도 동남의 자살은 실감나지 않았다. 여기저기서 달려와 상에 둘러앉은 선후배, 동기 들도 모두 어리둥절한 표정이었다. "오면서 많이 울었구나." 영주가 내 얼굴을 보고 말했지만 나는 아니,라고 부정하지 못했다. 이를 뽑은 부위는 여전히 쿡쿡 쑤셨다. 죽음 앞에 치통은 얼마나 하찮은가. 그런데도 타인의 죽음은 개인의 치통을 뛰어넘지 못하는 법이다. 이제 그걸 순순히 인정하는 나이가 되었다.

나와 연관있는 젊은 사람의 죽음, 게다가 자살이라는 것은 슬픔과는 조금 다른 감정을 불러일으켰다. 그 죽음은 마치 우리에게 거대한 질문을 던지는 것 같았다. 어떤 치명적인 고통이 생을 견딜 수 없게 하는 걸까. 통곡한 뒤에도 배가 고파서 밥숟가락을 드는 게 사람인데, 도대체 얼마나 많은 고통이 쌓였으면 결국에는 그 무게를 견디지 못하고 지지대를 무너뜨린 것일까.

생각할수록 동남에 대해 알고 있는 게 너무 없었다는 자책감이 들었다. 한가지 분명히 말할 수 있는 건 동남은 고통에 대해 엄살을 부리지 않았다. 짧은 시간이었지만 도서관에서 만나는 동안 나는 그애에게서 공부가 안된다, 힘들다, 외롭다, 죽고 싶다는 말을 들어본 적이 없었다. 그래서 정말 그런 줄로만 알았다. 잘 견디고 있는 줄 알았다. 그애는 절대 울면 안된다는 생각을 하며 살았는지도 모른다. 힘들고 아프면 오히려 그걸 느끼는 자신을 책망하며 그 고통을 외면하려고 애썼던 것 같다. 이 엄살의 시대에 바보같이. 동남이 울 줄 알았다면 좋았을 텐데.

"어떻게 이런 데서 만나게 된다."

"그러게. 좋은 일로 만나야 하는데."

그런 말이 띄엄띄엄 몇마디씩 오갔다. 그런 말 말고는 할말이 없었다. 술잔이 빠르게 비워지고 빈병이 늘어갔다. 젊은 죽음 앞에서는 모두가 공범자다. 취하지 않고서는 어떤 변명도

할 수가 없다. 모두들 전력을 다해 술을 마셨다. 그것밖에는 할일이 없었다.

죽음은 산 사람들에게 삶에 대해 다시 생각하게 만든다. 장례라는 긴 의식을 통해 그런 자리를 마련한다. 사실 나도 나 자신과 그다지 원만한 사이는 아니다. 싸움과 냉전과 불만과 후회가 끊이지 않았다. 한때는 뻗어나가는 고민과 이상을 현실이 따라가지 못했고, 때로는 현실에 안주하느라 아무것도 꿈꾸지 않았다. 언제나 이게 아닌데, 좀더 나은 삶이 있을 텐데,라고 중얼거리지만 하루하루 시간을 때워가기 바빴다. 그러고 나면 분노와 자괴감이 치밀었다. 그러면서도 이런 보잘것없는 삶마저 전복될까봐 두려웠다. 그러다보니 나와 화해할 틈이 없었다. 자기 자신과 사이좋게 지낼 수 있다면 삶은 꽤나 평화로울 것이다.

동남의 아버지는 술에 취해 탁자를 뒤집어엎으며 행패를 부렸고 맨손으로 유리잔을 깨서 피칠갑이 된 채 응급실로 실려 갔다. 동남의 어머니는 내 아들 내놓으라고 울부짖으며 가슴을 쥐어뜯었다. 나는 그 모습을 보지 않으려고 돌아앉았다.

신입생 시절 이야기를 하다가 영주가 기어이 울음을 터뜨렸다. 남자들은 고개를 돌리고 손등으로 눈물을 훔쳤다. 여자 동기들은 서로의 어깨를 붙잡고 울었다. 누군가는 알아듣기 힘든 말로 세상을 욕했다. 울음은 순식간에 전염병처럼 번져나갔다. 비로소 술에 취한 사람들에게 울 수 있는 시간이 찾아왔다. 산 사람을 위한, 산 사람에게만 허락된 시간이었다. 울고 나면 또 그런 채로 살아갈 힘이 생길 것이다.

영주와 나는 밤을 꼬박 새우고 화장터로 향했다. 커튼을 쳐도 버스 안으로는 햇빛이 길게 들어왔다. 화장이 진행되는 동안 나는 창가에 놓인 의자에 앉아 창밖을 바라보았다. 지나치게 화창한 날이었다. 햇빛의 입자를 보자 참았던 졸음이 몰려왔다. 이를 뽑은 부위는 여전히 욱신욱신했다.

"커피 한잔 할래?"

영주는 자판기커피 대신 거품 위에 캐러멜이 풍성하게 얹힌 캐러멜라떼를 들고 왔다.

"마셔. 속이 든든해질 거야."

아. 캐러멜라떼. 그걸 보는 순간 저절로 탄식이 흘러나왔다. 그 커피는 참으로 삶의 한가운데 있는 존재 같았다. 입 안으로 넘긴 커피가 하도 달콤하고 따뜻해서 왈칵 눈물이 났다. 동남은 이제 이렇게 맛있는 커피를 마시지 못하겠구나, 싶은 생각이 들자 마음이 아팠다.

영주는 커피를 마시다 말고 테이블에 엎드려서 잤다. 창가에 앉은 사람들은 모두 지치고 졸음에 겨운 표정이었다. 나는 커피를 천천히 마셨다. 죽은 사람을 보내는 긴 의식이 끝나가고 있었다.

도서관에 가는데 비가 추적추적 내렸다. 떨어진 꽃잎들은 아무렇지도 않게 하수구 속으로 사라졌다. 나무들은 결코 떨어진 꽃잎을 아쉬워하지 않는다. 그 묵묵함이 아직 덜 성숙한 내게는 상처가 되었다. 나는 사소한 인간이라 늙고 변하고 사라지는 것 때문에 마음이 아팠다. 그것은 가슴께에 묵직하게 얹혀 소화되지 않는 음식처럼, 아팠다가 아프지 않았다가를 반복하는 충치처럼, 바람에 불려 들어간 티가 눈동자 속을 돌아다니는 것처럼 근원적인 통증이었다.

외롭긴 했지만 나는 이제 혼자 있는 것과 침묵하는 것에 익숙해졌다. 휴대폰을 들여다보며 누구에게 전화를 걸어볼까, 안부문자를 보내볼까 하며 손톱을 물어뜯거나 다리를 떠는 일도 줄었다. 혹시 누가 먼저 전화를 걸어오지 않을까, 기대를 했다가 실망하지도 않았다. 아무 약속도 없는 주말이면 가벼운 자학과 더불어 찾아오던, 세상으로부터 격리되어 있다는 불안감도 수그러들었다. 사랑하고 있지 않은 것에 대한 조바심도 사라졌다. 억지로 사랑해야 할 필요는 없다.

음악과 만화책과 영화는 여전히 나를 황홀하게 만들었다. 공모준비를 하며 다른 사람의 평론에 감탄하고 내 글을 부지런히 다듬었다. 시간은 그렇게 흘러갔다. 그래도 어쩔 수 없이 봄을 타긴 했다. 그건 불가항력이었다. 세상의 색깔이 완전히 바뀌고 꽃봉오리들이 만개하고 다시 뚝뚝 떨어지는 데에야 흔들리지 않을 수 없었다. 이유없이 마음이 뻐근해졌고 아무것도 아닌 일에 마음이 왈칵 무너질 때도 있었다.

밤이면 어떤 들뜸으로 인해 잠을 이루지 못하기도 했다. 누군가 내게 와서 아주 사소하고 따뜻한 눈길로 인사를 건넨다면 나도 안녕하세요,라고 답할 텐데. 나의 봄날은 여백투성이였다. 내 마음의 어떤 부분은 그 여백을 초조하게 들여다보고 있었고 다른 부분은 지금 왜 여기에서 이런 시간을 보내고 있는지 잊지 말라고 했다. 흔들리지 마. 세상은 봄이지만 네 인생은 아직 얼음이 꽝꽝 언 겨울이야. 정말 가끔은 얼어붙은 호수에 돌을 던지는 기분이었다. 얼음을 깨뜨리기는커녕 내가 던진 돌덩이가 무참하게 깨지는 게 보였다.

아침에 깨어났는데 얼굴이 눈물에 흠뻑 젖어 있었다. 일어나서도 울음의 기운이 걷히지 않아서 몸이 계속 떨렸다. 저 먼 꿈속의 울음이 실제로 터져나온 것은 오랜만이었다. 꿈속에 나는 아마 대학시절로 돌아가 사람들과 함께 MT를 떠난 듯했다. 모두 술에 잔뜩 취해 노래를 부르고, 두셋이 모여앉아 심각한 대화를 나누고 있었다. 익숙하고 그리운 모습이었다.

꿈속의 나도 술에 취해 비틀비틀 걷고 있었다. 그런데 누군가 흐느적거리는 내 팔을 잡았다. "괜찮니?"라고 말을 건넨 것은 동남이었다. 나는 동남을 보자마자 울음을 터뜨리며 어깨를 끌어안았다. 너 왜 그랬어? 응? 하지만 꿈속의 동남은 대답하지 않았다. 아무것도 모른다는 듯 평온한 얼굴이었다. 다만 "연수야, 나 먼저 갈게. 재미있게 놀아"라고만 했다. 나는 동남을 잡으려고 애썼지만 동남은 속수무책으로 멀어져갔다. 나는 꿈속에서도 깨어나서도 펑펑 울었다. 치통도 그 무엇 때문도 아닌 동남이만을 위해서 울었다. 동남을 끌어안았던 어깨에 아직도 따뜻한 기운이 남아 있었다.

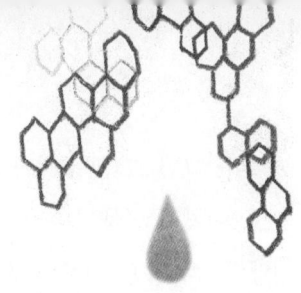

응답을 기다리는 중

대외적으로 산후우울증인 연재가 요즘은 조용하다. 한때 사흘이 멀다 하고 전화를 하더니 요새는 그것도 뜸하다. 이제 자랑할 것도 잘난 척할 것도 없으니 당연한 일이다 싶은 생각이 들면서도, 설마 진짜 시라도 쓰고 있는가, 궁금해졌다. 엄마에게 물었더니 요즘 염장 모녀는 땅을 보러 다니느라 바쁘단다.

"나한테도 몇번 같이 가자는 거 돈도 없고 귀찮아서 관뒀어. 투자는 무조건 땅이라면서 연재가 아주 땅 사는 재미에 푹 빠졌단다. 니 고모가 집 갖고 재미 좀 봤잖니."

땅이라…… 뜻밖이다 싶으면서도 쓱 웃음이 나왔다. 땅 보러 다니면서 투자에 열을 올린다면 시는 쓰지 않을 가능성이

크다. 그럼 그렇지, 시가 헤집어놓은 마음을 땅으로 채우고 있군. 이제야 연재답다. 땅투기한다고 욕하고 싶은 마음은 별로 없다. 나 같은 사람이 손가락질한다고 멈출 것도 아니고, 다 사는 방법이 다르니 각자 좋아하는 일에 열중하면서 살면 되는 거다.

은미는 요즘 남편과 함께 불임클리닉에 다니고 있다. 배란 주기에 맞춰 열심히 합체하고 있다고 해서 모두가 웃었다. 이 인삼각 경기처럼 같은 목표를 향해 나가는 일이 생각보다 괜찮다고 한다. 가끔 남들은 쉽게 갖는 아이를 이렇게까지 힘들게 가져야 하나 싶어서 억울한 마음이 들기도 하지만, 간절히 기다리는 마음도 나름대로 소중하단다.

민경은 결국 유학을 떠나기로 결정했다. 영어학원에 다니면서 가을학기 입학을 목표로 유명한 패션스쿨들의 정보를 수집하고 비교하느라 정신이 없다. 희주는 뉴욕의 파쓴스를, 명희는 런던의 쎄인트마틴스쿨을 적극 추천하고 있는데, 그애들의 속을 들여다보면 민경에게 더 도움이 될지를 고려하기보다 순전히 휴가나 혹은 시험이 끝난 뒤에 자기들이 놀러 가고 싶은 도시라는 이유 때문이었다. 자신이 선택하고 바라던 일로 바빠서인지 민경은 활력이 넘친다. 선영의 말대로 회춘이라도 하는지 대여섯 살은 어려 보인다. 유학을 결정하면서 민경은 남편과 이혼하기로 최종합의했다.

"사랑해서 헤어진다고는 못하겠지만, 그래도 좋게 헤어지

게 돼서 다행이야. 그 사람도 나도 자기 인생이 있는데 사랑하
니까 상대방에게 무조건 희생하라고 할 수는 없잖아."

안타깝긴 했지만 우리는 민경의 새로운 출발을 진심으로 축
하했다. 누구에게나 잠시 멈춰서는 순간이 온다. 넘어지든, 숨
이 차서 주저앉든, 한번쯤은 멈춰서 자신을 앞질러가는 사람
의 뒷모습도 보고 뒤따라오는 사람의 얼굴과 주변풍경도 둘러
보게 되는 것이다. 그건 절대로 퇴보가 아니다. 충분한 휴식과
충전 후에 우리 모두는 일보 전진하면 된다.

나는 가끔, 내 친구가 죽었다,라고 소리내어 말해본다. 금기
를 깨듯이. 내 친구가 자살했다, 동남이가 죽었다, 동남이가
자살했다, 그렇게 또박또박 말하고 나면 기분이 좀 괜찮아졌
다. 견딜 만하다는 생각이 들었다.

"연수야, 생일 축하해. 토요일날 시간 비워둬. 우리가 간다."

"생일 축하해. 멋진 영화평론가의 탄생을 기다리겠어."

"연수의 서른세번째 생일, 하늘이시여, 남자를 내려주세요."

"갖고 싶은 거 말씀만 하시오. 내 선물로 드리리다. 축하한
다, 연수야."

"축하축하! 시작이 반이다, 알지? 뭔가 할일을 정했다는 것
만으로도 네가 자랑스러워."

다섯 명의 친구들이 생일축하 메씨지를 보내왔다. 서른세살
의 생일은 걱정만큼 공포스럽지도 불안하지도 않다. 다만 특

별하지 않을 뿐이다.

나의 상태는 인터넷 검색 화면 하단에 뜨는 문구와 다를 바 없다. '웹싸이트를 찾았습니다. 응답을 기다리는 중……' 응답을 기다리는 동안 나는 오른쪽 구석의 작은 볼처럼 부지런히 움직이기만 하면 된다. 읽으면 읽을수록 형편없는 평론을 쓰고 있지만, 마감까지 넉넉한 시간이 남은 것도 아니고 오래 전부터 준비해온 사람들에 비하면 턱없이 부족할 게 분명하지만, 나는 도전하고자 하는 무엇과 현실 사이의 괴리를 극복해 나가야 한다는 것이 마음에 들었다. 하루하루 시간을 때우듯 살아가는 것이 아니라 간극을 좁히기 위해 살아가는 것이 바로 내가 바라는 삶이었다.

서른세살이 되고 보니 서른세살이라는 나이는 많지도 적지도 않고, 애인이 있거나 없거나, 결혼을 했거나 안했거나, 아이가 있거나 없거나, 직업이 있거나 없거나, 자신의 미래에 대한 확신이 있거나 없거나, 있었는데 모호해졌거나 없었는데 생겼거나, 행복하거나 불안하거나 그럭저럭 살 만하거나, 혹은 그것들의 혼재일 뿐이라는 생각이 들었다. 혼재의 양상이 앞으로 어떻게 변해갈까, 나의 서른셋 이후는 과연 어떤 풍경이 될까. 그것이 궁금해졌다. 나는 한번 멋지게 꾸려가보기로 했다. 숨을 가다듬고 일보 전진하면서! 절대로 삶이 아무런 의미도 없이 막을 내리게 하지는 않을 것이다.

2007년 첫 회를 맞은 창비장편소설상은 장편소설의 창조적인 가능성을 통해 문학독자와의 소통을 적극적으로 이루어나가기 위하여 제정되었다. 그동안 창비를 포함하여 최근의 문학계가 진지하게 논의해온 장편소설 활성화론은 서사정신의 회복을 통해 문학적 상상력의 새로운 출구를 찾는 데 의미를 두었다. 현실을 포착하는 입체적인 시선과 긴 호흡을 요구하는 장편소설이야말로 한국문학의 활로를 모색하는 중요한 발판이 된다고 보는 것이다. 하나의 이야기를 관통하는 끈질긴 문제의식이 살아 있는 좋은 장편소설은 시대현실에 부응하면서 미적인 긴장을 잃지 않는 문학의 힘을 일깨워준다. 그것은 대중문화시대의 문학이 독자와 다양하게 소통하고 연대할 수 있는 가능성에 대해서 중요한 암시를 준다.

현대 도시사회의 물화된 삶과 풍속을 경쾌하게 묘사하는 것
으로 시작하는 서유미의 『쿨하게 한걸음』은 장편소설이 지녀
야 할 가독성과 흡인력을 충분히 확보한 매력적인 작품이라고
할 수 있다. 가족, 결혼, 연애를 바라보는 삼십대 여성들의 다
양한 시선과 욕망을 녹여낸 이 작품은 시대현실을 예민하게
반영하는 문제적 인물들을 내세워 힘있게 이야기를 끌고 나간
다. 도시에 살고 있는 젊은 여성들의 시선과 욕망을 강조했다
는 점에서 이 소설이 그려 보이는 소비지향적 현실은 우리에
게 문화적으로 익숙하다. 인물들이 나누는 결혼과 연애에 관
한 솔직하고 거침없는 대화 역시 드라마, 영화에서 자주 접했
던 것이기도 하다.

서른세살을 앞두고 타성에 젖은 연애를 끝낸 주인공 연수는
실직의 위기에 처하면서 소외된 타자로서의 현실을 체감하게
된다. 늘 자식을 보호해줄 것 같았던 부모 역시 노후의 삶을
어떻게 꾸릴 것인가를 고민하며 자식 앞에서 약한 모습을 보
이기 시작한다. 주인공에게 서른세살의 나이는 "빛나지도 않
고 젊음의 절정도 아니며 여전히 바람과 파도가 아슬아슬하게
키를 넘기는 태풍 속" 현실로 다가온다. 그녀를 포함한 친구들
역시 심화되는 자본주의적 경쟁체제 속에서 상대적 빈곤감과
불안을 느끼긴 마찬가지이다. 이들 중 일부는 험난한 경쟁체
제에 발붙이고 살아가기 위한 버팀목으로 결혼을 선택한다.

자유롭게 삶을 즐기며 독립된 인격주체를 강조했던 친구 선영은 '안정적인 궤도'의 힘을 강조하며 물질적 가치에 비중을 둔 결혼현실로 뛰어든다. 일상의 권태와 허무를 호소하는 주인공의 사촌 연재 역시 근본적으로는 물질적 가치가 보장된 결혼생활의 중요성을 강조한다.

속물적이고 물질지향적인 결혼세태를 신랄하게 풍자하면서도 작가가 거두지 않는 것은 현실을 살고 있는 인물들에 대한 따뜻한 공감과 애정의 시선이다. 주인공에게 선영과 연재의 삶은 동화의 세계에서 빠져나와 어른이 된 현명한 '웬디들'의 세계일 뿐 함부로 폄하하거나 부정할 세계는 아니다. 어떻게 보면 이들 역시 자살한 동남과 마찬가지로 근본적으로는 자본주의 일상의 '질풍노도'에서 자유로울 수 없는 '문제적 인간'들이다. 누구나 각자의 자리에서 삶의 고통을 감내하고 있으며 완벽하게 행복하고 안정된 인생이란 없는 것이다. 실업상태의 주인공 역시 현실적인 취직의 길을 접는 대신 꿈을 살려 영화평론가로 입성하려고 마음먹지만 그것이 자신의 삶을 완전히 뒤바꾸리라고는 생각지 않는다. 주인공의 말대로 '크리스마스의 마법 같은 건 통하지 않는 나이'인 서른세살이 겪게 된 또다른 성장통이 가져다준 담담한 결심이라고 할 수 있다.

경쾌하고 유머러스한 인물들의 대화를 거쳐 이 소설이 도달하는 것은, 소비현실의 바깥에서 주변화되는 소시민들의 삶에 대한 진지한 성찰이다. 그것은 세태소설의 외피를 통해 거꾸로 세태소설을 뒤집는 성과를 보여주는 지점까지 나아간다. 소비사회의 일상 속에서 마모되어가는 평범한 사람들의 이야기를 꾸밈없이 그려내는 작가의 진지한 태도는 위악과 냉소의 화법을 넘어서려 했다는 점에서 귀중한 미덕을 갖는다. 낭만적인 연애와 화려한 결혼, 직업적 성공과 자아실현에 대한 판타지를 가로질러 소설 속 인물들이 궁극적으로 확인하는 것은 환멸적인 일상 그 자체이다. 결혼적령기의 압박 속에서 실직의 위기에 시달리며, 은퇴한 아버지의 쓸쓸한 뒷모습을 바라보는 주인공은 소외의 현실을 생생하게 증거한다. 우리에게 각별히 다가왔던 것은, 지치고 불안한 현대 여성들의 내면적 욕망을 향한 이 작품의 따뜻하고 정직한 시선 그 자체이다. 그것은 소설장르가 보여줄 수 있는 실감과 문학적 소통의 가능성을 신뢰하게 만들었다. 이야기꾼의 풍부한 자질을 갖고 있는 이 작가가 앞으로도 좋은 작품으로 독자들을 계속 만날 수 있기를 바란다.

심사위원 • 최원식 은희경 성석제 진정석 강영숙 백지연

Before & After

"오래 흔들렸으므로 너는 아름답다"

서유미를 처음 본 것은 1994년 봄이다. 그녀는 내가 속해 있던 문학동인회에 새내기로 들어왔다. 다섯 명이 가입하면 서너 명은 탈회하기 마련이어서 동인들은 누가 남을지 분별하느라 사뭇 긴장된 분위기였다. 그런데 자기소개로 그녀가 내뱉은 한마디에 모두들 일제히 웃음을 터뜨렸다.

"참, 제 별명은 '올리브'입니다."

호리호리한 몸매에 작은 이목구비의 외모가 단박에 만화 「뽀빠이」의 여주인공 '올리브'를 연상시켰다. 그뒤 그녀를 볼 때마다 금방이라도 과장된 목소리로 '살려줘요, 뽀빠이!' 하고 외칠 것만 같아서 실소가 쿡쿡 새어나왔다. 실제로 술자리에서 짓궂은 선배들의 요구에 그녀는 간혹 그 흉내를 내어 분위기를 유쾌하게 만들곤 했다. 그때만 해도 서유미는 발랄하고 자유분방한 신입생이었다.

군복무를 마치고 복학하니 졸업반인 서유미는 내 남자동기와 친하게 지내는 눈치였다. 큰 체구 탓에 자주 체대생으로 오인받던 그는 '역발산기개세(力拔山氣蓋世)'의 투지로 소설을 쓰는 친구여서 '뽀빠이'보다는 '브루터스' 쪽에 가까웠다. 몇 해 뒤 나는 씨드니에서 두 사람의 결혼소식을 전해들었다. 문예창작 동지간의 숭고한 결합을 멀리서나마 축하했다. 현실의 올리브는 브루터스를 선택한 셈이다.

이들과 재회한 건 작년 늦여름이었다. 근 십년 만이었다. 2007년 문학수첩작가상을 수상한 '소설가 서유미'는 이전과 달랐다. 삶은 만화처럼 코믹하지 않았는지 그녀는 차분하고 성숙하게 변해 있었다.

귀국 후 나는 창작의 갈증에 시달리던 이 부부가 서울의 직장생활을 접고 전셋집을 빼서 원주로 이사갔다는 근황을 접한 터였다. 부부는 매일 일찍 일어나 아침을 먹고 도시락을 준비한다고 했다. 그리고 인근 대학도서관에서 각자 책을 읽거나 소설을 쓰다가 점심에는 함께 잔디밭에 앉아 도시락을 먹는다고. 다시 저녁때까지 독서와 집필에 몰두한 뒤, 석양이 깔릴 무렵 자전거를 타고 캠퍼스의 언덕을 내려와 집으로 돌아간다

고 했다. 그렇게 이년 동안 그녀는 장편 두 편과 열다섯 편의
단편을 준비했다는 것이다.

내게는 세상 사람을 두 부류로 나누는 습성이 있다. '광야를
경험한 자'와 '광야를 모르는 자'이다. 여기서 말하는 '광야'는
미망과 허울을 전부 내려놓고 가장 낮은 자세에서 발가벗은
자아와 대면하는 시간적 공간적 배경인 셈이다. 예수도 부처
도 한시절 광야를 거친 연약한 인간이었다. '소설가 서유미'와
만나고 나서 나는 그녀가 광야에 선 경험이 있음을 확신하게
되었다.

실제로 그녀는 자신의 문학적 삶을 'Before & After'로 나눈
다면, 그 분기점 '&'에 해당되는 곳으로 '원주'를 꼽았다. 이전
의 글이 내면중심이었다면 원주 이후에는 사건중심으로 내용
이 변화했고, 문장 또한 짧고 스피디한 방식으로 전환됐다고
한다. 내용과 문체를 바꾸니 글에 활력이 붙고 그외의 것들이
자연스레 바뀌었다는 것이다. 이른바 팽두이숙(烹頭耳熟)을
경험한 셈이다.

유난히 낯선 것에 두려움이 많고 익숙한 것에서 오는 안락
함을 추구하던 그녀에게 서울을 벗어나는 시도는 어려운 결단
이었을 것이다. 그래서 처음 원주에 아파트를 구한 뒤, 육개월
동안 베란다 앞에 앉아 새벽기도를 드렸다고 한다. 지금도 한
밤중 소설을 쓰다가 뒤를 돌아보면, 베란다 앞에서 기도하는
자신의 모습을 종종 본다고 했다. 만약 타임캡슐을 만든다면

그 새벽의 고요함을 목록에 넣고 싶다고 덧붙였다.

오랜만에 어울려 회포를 풀고 헤어질 무렵, 버스정류장에서 그녀는 착 가라앉은 음성으로 내게 말을 걸었다. 늦여름의 태양이 근처의 은행나무에 긴 그림자를 만드는 쓸쓸한 오후였다.

"선배, 어느새 십년이야. 나 97년에 대학문학상 받을 때, 소설가로 살기로 결심했었거든. 아마 그때 누군가 '너 십년 뒤에는 반드시 되니까 소설 계속 쓸래?' 하고 물었으면 절대 아니라고 했을 거야. 어쩌면 이렇게 오랜 시간이 걸릴지 몰라서 할 수 있었던 것 같아. 내년이면 되겠지 내년이면, 그렇게 꿈을 꾸면서……"

그녀는 시선을 발끝으로 떨어뜨리며 약지 끝으로 눈가를 자주 매만졌다. 그 마음을 알 것 같았다. 등이라도 다정하게 토닥거려주고 싶었으나, 나는 다만 땅 위에서 산란하는 은행잎의 자디잔 그림자를 바라보며 문득 대학시절 자주 읽던 시 구절을 떠올렸다.

'그래, 오래 흔들렸으므로 너는 아름답다

그래, 오래 서러웠으므로 너는 아름답다'(구광본 「오래 흔들렸으므로」 중에서)

몇달 뒤, 가을바람이 제법 싸늘하게 불던 오후, 문단의 관심사였던 제1회 창비장편소설상을 수상했다는 낭보가 전해졌다. 한창 황금빛으로 타오르던 가로의 은행잎들이 폭죽처럼 일제히 허공으로 솟구쳤다가 지상으로 분분히 흩어지던 날이었다.

쿨하게 한걸음

이 글을 쓰기 위해 최근에 다시 만난 '소설가 서유미'는 작중화자가 그토록 탐닉하던 캐러멜라떼를 마셨고 나는 블랙커피를 마셨다. 우리는 그녀의 'Before & After'와 'Now & Forever'에 관해 좀더 구체적인 이야기를 나눴다.

수상작에 대한 내 개인적인 독후감은 '삶의 구겨진 여백에 대한 응시'로 요약된다. 얼핏 보면 정상 같고 멀쩡해 보이지만, 사실 속은 문제투성이인데다가 애초 설계부터 부실한 인간군상의 초조한 시간, 그것도 구겨진 채 비워진 삶의 한 시기를 안정적인 시각으로 포착해낸 소설이었다. 일상에 깊이 잠입하여 삶의 좌표를 뒤흔드는 동요와 조바심, 불안과 들뜸을 겪는 인물들의 내면을 담담하게 도려냈다는 인상을 받았다.

－우선 작년 한해 두 편의 장편소설로 2관왕을 달성한 점을 축하한다. 흔치 않은 일인만큼 소감도 남다를 것 같다.

2007년은 내 인생 최고의 해였다. 이렇게까지 큰 선물을 원한 것은 아니었는데 소설은 내게 빅 이벤트를 열어주었다. 잔뜩 움츠린 와중에 뒤로 넘어지지 않아서 다행이다. 시간차가 있을 수는 있지만 어떤 일도 헛되이 사라지는 것은 없구나, 하는 생각이 든다. 기쁨만큼 부담도 커서 심호흡을 깊게 하고 어깨에 힘을 빼려고 애쓰고 있다.

—어떤 동기와 고민, 과정을 거쳐 작가가 되었는지 궁금해하는 독자들이 있을 것이다.

국문과에 지원할 때부터 막연히 글로 먹고살았으면 좋겠다는 소망을 품었다. 특별한 장르를 정한 것은 아니었다. 그때 소설은 먼 곳에 있는 희미한 그림자에 불과했다. 문학회 선배들이 소설을 쓰라고 하면, 글을 어떻게 엮어야 할지 몰라서 전전긍긍했다. 더듬더듬 쓰고 지우는 동안 희미하게 보이던 소설에 입체적인 윤곽이 잡히는 걸 느낄 수 있었다. 대학 3학년 때 처음 130매가 넘는 긴 글을 썼고 그 글로 대학문학상을 받았다.

그뒤로 소설이 또렷한 실체를 드러냈다면 좋았으련만, 바람과 달리 그것은 아주 오랜 시간을 거쳐 서서히 모습을 드러냈다. 한번만 더, 일년만 더, 하며 스스로를 다독였다. 소설 쓰기란 스스로 고립되어 집중력과 지구력을 키우고 진지함과 예리함을 만들어가는 여정이라는 것을 알게 되었다.

—그동안 고배(苦杯)를 여러 번 마셨을 텐데, 뜻한 바를 이루지 못할 때마다 어떻게 자신을 격려했는지, 본인만의 마인드컨트롤 비법을 공개한다면.

공모에서 탈락하고 나면 '내가 다시는 쓰나 봐라!' 하는 유치한 오기만 남았다. 책도 읽기 싫고 잠도 오지 않고 모든 의

욕을 잃곤 했다. 자살마저도 쪽팔리고 이대로 깨끗하게 증발해버리고 싶다는 생각만 들었다. 괜찮은 글을 냈다고 믿었는데 외면당할 때 그런 기분은 유독 심했고 회복도 더뎠다.

그래도 나는 가방을 메고 도서관에 갔다. 어쩌면 내가 한 것은 그것뿐인지도 모른다. 자리에 앉아서 창밖을 바라보면 엉킨 감정들이 수면 위로 천천히 떠올랐다. 푸념과 원망과 억울함을 노트에 마구 써내려갔다. 그런 와중에도 문장의 호응을 따지고 형용사를 고르는 스스로를 보며 '이러니 어쩌겠어!' 하고 웃은 적도 있다. 등단 전에 많은 글과 힘을 비축해놓자고 위로하며 저축하는 기분으로 버텼다.

—문학 공부할 때 주로 어떤 작품을 읽었는지.

세계명작을 많이 읽었는데 곰브로비치와 도리스 레싱, 밀란 쿤데라의 소설을 좋아한다. 일견 평범해 보이는 인물이나 상황을 전개하는 것 같지만 그 안에서 들끓고 있는 인간의 심리와 부조리를 예리한 필체로 잘 드러내고 있다. 여러모로 배울 점이 많은 소설가들이다.

일본소설이 얼마나 재미있기에 이렇게 인기가 많은가 싶어서 일본소설도 찾아 읽었다. 오꾸다 히데오는 스피디한 진행과 특유의 유머 때문에 즐겨 읽는다. 다양한 소재를 능수능란하게 다루고 사회문제 속의 개인에 대해 집중하는 미야베 미유끼의 소설도 좋아한다. 특별히 좋아하는 장르가 있다기보다

한 작가가 마음에 들면 그 작가의 책을 섭렵하는 작가 중심의
독서를 하는 편이다.

　―이번 수상작의 집필 배경과 모티브는?

삼십대는 청춘이라 하기엔 왠지 무겁고 책임질 일도 많은
데, 그렇다고 어른이라 하기엔 아직 뭔가 부족한 것처럼 느껴
져서 굉장히 애매한 연령대라는 생각을 했다. 젊으니까, 젊기
때문에 실패도 할 수 있고 가난할 수도 있고 다시 시작할 수도
있다고 흔히 말하지만, 과연 우리 사회나 가족들이 이런 삼십
대의 방황과 성장통을 이해하는가 하는 의문이 들었다.

내게 절실한 얘기를 써보자는 생각이 들었다. 주인공을 내
또래로 정하고 작중화자가 고민할 법한 문제에 대해 깊이 생
각하는 동안 스토리는 화자의 여동생, 친구들, 부모님, 친척으
로 확장되어갔다. 다양한 세대의 고민과 목소리를 담고 싶다
는 욕심에 시야를 넓혔다. 비록 그들 모두 삶이라는 거미줄에
걸려 버둥거리는 '문제적 인간'들이지만, 새로운 인물이 탄생
하고 새로운 사연이 생겨날 때마다 이야기가 풍성해지는 기분
이 들었다. 삶이란 자신을 향해 일보전진하는 과정이라는 걸
보여주고 싶었다.

　― '너무 착한 소설'이라는 생각도 들고, '정직한 인물묘사와 화법은 지
나치게 소박하고 평범한 이야기로 간주될 수 있다'는 평도 있던데.

1994년 내가 대학에 입학할 무렵에는 튀는 답안이 대세였다. 아마 당시 'X세대'에 대한 사회적 기대감이 커서 그랬을지도 모른다. 평범한 정답을 말한 사람보다 튀는 오답을 말한 사람이 훨씬 주목받고 인기가 많았다. 그런데 그런 분위기를 겪으며 나는 내가 그렇게 튀는 답안을 마련할 줄 모르는 사람이라는 것을 깨달았다. 그래서 차라리 솔직하고 평범한 쪽으로 방향을 잡았다.

『쿨하게 한걸음』은 처음부터 공감대 형성에 큰 비중을 두고 썼다. 우리 주변에서 흔하게 볼 수 있는 사람들의 이야기로 쓰자고 계획했다. 각각의 인물과 사연이 조각보처럼 이어질 때 조화를 이루었으면 하는 바람이 있었다. 소박하고 평범하다고 평가하시는 게 당연한 것 같다.

착하게 쓰려고 의도했던 건 아닌데 인물들이 자신이 처한 상황을 전복시키려 한다든가 혁명을 꿈꾸기보다 순응하는 방향을 택했기 때문에 착하게 보인 것 같다. 주인공인 연수나 선영이만 해도 사회를 삐딱한 시선으로 바라보고 불평을 입에 달고 살지만 삼십대이다보니 세상을 변화시키는 것보다 자신이 변하는 게 빠르다는 것을 알고 있다. 이런 인물의 면면 때문에 착하다고 평하신 것 같다.

─작중화자의 나이가 서른세살로 설정되어 있다. 서른세살은 예수가 지상의 삶에 못박힌 싯점이고 실제 통계적으로 자살을 가장 많이 하는 나이

이기도 한데, 주인공들의 나이를 서른세살로 설정한 의도가 있는가.

큰 의도는 없었다. 처음에는 스물아홉에서 서른이 되는 전형적인 방법으로 진행하려고 했다. 그런데 주변을 보니 서른셋, 넷이 돼도 방향을 못 잡아 갈팡질팡하거나 더 늦기 전에 선회를 시도하는 사람이 많았다. 과거에 비해 사회진출이나 결혼, 출산이 늦어지면서 요즘은 철이 드는 시기도 덩달아 늦어지고 그래서 이십대와 삼십대로 가르는 건 큰 의미가 없을지도 모른다는 판단이 들었다. 서른살의 강은 어쩌면 서른살이 지난 후에, 그러니까 중반쯤에나 건너게 되는 게 아닐까,라는 생각에서 화자를 서른셋으로 설정했다.

─다양한 인물 유형이 나오지만, 특히 동남의 죽음은 가장 드라마틱한 부분이다. 이 인물은 다른 인물들과 구별되는데.

연애와 취직에 실패하면서 때를 놓치고, 부모에게는 골칫거리가 되고, 내세울 게 없다보니 자연스럽게 인간관계도 끊겨서 고립되고 마는 남자 캐릭터를 꼭 넣고 싶었다. 그래서 동남이란 인물이 만들어졌다. 어떻게 보면 동남은 어른으로서의 발판을 다지는 실패한 삼십대의 전형이다. 하지만 죽고 싶다, 확 죽어버릴까, 라는 말을 입에 달고 사는 사람이 아니라 엄살 떨지 않고 묵묵하게 잘 지내는 모습으로 그리고 싶었다. 그래서 동남의 죽음이 더 극적으로 드러나게 된 것 같다.

―발표한 두 편의 장편을 읽다보면, 자본주의사회에서 젊은 여성이 겪는 물질적 결핍의 두려움에 관한 묘사가 유독 탁월하다. 이런 심리에 기민하게 반응하는 특별한 이유가 있는지.

미혼의, 게다가 애인도 없고 실업자이며 은행잔고마저 넉넉지 않은 여성이 바라보는 자본주의사회란 두려움 그 자체다. 돛단배를 타고 사나운 비바람이 몰아치는 바다 한가운데 떠 있는 기분이라고나 할까. 가진 것도 없고 자기 편을 들어주는 사람도 없고 경험조차 없으니 풍문만으로도 두려워지고 자꾸 다른 사람들을 힐끔거리게 된다. 그 막막함과 상대적 빈곤감 같은 걸 보여주고 싶었다.

―현재 집필중인 글이 있는지, 앞으로는 어떤 글을 쓰고 싶은지 말해달라.

지금 쓰고 있는 장편은 어떤 재해가 도시를 장악했을 때, 개인이 어떻게 변모하는가에 관한 이야기다. 현대, 도시, 재해에 반항하고 그것으로 인해 관계가 일그러지고 재편되는 과정에 대해 쓰고 있다. 무엇보다 내가 쓸 때 재미있고 남이 읽을 때도 재미있는 글, 어렵지 않은 글, 잘난 척하지 않고 공감대를 형성할 수 있는 글을 염두에 두고 있다.

앞으로의 소설은 일단 '개인'에 초점을 맞출 것 같다. 개인 누구에게나 고민이 있다는 것은 굉장히 흥미롭다. 어떤 사회현상이나 거대한 흐름, 부조리 속에 처한 개인을 보거나 상상하면 촉각을 세우게 된다. 특히 '루저'(loser, 패배자)에 민감하다. 그들의 심리를 사건이나 주제와 연결시켜 표현하는 것은 어려우면서도 즐겁다. 사람들 사이에서 일어나는 사소한 오해나 에피쏘드에 대해서도 관심이 많다. 인물, 사건, 배경이 각각 주인공이 되는 소설도 계획하고 있다.

— '소설가 서유미' 앞에 어떤 수식어가 붙기를 원하는가.

독서광들은 자신이 신뢰하는 출판사나 작가의 목록을 가지고 있다. 나중에는 내 이름 석 자만으로 사람들이 책을 선택할 수 있게 되기를 바란다. 대중적인 인기를 말하는 게 아니라 내 책을 고르는 독자들에게 '돈을 주고 사도 아깝지 않다는 믿음을 주는' 작가가 되고 싶다.

그래, 저 어느 모퉁이쯤

'소설가 서유미'와 헤어지기 전, 나는 약간 고민하며 이 많은 이야기를 과연 잘 정리할 수 있을지 모르겠다고 털어놓았다. 그녀는 조용하고 부드러운 음성으로 말했다.

"내 소설보다 더 재밌으면 좀 그렇잖아요. 너무 잘 쓰지 말고 평범하게 쓰세요."

마음을 편하게 만드는 작가의 위로에 나는 고개를 끄덕였다. 작가에게서 더는 오래전 천진난만한 '올리브'의 흔적을 찾기 힘들었다. 그녀는 광야를 거쳐 어느덧 삶에 대해 매우 간명한 철학을 지니게 된 사람으로 보였다. 이야기를 나누는 내내 대답과 행동에 별다른 망설임과 꾸밈이 없었고 일관되게 솔직했다. 멀어지는 그녀의 뒷모습도 유연하면서 단호했다. 사람들 속에 섞여 사라지는 작가를 눈으로 좇으며 나는 그녀의 소설에서 읽었던 몇문장을 떠올렸다.

"산다는 게 보물찾기 같다는 생각도 들었다. 어느 모퉁이를 돌다, 어느 나무 밑에서 무엇을 발견하게 될지 아무도 모른다. 살면서 그 숨겨진 비밀들을 얼마나 찾을 수 있을지 모르겠지만. (…) 절대로 삶이 아무런 의미도 없이 막을 내리게 하지는 않을 것이다."

해이수(소설가)

사랑한다면 더 열심히 쓰자!

내 책상 앞에는 이런 문장이 적힌 포스트잇이 붙어 있다. 이 년 전, 나는 어떤 절실함과 의지를 담아 이 문장을 썼다. 그후로 이 문장은 내게 채찍이자 당근이 되었다. 사랑함에도 불구하고 열심히 쓰지 못할 때는 부끄럽고 속상했고, 잘 써질 때는 모든 것이 사랑스러워서 웃음이 절로 났다. 지금 이 순간에도 빛바랜 포스트잇은 위력을 발휘하고 있다. 나는 이 문장의 유효기간이 무기한이기를 바란다.

사람들은 모두 제 몫의 항아리를 가지고 있다고 생각한다. 누구나 그렇게 느끼겠지만, 내 앞에 놓인 항아리는 유난히 거

대해 보였고 내 손에 들린 바가지는 너무 작은 것 같았다. 나는 물을 채우기 위해 바가지를 들고 종종거렸다. 조바심 때문에 바가지에 든 물을 바닥에 쏟은 적도 있고 다른 사람이 가지고 있는 바가지를 기웃거린 적도 있다. 겨우 몇번 붓고 나서 곧바로 자를 들이대며 물높이를 확인했고 가끔은 밑빠진 독이 아닐까, 의심하기도 했다.

날씨 좋은 날과 놀고 싶은 날에도 빈 항아리는 나를 따라다녔다. 그러면 나는 툴툴거리면서 바가지를 손에 쥐었다. 불평하면서도 내가 바가지를 들고 걸음을 옮길 수 있었던 건 저 항아리에 물이 가득 차면 포도주로 변할 거라는 믿음 때문이었다.

항아리에 차곡차곡 쌓아놓은 글들을 생각하면 마음이 뜨거워진다. 내 청춘이 항아리에 고스란히 누워 있는 기분이다. 그 글이 담고 있는 치기와 진정성, 그때의 풍경과 감정 들이 좋다. 쓰고 있는 글과 아직 내게 오지 않은 글을 생각하면 마음이 설렌다. 그래서 바가지를 쥔 손에 더욱 힘이 들어간다.

이 소설을 쓰던 때가 떠오른다. 바가지를 들고 같은 길을 반복해서 오가는 동안 삶은 단순해졌고, 타지에서 지내느라 나는 좀 외로웠다. 가끔은 시간이 흘러가는 것이 아니라 내가 시간을 견뎌낸다는 기분이 들었다. 넘어진 곳에서 또 넘어질 때도 있었지만 나는 '사랑한다면 열심히 쓰자'를 버리지 못했다. 소설 속의 인물이 한 명 두 명 늘어나고 새로운 사연이 생겨날 때마다 마음이 풍성해졌다. 이들의 이야기를 세상에 내놓을 수 있게 돼서 기쁘다.

부족함이 많은 글을 뽑아주신 심사위원들께 감사드린다. 책을 만드느라 고생하신 창비의 여러 분께도 감사의 말을 전한다. 감사할 분들이 많다. 가족들, 지인들, 백만인교회 여러분, 그리고 남편. 남편이 있어서 행복하다. 아마 남편이 없었다면 나는 바가지도 팽개치고 항아리도 때려부순 채 징징 울고만 있었을 것이다. 또한 나에게 글 담는 항아리와 바가지를 허락하신 하나님께 감사드린다.

이 책을 읽게 될 분들을 떠올려본다. 그들이 책장을 넘길 때 지을 표정, 책을 다 읽고 났을 때 받을 감흥, 머릿속에 맴돌 단어 같은 것. 그런 것을 상상해보는 것은 즐겁다. 읽을 만하군, 정도의 평이라면 힘이 날 것 같다.

그러니까 나는, 소설을 쓸 수 있어서 좋다!

2008년 봄
서유미